KB186761

단
하
나
의
너

아내

단
하
나
의
너

아내

김수경 장편소설

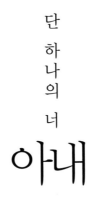

for book

「사랑이라니··· 참 아득한 기억입니다. 사람에게, 그 사람의 마음에게, 내 마음이 온통 다 쏟아져버렸던 순간이 있었으니까요. 언제였나. 이제는 기억조차도 나지 않는군요. 세월이 사랑을, 내 안의 뜨거움을 다 가져가버렸나 봅니다.

사랑할 때, 내 하루가 전부 그 사람에 대한 꿈으로만 가득 차 있던 그 시절에 막연히 기다렸던 말이 '아내'였습니다. 그 사람의 아내가 되면, 그 하나면 되는 거라고 생각했습니다. 사랑하니까, 그러면 되니까.

아내로 살기 시작한 지 오랩니다. 이제는 압니다. 아내라는 말은 꿈이 아니라는 것을. 아내라는 말에는 참 지독한 사는 냄새가 스며 있더라고. 아내가 되고 보니 사랑의 향기 같은 것은 이내 거둬지고 어느새 반찬 냄새가, 소소한 사는 걱정이, 아이 키우기의 고달픔 같은 게 켜켜이 채워지더군요.

사랑한 사람 안에, 그 사람 마음 안에, 그 안에 뒤엉킨 채 상처 주고 그 상처를 쓸어주기도 하면서 함께 사는 일이 바로 아내로 사는 일이었습니다. 사느라 사랑은 덮어두었습니다. 그 사람 안에서 그 사람의 모든 것을 함께 끌어안고 가느라···. 따뜻함도, 아픈 것도 그리고 더러 미워지는 마음까지도 기어이 끌어안고 가느라.

하지만 잊지 않고 살았으면 좋겠습니다. 오랜 기억을. 너와 내가 얼마나 사랑했는지를. 이제는 청춘이 아니므로 이제 너와 나는 이미 너무 다른 얼굴이 되어 버렸지만 우리에게도 찬란했던 시절이 있었다는 것을···.」

：

서른아홉의 문턱을 막 넘어서던 어느 겨울. 『아내』라는 제목의 소설을 내놓으며 그 책 속에 담았던 저의 고백이었습니다. 폭풍 같은 시절이었나 봅니다. 사는 일이 그리도 고단했던가, 싶기도 합니다. 사느라 사랑은 덮어두었다는 구절에서 잠깐 웃음이 났던가요. 그러게 말이다, 싶어서요. 살아갈 일만 생각해도 모자란 인생이니 손가락 오그라드는 사랑 같은 건 그저 애들이나 주자, 싶어서 웃음이 났던 것 같습니다.

그 후로 10년이 지났습니다. 해묵은 이야기가 되어 서랍 속에 묻혀 있던 부끄러운 글을 꺼내어 먼지 털고, 새 옷 지어 입혀서 다시 세상에 내놓게 되었습니다. 누가 읽겠나 싶기도 했습니다만, 열심히 읽고서 펑펑 눈물 쏟은 후배들이 "어쩐지 오늘부터 다시 살아보고 싶어졌어" 하는 말에 용기를 냈습니다.

다시 한 번 살아보자고 부추기고 싶었나 봅니다. 내일 당장 떠나야 할 사람처럼 오늘을 더 귀하게 아끼면서 살아보자고, 당신에게 말 걸고 싶었던 모양입니다. 살다 보니 말입니다. 그래도 사랑만 한 게… 영 없더군요.

이 책이 당신의 덮어두었던 그 사랑을 다시 펼쳐보게 하는 작은 불씨가 되었으면 좋겠습니다. 그뿐입니다.

김수경

차 례

prologue

지금,

사랑할 수 있는 지금

사랑해서 미울 수도 있는 지금

더러 미워지는 그 사람이 곁에 있는 지금

너무 늦지 않은 지금

아직 돌이킬 시간이 있는 지금

지금 여기,

당신의 아내를 사랑하기를.

지금, 우리, 여기, 함께

빗소리를 들었다. 툭툭, 빗소리. 준희는 손을 뻗어 잠든 민서를 찾았다. 꿈을 꾸었던가. 어렴풋한 아이의 울음소리를 들었던 것도 같은데 지금 민서는 고요하다. 쌔근쌔근한 아이의 숨소리가 빈 벽에, 비 닿는 창문에, 아내의 화장대에 그리고 그의 가슴에 내려앉았다. 내려앉았다가 어디론가 흘러가버렸다.

잠든 민서의 이마를 가만히 쓸어주었다. 아내를 보내고 나서는 이렇게 자다가도 몇 번씩 아이의 동그란 이마를 쓸어주어야 했다. 외로운 손안에 작은 이마가 가득 채워지면 그때서야 다시 잠들 수 있었다. 땀에 젖은 민서의 이마 때문에, 머리칼 때문에 준희의 손은 이내 축축해졌다. 아내가 곁에 있었다면 그렇게 했을 것이다. 땀을 닦아주고, 옷을 갈아입혀주고, 두꺼운 솜이불 대신 얇은 타월을 덮어주고.

"자다 보면 땀 흘리는 거야. 그냥 놔두고 자."

무심한 준희의 말에 그 여자는 서운한 목소리로 말했을지 모른다.

"우리 민서 감기 걸린단 말이야."

우리 민서. 우리, 민서. 인아는 그런 엄마였지.

아이의 젖은 이마를, 얼굴을, 인아가 해주었던 것처럼 그렇게 닦아주고는 벽에 기대앉은 채 우두커니 빗소리를 듣고 있는 중이었다.

"준희 씨, 지금 막 책이 나왔어요. 제일 먼저 전화하는 거예요. 어떻게 할래요? 낮에 여기로 올래요? 아님, 내가 어디로 갈까요?"

오늘 아침, 일찍부터 걸려온 전화는 최선주였다. 책이 나왔다고 했다. 인아의 책이 나왔다고.

비가 조금 거세졌는지, 그 빗소리에 놀란 민서가 잠결에 엄마를 찾기 시작했다. 아이 곁으로 다가앉던 준희의 입가에 쓸쓸한 목소리가 고였다. 민서야, 엄마가 여기 있다. 책이 나왔단다. 엄마 책이야. 엄마가 주고 간… 선물이다.

『선물』

최선주가 인아의 책에 붙여준 제목이 선물이었다. 선물, 인아가 우리에게 남기고 간 마지막 선물….

"둘이 같이 근무할 때, 인아는 자기가 쓴 글로 책을 만들고 싶다고 했어요. 기획했던 책들 하나둘 마무리할 때마다 그런 말을 했던 것 같아요. 그래서 내가 꼭 만들어주겠다고 큰소리쳤죠. 준희 씨, 내가 인아의 책을 만들어주고 싶어요."

인아가 남긴 일기장을 글자 하나하나, 인아를 담듯이 마음 안에 고스란히 담아두게 된 최선주가 준희를 설득했다. 인아가 우리에게 남겨준 선물이라고, 책으로 곱게 묶어서 인아에게 다시 선물하고 싶다고.

하얀 표지에 새겨진 선물, 이라는 보라색 글자가 선연했다. 표지를 열자 그 안에… 아내였다. 인아의 환한 얼굴. 웃고 있는 얼굴. 첫 장에 담긴 엽서 크기만 한 흑백사진 한 장 때문에 책을 들고 있는 준희의 손이 떨리기 시작했다. 이래서 책을 받아들고서도 내내 열어볼 수 없었던 거라고, 이렇게 이 안에 네가 있을 것 같아서. 그의 고개가 꺾였다.

⋮

"아빠, 우리 어디 가는 거야?"

우리 어디로 가는 거냐고, 민서가 몇 번이나 다시 물었을 때에야 그는 아이의 목소리를 들을 수 있었다. 실은 그가 민서에게 묻고 싶은 말이었다. 우리는 정말 어디로 가고 있는 것인지를.

"오늘 인아 책 출판 기념회가 있어요. 상의도 없이 미안한데 먼저 말하면 준희 씨는 당연히 안 하겠다고 할 것 같아서 그냥 내 마음대로 준비했어요. 민서 데리고 꼭 와주셔야 해요. 그냥 가까운 사람들만 몇 분 초대했어요. 거창하게 하지 않아요."

최선주가 준비한 출판 기념회가 오늘이었다. 준희는 외투 대신 두툼하게 짜인 크림색 스웨터를 민서에게 입혀주었다. 아픈 아내가 민서를 위해 만들어주고 간 것이었다.

"어떻게 하니, 너무 커졌네. 우리 민서, 입혀보지도 못하겠다."

스웨터를 완성하던 날, 인아의 한숨이 나지막했었다. 내년에 입히면 되지, 뭘. 준희가 무심한 척 말해주었던가.

"민서야, 이 옷 어때?"

"이 옷이 뭐가?"

"따뜻하지?"

"따뜻해서 땀 나, 아빠."

"민서야."

"응?"

"이 옷… 엄마가 만든 거다. 몰랐지?"

"…."

"엄마가 우리 민서한테 주려고 손으로 직접 짠 거야. 엄마, 얼마나 힘들었다구. 아빠가 옆에서 봤는데 이거 만들어주느라고 엄마가 얼마나 열심히 했다구."

"…."

"좋지? 안 좋아?"

"아빠. 그럼 있잖아. 엄마 있잖아. 이거 만드느라고 힘들어서 아팠어? 응? 그래서 죽은 거야?"

"민서야…."

"그럼 만들지 말걸. 이거 안 만들었으면 엄마 안 죽었을걸. 아빠가 못하게 하지. 엄마 이거 못 만들게 하지. 엄마 안 죽게."

인아를 닮았다, 우리 민서는. 손바닥만 한 가슴 안에 어떻게 그 큰 슬픔을 숨겨두는지. 엄마를 부르며 보채지도 않고 어쩌면 이렇게 어른처럼 잘 견뎌주는지. 어른인 아빠보다 너는 더 어른이구나…. 그때 단추를 채워주는 그의 손등으로 민서의 어린 눈물이 툭, 떨어졌다.

"아빠… 나, 엄마 보고 싶다. 엄마 보고 싶다."
  .
  .
  .

주말 오후. '비 온 뒤'로 가는 길이 차들로 가득 메워져 있었다. 찻집 비 온 뒤는 인아가 좋아하던 곳이었다. 비 온 뒤, 이름이 너무 예쁘지 않니? 인아는 앓고 있는 동안에도 가끔씩 그곳에 데려다달라고 말했었다.

인아 생각, 자꾸 인아가 돌이켜져서 그는 곁에 앉은 민서의 손을 몇 번이나 힘주어 잡았다. 무슨 생각을 하고 있는지 손을 꼭 잡아도 돌아보지 않은 채, 민서는 아까부터 차창 밖만 무심히 내다보고 있었다.

힘들 때, 견디기 힘들 때마다 손을 잡아달라고 했었다. 온몸이 뻣뻣하게 마비되기 시작할 때, 마른 몸을 훑고 지나가는 파도 같은 통증을 견디기 어려울 때, 그리고 자꾸 눈물이 쏟아질 때도. 인아의 손, 그 감촉이 거짓말처럼 되살아났다. 미치도록 그리운 나의 인아.

아빠가 손을 잡고 있다는 걸 아는지 모르는지 민서는 그렇게, 택시가 비 온 뒤 앞에 두 사람을 내려놓을 때까지 말없이 창밖을 바라보고 있을 뿐이었다. 선뜻 안으로 들어서지도 못한 채 아이 손을 잡고 서 있던 준희는 오늘따라 유독 흐려 있는 민서의 눈을 들여다보며 속으로 말했다. 네가 보고 싶어 하는 엄마가 저 안에 있구나, 라고.

비 온 뒤의 하얀 나무문을 밀고 들어섰을 때, 정말이었다. 그 작은 찻집 안에 인아가 있었다. 문을 열자, 웃고 있는 인아의 사진이 커다란 벽면을 가득 채울 만한 크기로 그곳에 붙어 있었다. 잡고 있던 손을 놓으며, 뿌리치며, 민서가 달려갔다. 엄마! 울며, 부르며, 엄마에게로, 엄마에게로….

달려가는 민서의 어린 등 뒤로 인아와 보낸 세월이, 인아를 만나 사랑했던, 사랑해서 행복했던 기억들이 비처럼 쏟아져 내렸다.

I.
사 랑 해 서

사랑이 이렇게, 느닷없이 밀어닥치는 게 아니었다면 사랑 때문에 아프고,
사랑 때문에 상처 주는 슬픔도 없었을 테지.
걷잡을 수 없는 마음이 있다는 걸, 사람에게 쏟아지는 마음을 막을 수는 없다는 것을,
그를 만나고 나서야 알게 된 일이었다. 한 사람에게 쏟아지는 그 마음을
'사랑'이라고 부른다는 것도.

첫… 불씨

봄은 미적미적, 느리게 오는 중이었다. 퇴근길, 인아는 선뜩한 바람에
몇 번이나 옷자락을 여몄다. 드물게 밝혀진 가로등의 착한 불빛 아래로
싸한 냉기가 떠돌고 있다. 3월이 가까운데도 여전히 깊은 겨울 기운 때
문에 이 가난한 골목길은 아직 추웠다. 겨울은 너무 길어… 인아는 혼잣
말을 했다. 귀찮은 겨울, 게으른 겨울, 무슨 일이든 자꾸 밀쳐두게 하는
미련한 겨울이 왜 이렇게 더디게 가고 있는지.

운동화 속의 두 발이 시려서 집으로 오르는 언덕길을 재촉해 걷는 중
이었다. 겨울도 길고, 이 좁은 골목길도 너무 길다. 손에 들고 있는 비닐
봉지에는 꽁치 두 마리가 담겼다.

'오늘은 밥을 해 먹어야지, 꽁치 조림이 좋겠어.'

서둘러 걷던 인아가 발길을 멈춘 것은 집 앞 골목길이 모여 있는 사람들
로 어수선했던 까닭이었다. 두셋씩 짝지어 선 사람들의 저 수런거림. 무슨

일인가, 궁금한 얼굴로 기웃거리던 인아는 곧 그 자리에 얼어붙었다.

"어이구, 저기 인아 오네. 큰일 날 뻔했어. 너희 집 지하에 불이 나서 야단났었어. 얼마나 놀랐는지 몰라. 다들 맨발로 뛰쳐나오고 난리도 아니었다니까. 그래도 이만하면 큰불은 아니니까 다행이지. 아직도 심장이 벌렁벌렁하네."

지하에 불이 나서… 짧은 순간, 인아는 다시 한 번 그 말을 되새겼다. 머릿속이 하얘졌다. 불이 났다, 우리 집 지하에.

담을 쌓듯이 웅성거리며 모여 있는 사람들 안쪽에 가느다란 체구의 남자 하나가 넋을 잃은 채 앉아 있었다. 저 사람인가. 불빛을 헤치면서 조금씩 다가서던 인아의 발걸음이 멈칫, 그 자리에 붙박였다. 불빛 아래 저 남자… 그를 본 적이 있다. 본 적이 있었다.

눈길이었어, 인아는 기억했다. 가난한 사람들의 걱정거리처럼 흰 눈이 수북하던 아침. 가파른 언덕 너머 집을 가진 사람들에게 겨울은, 눈은, 반길 수 없는 손님이었다. 이미 충분히 넘치게 쌓여 있는데도 눈치 없는 그 아침의 눈발은 여전히 펄펄 굵었다.

느릿느릿 눈길을 걷기 시작할 때, 버릇처럼 인아의 투덜거림이 이어졌다. 여기에 사는 동안은 이래서 늘 운동화였어, 라고. 밑창 납작한 신발 없이는 살 수 없는 동네라는 서글픔이 눈만큼이나 쌓이던 날. 차마 내려갈 용기가 나지 않아 미끄럼틀 같은 언덕길만 물끄러미 바라보고 서 있을 때, 거기 그 길에서 그 남자를 보았다.

긴 언덕의 눈을 쓸고 있었다, 그는. 새삼 인아의 기억이 선명해졌다. 그저 엉거주춤 걷고 있을 뿐 누구도 감히 길 위의 눈을 치워볼 엄두 같은 것은 내지 못하고 있는 아침이었다. 치우면 뭐하나. 이렇게 내리고 있는데, 쌓이고 있는데. 그 남자의 등을 보며 품었던 그때 그 잠깐의 생각들. 외투도 입지 않은 스웨터 차림의 남자를 흘깃 보았던가. 보았을 때, 보고 있는 인아의 얼굴을 그도 한 번, 지나치듯 쳐다보았다. 낯설다. 새로 이사를 왔나. 잠시 궁금했던 기억도 떠올랐다.

눈발 때문이었을 것이라고 생각했었다. 눈발 때문에 그 눈 속에서 처음 본 남자의 두 눈이 그렇게도 맑아 보였던 거라고. 가지런하던 그의 눈길 때문에 잠시 한눈을 팔았는지도 모를 일이었다. 긴 언덕길을 그만 다람쥐처럼 구르며 내려가야 했다. 운동화를 신었어도 한 걸음이 어긋나자 마치 페달을 밟고 있는 것처럼 온몸이 속도를 내며 눈길을 굴렀다. 누군가의 도움으로 구르기를 멈추었을 때 왜 그랬는지 인아는 가장 먼저 그 남자를 바라보았다.

"에잇, 무슨 망신이람."

그는 빗자루를 손에 든 채로 우두커니 서서 엉덩이를 툭툭 털며 일어서는 인아를 내려다보고 있었다.

그러고는 잊었다. 그 잠시의 기억들을. 겨울이 깊어지는 동안 그 기억도 잊고, 더러 생각했던 그 남자도 조금씩 잊혀졌다.

       ⋮
       ⋮

그 남자가 우리 집 지하에 살고 있다는 것을 몰랐다고… 놀라 서 있는 인아의 기억들이 그날의 눈처럼 부옇게 날렸다. 인아를 보자 웅성거리 며 서 있던 사람들은 기다렸다는 듯 그에게로 가는 길을 터주었다. 그가 사는 방에 불이 났다고 했다.

그는 반소매 속옷 차림이었다. 경황없이 뛰쳐나온 기색이었고 하얀 속옷 위에, 콧잔등에, 머리카락을 쓸어 올리는 손등에도 군데군데 그을 음이 앉아 있었다. 춥겠다… 인아는 혼잣말을 했다. 불이 났는데 '춥겠 다'니. 그때 고개를 숙인 채 앉아 있던 그 남자의 한숨 소리가 다가선 인 아의 발등을 덮었다.

"저기요. 왜 이렇게 된 거예요?"

"글쎄요. 왜 이렇게 된 건지 저도 잘 모르겠습니다. 도대체 왜 갑자기 불이 나는 거죠? 혹시 주인집에 사세요?"

"네. 하지만 제가 주인은 아니고, 엄마가 주인이죠. 혹시 어디 다친 데 는 없나요?"

"난 괜찮아요. 어떻게 된 건지는 모르겠는데 불이 났어요. 누전 사고 랍니다. 그런데 난 아무것도 만지거나 그런 것도 없었고, 불장난 같은 것도 안 했거든요."

불장난이라는 그 남자의 말에 인아는 잠시 눈치 없는 웃음이 나오려는 것을 참아야 했다. 그는 이미 불장난을 할 나이는 지나 보였다. 지하에 누군가 세를 들였다고, 몇 개월 전 엄마로부터 들었던 듯했지만 눈길을 쓸던 그 사람일 거라고는 생각조차 하지 못했다.

멍한 그를 뒤로한 채 지하로 내려가 보니 불길이 지나간 자리가 까마 득했다. 복도의 시멘트 벽이, 열려진 문 너머로 보이는 비좁은 방 안이, 지상을 향해 반쯤 고개를 내밀고 있는 네모난 창문이 까맣게 그을린 채 였다. 밥을 해 먹으려던 참이었는지 축구공만 한 전기밥솥 하나가 방문 옆 한 귀퉁이에 처량하게 나동그라져 있었다.

"어떻게 해요?"

얼마의 시간이 흘렀을까. 모여 있던 사람들이 하나둘 흩어져 되돌아 가고, 어떻게 해야 할지를 몰라 인아가 그저 손에 들고 있는 생선 봉지 만 풀썩거리고 있는 동안에도 그는 말이 없었다. 처음 보았던 그 모양 그대로, 똑같은 자세로 앉아서 자꾸 머리카락만 쓸어 올리고 있을 뿐. 어떻게 해요? 인아가 물었을 때 그는 묻고 있는 인아의 얼굴을 잠깐 쳐 다보았다. 잠깐 아주 잠깐, 인아의 얼굴 위로 다녀간 그의 눈 속에 언덕 위로 내려 쌓이던 그날의 눈발들이 담겨 있었다. 맞아, 이 사람이었어. 인아는 한 번 더 생각했다.

"어떻게 하냐고 했습니까? 어떻게 해야 하는지… 사실, 묻고 싶은 건 그쪽이 아니라 나예요."

"춥죠? 거긴 정말 추워 보이는데, 일단 좀 들어갈래요? 우리 집으로 가서 어떻게 해야 하는지 차근차근 생각하죠."

"아뇨. 괜찮습니다."

떼를 쓰는 아이처럼 그는 화가 난 얼굴이었다. 화가 나기도 하겠지. 집에 불이 났으니 화가 나는 게 당연했다.

"난 정말 아무 짓도 안 했어요. 밥을 해 먹으려고 전기밥솥에 쌀을 안쳐놓고는 깜빡 잠이 들었는데 불길이 번지고 있었어요."

"그쪽 잘못이라고 생각하지 않아요. 우리가 미안하죠. 집이 너무 낡아서 누전일 수 있어요. 여기가 워낙 오래된 집이잖아요. 미리 손을 봐줬어야 하는 건데 그러지 못해서 미안해요. 그래도 다친 데는 없어 보여서 다행이네요."

"그쪽 잘못은 아니니까 그렇게 미안해할 것까지는 없어요. 그런데 그냥 좀 답답하네요. 어떻게 해야 할지…."

"네. 답답하네요, 정말. 어디 당장 갈 곳은 있나요?"

"…."

어떻게 해야 할지 모를 답답한 시간들이 천천히 흐르고 있었다. 아까부터 시렸던 인아의 두 발은 이미 꽁꽁 얼어붙은 채로 감각이 없었다. 하나도 춥지 않은 것처럼 버티던 그 남자도 속옷 밑으로 드러난 두 팔을 손바닥으로 감싸 안고 있었다. 너무 말랐다, 인아가 본 그의 두 팔은 계집아이의 그것처럼 가늘었다.

"일단 좀 들어가는 건 어때요? 너무 추워서 이대로 더는 못 있겠어요.

그러니까 알아서 하세요. 따라 들어오든지, 아님 그냥 그렇게 앉아서 밤을 새우든지."

인아는 뒤도 돌아보지 않은 채 성큼성큼, 계단을 오르기 시작했다. 추워 죽겠네, 정작 화를 내야 할 사람은 자신이 아니라는 것을 알면서도 철없는 아이처럼 화를 내고 있었다. 심통 난 걸음으로 쿵쿵 걸어서 열쇠를 찾아 현관문을 열 때쯤 저만치, 얌전한 그의 발소리가 느릿느릿 가까이 다가오고 있었다.

．
．
．

"생강차 줄까요?"

인아는 투명한 찻주전자에 물을 부어 불 위에 올렸다. 이 불편한 침묵. 보글보글, 물 끓는 소리가 들리기 시작한 것은 그래서 오히려 다행스러웠다. 감기가 잦은 인아를 위해 엄마가 준비해주고 간 꿀에 담근 생강을 찻잔에 덜고 뜨거운 김이 오르는 물을 붓자 집 안에는 금세 맵싸한 향기가 고였다.

"저기요."

그는 숨소리도 내지 않은 채 얌전히 무릎을 모으고 앉아 있었다. 찻잔을 가져다 놓았지만 손도 대지 않아 그대로 놓인 채였다. 인아가 몇 모금의 차를 마시며 당황스러운 마음을 매만지는 동안에도 그는 그대로였다. 기다리다 못한 인아가 저기요, 말문을 열었을 때에야 그는 아까 본 그 맑은 눈으로 다시 인아를 보았다.

"좀 씻어야겠어요. 얼굴이 꼭 구운 생선 같아요. 우선 얼굴이라도 좀 씻으세요."

구운 생선이라는 말 때문이었을까. 채워놓은 듯 말이 없던 그의 입술 위로 조심스러운 웃음이 지나갔다. 구운 생선이라니, 집에 불이 나서 엉망으로 구겨진 사람을 보고 구운 생선 같다고 말하다니. 대책 없는 그 말이 다시 새겨져 인아도 잠시 웃었다.

인아가 욕실 문을 열어준 뒤에야 그는 자리에서 일어났다. 욕실 쪽으로 걷는 그를 보면서 새삼 그가 속옷 차림이라는 것을, 그에게 입을 옷을 주어야 한다는 생각을 할 수 있었다. 그래서 욕실 안으로 들어서려던 그가 인아를 불렀을 때 옷이 필요하다고 말하려는 줄만 알았다.

"저기요."

"네. 뭐 필요해요? 옷 때문에 그래요?"

"아뇨. 생선이요."

"생선이요? 아! 아까 그 말? 구운 생선이요? 진짜 미안해요. 나도 모르게 그만⋯."

"아니, 그게 아니라 생선이 쏟아지겠어요. 아까부터 자꾸 신경이 쓰여서 말해줘야겠다고 생각하고 있었거든요."

싱크대 쪽을 향해 있던 그의 눈빛이 거둬지고, 어색한 웃음을 보이던 그가 욕실 안으로 들어가 문을 닫은 후에야 인아는 개수대 한옆에 놓인 생선 봉지를 쳐다볼 수 있었다. 꽁치가 담긴 비닐봉지에서 물이 흐르고 있었다. 집 안으로 들어서면서 아무렇게나 던져놓은 그 생선 봉지는 입이 한참이나 벌어져 꽁치 머리가 밖으로 나온 채, 그의 말대로 막 쏟아지려던 참이었다.

꽁치 조림을 해 먹을 생각이었다. 그 생각 때문인지 갑자기 참고 있던 허기가 밀려왔다. 인아는 꽁치를 손질해 작은 뚝배기에 담고 양념장을 만들어 부었다. 냉장고 안에서 무를 꺼내 썰어서 꽁치 뚝배기 한쪽에 담고 막 불을 올렸을 때, 욕실 문이 열리고 씻어서 말개진 그가 걸어 나왔다. 씻으니까 이쁘구나. 그를 보며 난데없는 생각을 하던 인아는 한결 명랑해진 목소리로 물었다.

"배고프죠? 밥하다가 불이 났다면서요? 그러니까 저녁밥도 못 먹었을 거잖아요. 아까 그 생선, 꽁치 조림 해 먹으려고 샀거든요. 밥부터 먹고 그 다음에 생각하죠. 어떻게 해야 할지 고민해보면 방법이 있겠죠, 뭐."

이상한 식탁에 둘이 앉아 밥을 먹었다. 누군가와 함께 해 먹는 밥이라니… 엄마가 속초에 있는 이모의 식당으로 내려가고 난 뒤로는 꽤 오랜만의 일이다. 하지만 그저 밥상을 두고 마주 앉았을 뿐, 인아도 그 남자도 그저 밥만 먹고 있을 뿐인 불편한 밥상이었다. 그는 배가 고팠던 모양이었다. 말도 없이, 듬뿍 퍼 올려준 한 그릇의 밥을 깨끗하게 비워낸 뒤 들고 있던 숟가락을 내려놓으며 그가 말했다.

"집에 불이 났는데 밥 한 공기를 다 먹네요, 내가."

인아가 해준 밥을 먹고, 어색한 얼굴로 고맙다는 인사를 주고, 인아가 건넨 두툼한 셔츠를 입은 그 남자는 이제 그만 내려가 보겠다는 말을 전하며 일어섰다. 하지만 언뜻 보기에도 그 집은 이제 그만 내려가 쉴 수 있는 상태가 아니었다. 벽이며, 창이며, 살림살이가 온통 숯처럼 타버린 그곳으로 내려가 보았댔자 달라져 있는 것은 없을 테니까.

"그림이 다 타버렸군요."

손전등을 들고 천천히 따라 내려간 인아가 여전히 매캐한 방 안으로 들어섰을 때, 그 남자의 한숨 스민 목소리가 들렸다. 그림을 그리는 사람이구나, 안타까운 그의 목소리 때문에 이내 알 수 있었다.

"다른 건 아까울 게 하나 없는데… 하긴 뭐, 대단한 그림도 아니니까 괜찮지만 그래도 얘들 때문에 불난 게 속상하고 억울하고 그렇군요."

웅크리고 앉은 채 주섬주섬, 낙엽처럼 바삭하게 타버린 그림들을 줍고 있는 그의 등이 착해 보였다. 그때서야 언젠가 엄마가 했던, 생각 없이 흘려들었던 말들이 다시 떠올랐다.

"아랫집 총각 말이다. 그림을 그린다는구나. 군대 다녀와서 이제 복학할 거라는데… 아이고, 살림이 하나도 없더라. 도대체 이부자리는 있는 건지 모르겠네. 사람이 착해 보이던데, 사는 게 그래서 그림은 어떻게 그린다는 건지. 쯧쯧."

착해 보이는 그의 등 뒤에서 서성거리던 인아는 잠깐의 생각을 접은 뒤 말했다. 그래, 고민할 게 뭐 있나. 우리한테 세든 사람 집에 불이 났는데, 갈 곳도 없어 보이는데.

"올라와서 자요. 어디로 가기에는 밤이 너무 늦었네요. 작은방에 이부
자리 펴놓을게요. 일단 어디서든 잠은 자야죠."

$$\vdots$$

"미친 거 아냐? 그러니까 처음 본 남자랑 한집에서 잤다는 거야?"

출판사의 직속 선배인 최선주가 커진 눈을 껌뻑이면서 물었다. 어젯
밤, 먼저 집으로 올라간 인아가 세수를 하고, 옷을 갈아입고, 자리에 누
운 뒤에도 한참이나 지나서야 잠그지 않은 현관문이 딸깍 열리는 소리를
냈고, 환하게 켜둔 거실 등이 딸깍 꺼지는 소리가 들렸고, 이부자리를 깔
고 열어둔 작은방의 문이 딸깍 닫히는 얌전한 소리를 들을 수 있었다.

"그림이 다 탔다니까. 갈 곳도 없어 보였어."

"야! 그림이 탔다고 데려다 재우니? 그게 말이 돼? 내가 정말! 너 때문
에 속이 탄다."

"그럼 어떻게 해요? 얼마나 막막했겠어."

"어디 여관에라도 가라고 해야지. 혼자 사는 여자애가 그렇게 덜컥 낯
선 남자를 데려다 재운단 말이야? 너도 참 못 말리겠다. 착해서 그런 거
니? 철이 없어 그런 거니?"

"아! 여관! 그런 방법이 있었구나."

"하여튼 넌 여러 가지로 좀 모자라다. 그냥 니 애인한테 확 불어버릴

까 보다. 인아 애, 어젯밤에 딴 남자랑 잤대요….”

“애인? 무슨 애인?”

“어쭈! 이젠 발뺌까지…. 민혁인지 누군지 하루에도 열두 번씩 전화하
는 그 놈은 애인이 아님 남편이니?”

“민혁이? 에이! 왜 자꾸 그래요? 민혁인 그냥 친구야. 진짜 친구라니
까 그러네.”

“하여튼 애인이든 시아버지든 지금 그런 게 중요한 게 아니야, 이것
아! 집 수리해줘야 할 거 아냐. 당장 시작한다고 해도 시간이 좀 걸릴 텐
데 그동안 어디 좀 가 있으라고 그래. 너, 정신 똑바로 차려. 그러다 덜
컥 사고라도 나면 어떻게 하려고.”

“사고? 그 남자가? 에이, 그럴 사람 아니에요.”

“애 봐라. 너 어떻게 그렇게 장담해? 그럴 사람 아니라니. 니가 살아
봤냐? 세상이 얼마나 흉흉한데.”

“선배. 그냥 딱 보면 알잖아요. 이 사람이 어떻다, 어떤 사람이다, 그
런 거. 착해 보였어요.”

인아는 다시 한 번 그의 착한 눈을 떠올렸다. 말없이 가만히, 인아를
건너다보던 그의 착한 눈빛이 드문드문 기억났다. 그 하루를 사는 동안.

“무슨 일 있어? 목소리가 왜 그래?”

민혁이 전화를 걸어왔지만 인아는 어제 일을 말하지 않았다. 지금껏
무슨 일이든 숨겨본 적 없었는데 왜 그런지 말하고 싶지 않았다. 말하면

민혁이는 벌써 한걸음에 달려와서 어떻게든 자기 손으로 보란 듯이 해결하고 싶어 할 게 분명하니까. 만날까, 묻는 민혁의 말에 약속이 있다고 대답했던 인아였다. 불이 났는데 갈 곳조차 없어 보이던 그 남자가, 그림이 모두 타버렸다고 낙망하던 남자가, 혹시라도 너무 당당한 민혁으로 인해 초라해질까… 왠지 그게 걱정이어서.

약속이 있다고 했지만, 인아는 퇴근 후 곧바로 긴 골목길을 뛰듯이 걸어 집으로 돌아왔다. 추워서, 뛰어서, 숨이 턱까지 차오른 인아가 집 앞으로 와 멈춰 섰을 때 가장 먼저 한 일은 그의 방 작은 창문을 훔쳐보는 일이었다. 그 창문이 노란 알전구 불빛으로 덮혀져 있었다. 창문 앞으로 바싹 다가선 채 들여다보니 그는 불에 탄 벽지를 떼어내고, 살림을 들어내고, 어수선한 마음을 씻어내듯 온 집 안에 가득한 그을음을 닦고 있는 중이었다. 숯덩이가 된 살림더미 한쪽에 시커멓게 타버린 화구 박스 하나가 놓였다.

창문 앞을 서성이던 인아가 계단을 다 내려가 활짝 열려 있는 그의 방문을 두드렸을 때, 깜짝 놀라 돌아본 그의 얼굴은 어제와 똑같이 구운 생선이었다.

"혹시 그거 알아요? 그쪽 얼굴, 어제랑 똑같은데요. 오늘은 더 바싹 구워졌네."

인아의 말에 쑥스러운 듯 잠시 웃던 그가 부지런히 일하던 두 손으로 얼굴을 쓸어내렸다. 그러자 그 얼굴은 이제 온통 검은 도화지처럼 변해버렸다. 미리 준비해 온 목장갑을 그에게 건넨 뒤 인아도 마치 인부처럼 한 켤레의 목장갑을 손에 끼고 있을 때 혼자 할 수 있다고, 그는 자꾸 손을 저었다.

"난 그쪽을 본 적이 있어요."

매미처럼 납작하게 붙어서 그을린 벽을 닦아내던 그가 인아의 목소리에 조용한 눈길을 보냈다. 물걸레를 들고 있던 인아는 고개를 숙인 채 똑같은 바닥만 연신 닦아내며 언젠가의 짧은 기억들을 이야기했다. 난 그날, 공처럼 데굴데굴 굴러서 눈 위에 처박혔죠, 라고. 하지만 눈을 쓸고 있던 그를 보느라 그렇게 되었다는 말 같은 것은 하지 않았다. 인아의 말을 듣던 그가 처음으로 소리를 내며 웃어주었다.

"아! 그래요? 그 사람이었군요. 난 사실, 엉덩이에 금이 갔을지도 모르겠다고 걱정했었어요. 하하!"

그가 말한 엉덩이, 때문에 인아는 괜히 자세를 고쳐 앉았다. 여태의 엉덩이가 갑자기 어색하고 불편했다.

"내일은 인부를 부를 생각이에요. 우리 솜씨로는 안 되겠어요. 그러니까 이제 그만하고 밥 먹죠. 오늘은 나가서 사 먹을 거예요. 꽁치 한 마리도 못 샀거든요."

어설픈 두 손을 탁탁 털고 그의 방을 나서며 인아가 말했다. 밥 먹죠, 라고. 처음 만난 어제도 밥을 먹었다고, 그는 그 여자가 듬뿍 퍼주었던 그 밥을 생각했다. 이틀째 함께 먹자는 밥 때문에 낯선 그 여자가 마치 가족인 듯 마음 안으로 가까이 들어와 있었다.

:
:

　인아가 버스 정류장 근처의 화방을 찾아간 것은 집 앞 식당에 앉아 말 한마디 없이 정말 밥만 먹고 있는 그 사람과의 무뚝뚝한 식사를 끝내고 나서였다. 그는 그림이 모두 타버렸다고 말했다. 쓰레기가 되고 만 살림 더미에 가만히 놓였던 그 남자의 화구 박스도 생각났다. 먼저 집으로 가겠다는 그와 헤어져 반대 방향으로 걷는 동안 인아는 화방이 어디 있었나, 그 생각만 하고 있었다.

　화방을 찾아 들어가 캔버스와 이젤, 화구 세트 같은 것들을 구경했다. 이렇게까지 할 필요는 없어… 물건을 고르고, 지갑을 꺼내는 그 순간까지 내내 망설였지만 그사이, 벌써 그 모든 것은 한 꾸러미의 선물이 되어 인아의 손으로 건네졌다.

　인아는 줄곧 같은 생각에 빠져 있었다. 이렇게까지 할 필요는 없다, 그 망설임. 이상하게도 그 남자는 자꾸 이렇게까지 할 필요가 없는 일을 하게 만든다. 그 마음 때문인지 양손에 나눠 든, 그에게 줄 물건들이 턱없이 무거웠다.

　"왜 이런 걸… 그쪽이 나한테 이런 걸 줄 이유가 없어요. 이걸 어떻게 받습니까?"

　다시 집으로 돌아온 인아가 아무 설명도 하지 않은 채 그를 위해 산 선물을 불쑥 건넸을 때, 예상했던 그대로 그는 당황한 목소리로 말했다. 이런 걸 받을 이유가 없습니다, 라고.

그런 것을 받을 이유가 그에게 없었던 것처럼, 그것을 주어야만 할 이유는 인아에게도 없었다. 이유 같은 것은 없었다. 그냥 그렇게 되었을 뿐이다. 그렇게까지 했던 이유를 알 수 없어 인아 역시 그런 자신의 이유 없는 마음이 낯설었으니까. 어딘가 마음 줄이 천천히 끌려가고 있는 것만 같은 이상한 낯섦.

"미안해서 그래요. 그냥 받아두세요. 부담스러우면 그걸로 뭐 하나 그려주면 되겠네요."

정말 이렇게까지 할 필요는 없었다고… 머쓱해진 그의 얼굴을 뒤로한 채 집으로 들어선 인아는 똑같은 생각만 되풀이하고 있었다. 누웠지만 좀처럼 잠이 올 것 같지 않아서 몸을 뒤척였다. 자꾸 뒤척이면서 수선스러운 마음에게 말했다. 잘했어. 어차피 주인인 엄마가 다 해주었어야 할 일인데, 뭘! 그런데 무엇 때문에 이렇게 신경이 쓰이는지.

잠시 일어나 앉았던 인아는 두꺼운 이불을 머리끝까지 뒤집어쓰며 말했다. 모르겠다. 알게 뭐야! 하지만 그 이불 속에서도 인아는 또 혼자 묻고 있었다. 이불이라도 한 장 주고 올 걸 그랬나? 왜 여태 그 생각을 못 했을까? 추울 텐데, 추워서 어떻게 하나.

앉았다가, 앉아서 잠시 벽에 기댔다가, 다시 누웠다가를 반복하다 뒤척거리는 마음을 접고 눈을 감았을 때 인아는 그렇게 말했다. 그만해라,

그만. 너도 이제 할 만큼 했어.

·
·
·

이른 아침의 출근길. 저만치 가던 길을 되돌아 걸어와 불 꺼진 지하의 창문을 들여다보았을 때, 그는 자고 있었다. 웅크린 채 누워 잠든 그의 마른 나무 같은 어깨에 인아의 셔츠가 이불 대신 덮여 있었다. 그 사람이, 그의 접힌 몸이, 밤새 얼었을 그 마음 그리고 자꾸 그 남자가 돌아봐지는 자신의 마음 때문에… 긴 골목길을 다 걸어 내려가 버스를 타고 회사로 와서 이렇게 책상 앞에 앉아 있는 지금까지도 여전히 맨발처럼 추웠다.

"최인아! 이 꼬맹이가 진짜! 사람 너무 기다리게 한다. 아무리 내가 만만하다고 해도 이렇게까지 하는 건 영 아니지. 내가 회사까지 찾아와서도 40분이 넘게 기다려야 되겠냐?"

"알았어. 미안해, 미안하다고."

"그냥 가버릴까 하다가 참았다, 내가."

"가지, 왜? 가버리지."

벌써 며칠째 모른 척 접어두고 있는 인아의 소홀함에 지쳐 민혁이 결국 회사 앞으로 찾아왔지만 발 밑, 회사 지하의 찻집에 열심히 달려와 앉은 그를 40분이나 기다리게 한 것은… 그냥 그렇게 되었다. 맥없이 그냥, 두 발이 바닥에 붙은 채 떨어지지 않아서였다. 발길보다 마음이 더 떨어지지 않았다. 왜 그런지 마음이 책상 언저리에 눌어붙은 채 도무지 떨어지지 않아서.

가지 왜, 그 한마디 때문이었을까. 민혁은 정말 화가 난 얼굴이 되어 있었다. 화가 나면 민혁이는 그렇게 했다. 좋아하는 홍차에 설탕을 넣었다. 홍차를 좋아해서, 꼭 필요한 찻잎을 넣고 꼭 필요한 온도의 물을 부어 필요한 만큼의 시간을 기다린 뒤 은은한 향기를 즐기며 도도하게 마시는 걸 좋아하면서… 화가 나면 홍차에 설탕을 듬뿍 넣어 아무렇게나 마셨다. 민혁이는 벌써 세 개째의 조각 설탕을 이미 식어버린 홍차에 넣고 있는 중이었다.

"또 그런다, 또. 너 진짜 화났구나. 미안하다. 응?"

"말 시키지 마. 진심으로 뉘우칠 때까지 너랑 말 안 한다."

"알았어. 잘못했다구. 너답지 않게 뭘 그러냐? 내가 뭐 하루 이틀 이러는 것도 아닌데. 새삼스럽게 이런 성격을 못 견딜 사이도 아니잖아, 우린. 다 알면서 뭘 그래."

너무 달았던지 설탕을 듬뿍 넣은 홍차 한 잔을 한꺼번에 털어넣은 민혁이는 한옆에 놓인 물 잔까지 단숨에 비워냈다. 못마땅하다는 표정으로 팔짱을 낀 채, 인아의 눈을 피해 빈 벽만 쳐다보고 있는 그의 얼굴이 아이 같았다.

피식, 낮은 웃음을 던지며 그런 민혁을 말없이 바라보았다. 늘 그렇듯 그는 말쑥한 차림이다. 부드러운 크림색 캐시미어 스웨터에 과하지 않은 디자인의 카키색 가죽 재킷, 질 좋은 가죽 밴드의 시계와 컬러를 맞춘 크로스백. 어디서든 민혁은 빛이 나는 아이였다. 아니, 잘 차려입은 옷보다 더 그를 빛나게 하는 것은 당당함이었다. 충분히 갖춘 집에서 부족함 없이 잘 자란 당당함, 인품 좋은 부모님 밑에서 넘치게 사랑받으며 모나지 않게 키워진 당당함.

뾰족한 구석 없이 늘 품어주고 웃어주는 민혁 덕분에 인아는 오랜 세월 늘 든든했지만, 때로 마음 한켠이 시렸다. 민혁이 자신을 마음에 품고 있다는 것을 잘 알면서 모른 척 밀쳐두는 이유 역시 그래서였다. 너에게 나는 한없이 부족한 사람이라는 자책, 그 이상한 자존심 때문에.

오늘은 그런 민혁의 모습이 유독 가시처럼 아프게 상처를 내고 있다. 어쩌면 이불 대신 자신의 셔츠를 덮고 잠들어 있던 한 남자가 자꾸만 오버랩 되는 까닭인지도 몰랐다.

"사실은 너 보고 싶었어. 뜸 들이다가 만나면 더 반가울 것 같아서, 그래서 일부러 늦었어. 됐니? 너, 보고 싶었다니까."

벽면만 향해 있던 민혁의 눈이 슬그머니 인아의 얼굴로 와 멈췄다. 어디 한 번만 더 말해봐! 뻐쓰고 있는, 장난하는 그의 눈. 저 순한 아이.

"알았다, 알았어. 보고 싶었어. 더럽고, 치사하고, 속 시끄러워서 하는 말인데 니가 무지하게 보고 싶었다고."

그때서야 민혁은 잔뜩 뒤로 젖혔던 몸을 인아 앞으로 당겨 앉으며 물었다.

"이 녀석! 진즉에 그랬어야지. 배고프지? 뭐 먹을까, 우리?"

민혁의 목소리에 인아는 또 다시 그 남자를 떠올렸다. 배고프겠다. 뭘 좀 먹었나? 혹 아직도 자고 있는지…. 그래서 민혁이 인아의 손을 끌어 다 자신의 재킷 주머니에 끼워 넣으며 해바라기처럼 웃고 있을 때, 그녀 는 들리지 않는 목소리로 말했다. 최인아. 너 미쳤니?

둘이 앉아서 무섭게 매운 낙지볶음을 반찬 삼아 밥을 먹을 때도 잠깐, 그 사람을 생각했다. 낙지볶음 같은 걸 먹나? 매운 건 못 먹을 얼굴이었 어. 민혁과 둘이서 아직 잎이 다 돋지 않아 스산한 가로수 길을 걸을 때, 걸으면서 도란도란 끊이지 않는 그의 이야기를 들을 때 그리고 걷다가 만난 작은 카페에 코코아를 마시자고 들어가 앉아 있을 때도 마음이 드 문드문 그 자리를 떠나 다른 곳으로, 그 남자가 사는 곳을 향해 갔다.

"우리 애인이 지금 매운 걸 잔뜩 먹어서 속이 좀 시끄럽거든요. 우유 를 듬뿍 넣고 달달하게 만들어주세요."

코코아를 주문하면서도 내내 오빠처럼 챙기고 있는 민혁을 곁에 둔 채 로 인아는 그 낯선 남자만 떠올리는 중이었다. 아무 것도 모르는 민혁이 인아의 옷깃을 여며주고, 손을 잡아주고, 걷는 내내 맑게 웃고 있을 때 도 인아의 마음은 자꾸만 그 남자에게로 가고 있었다.

그는 지금 어디 있나. 걷고 있나, 앉아 있나, 밥을 먹나. 그 사람도 이 길을 알까. 그도 걷다가 나처럼 아직 잎이 맺히지 않은 빈 나무를 올려 다볼까. 그 사람은 무슨 차를 마시나. 커피를 좋아하는지, 몸에 나쁜 커피는 곁에 두지 않는지. 생강차는 싫어하는 눈치였어. 그래, 그림을 그리는 밤에는 커피가 필요할 테지. 그 마음.

길을 건너기 위해 둘이 함께 횡단보도에 서 있을 때도 마음은 안에 담기지 못한 채 자꾸 밖으로만 떠돌아다녔다. 운전을 할 줄 아나. 버스를 타고 다니는지, 혹은 전철을 탈까. 사람 없는 전철에서 책을 읽나. 가끔 그도 꾸벅 졸까. 난 걷는 게 싫은데, 걷기 싫어서 빨리빨리 가려고 뛰는 건데. 그는 걷나, 천천히 걷나, 걷는 게 좋은가. 부질없는 마음들.

민혁과 나란히 서서 쇼윈도의 봄옷들을 구경할 때 인아는 다시, 속옷 아래로 뻗어 있던 그의 두 팔을 떠올렸다. 옷이 필요해… 그 사람에게 입을 옷이 필요하다는 생각으로까지 마음이 가 닿은 것, 그걸 발견한 자신이 그렇게 대견할 수가 없었다.

두껍지 않은 스웨터 하나 있어야겠어, 라고 느닷없이 말해버린 것도 그 때문이었다. 그 말에, 인아의 마음 따위가 거기 없는 줄도 모르는 민혁의 얼굴은 금세 꽃빛처럼 화사해졌다. 그러나 인아의 등을 밀고 옷집 안으로 들어선 민혁이 두껍지 않은 하늘색 스웨터를 사주며 으쓱, 기분 좋게 웃어 보이던 그 자리에도 인아의 마음은 거기 없었다.

스웨터가 담긴 봉투를 인아의 손에 쥐여주고 아무나 탈 수는 없는 귀티 나는 은색 승용차에 올라탄 민혁이 나도 너, 무지 보고 싶었어! 인사 대신 소리치고 떠나는 걸 바라보면서도 인아는 잠시 생각했다. 난 그 사람 이름도 모른다고.

그대로 더는 서 있을 수가 없어 그 자리에 풀썩 주저앉아버린 인아는 아무나 들을 수도 있을 만큼, 다 들릴 만큼의 목소리로 말했다.

"미친 거야. 최인아, 너 돈 거야."

느닷없이 오다

인아의 셔츠를 덮고 잠들었던 준희는 인아가 준 그 셔츠를 입은 채로 또 하루를 보냈다. 그 하루를 사는 동안 몇 번이나 셔츠를 만져보았다. 단추를 채웠다가 채웠던 단추를 다시 열었다가 그 셔츠 안에 들어 있는 자신의 속옷을, 마른 몸을 들여다보았다. 단추를 열어볼 때 혹은 채울 때도 그 여자가 생각났다.

작은 여자. 키가 작았다, 그 여자는. 몇 살인지도 모르겠다, 키가 작아서. 머리를 묶고 있었다고 생각했다. 운동화를 신고 있었다고. 그렇다면 아직 학생인지도 모른다고 드문드문한 기억 속을 들여다보기도 했다. 꽁치 조림이 맛있었어, 라고 하다가 그는 또 생각했다. 그 여자의 이름도 묻지 못했다고. 이름도 모르는 그 여자는 닫혀 있는 준희의 방문 앞에 자신의 집 열쇠를 놓고 어디론가 가버렸다. 학교에 갔나, 아니면 출근을 했는지. 열쇠가 담긴 봉투 속에는 졸린 글씨로 드문드문 적어놓은 쪽지 한 장이 끼워져 있었다.

  – 낮에는 아무도 없습니다. 좀 씻으세요. 밥통에 밥도 있으니까 괜히
또 밥한다고 불내고 그러지 마시길. 여분의 열쇠니까 가지고 있다가 필
요할 때 쓰세요. –

  나를 보고 갔는지. 그 여자의 쪽지를 접어 주머니 속에 넣으며 준희의
얼굴은 괜히 혼자서 붉어졌다. 배가 고팠지만 밥이 있다는 그 여자의 밥
통은 열지 않았다. 씻으라고 주고 간 열쇠도 봉투에 담긴 그대로 셔츠
윗주머니에 넣었다. 대문을 열지 않았어도 그 여자가 주고 간 마음이 따
뜻해서 간밤의 추위가 벌써 사라지고 없었다.
  "성준희, 너 살아 있었구나. 잘 왔다. 진짜 반갑다. 도대체 언제 제대
한 거야? 언제 민간인이 됐는데 벌써 이렇게 머리가 다 자란 거야?"
  그 여자의 옷을 입은 채로 찾아간 사람이 학과 선배 한상기였다. 그는
미대 졸업 후 편집 디자인 사무실을 열었다. 닥치는 대로 한다, 난. 예
술? 그거 다른 놈들 하라고 그래. 가릴 거 뭐 있냐? 일단 살아야지. 난
돈 벌 거다. 돈 벌어 배부를 때, 배부른데 기운 남을 때, 예술은 그때 할
거다…. 학교 때부터 그의 주장은 한결같았다. 그 말대로 그는 몇 안 되
는 가까운 동문 중에서 가장 배부르게 살고 있었다.
  "선배는 여전하네요. 대낮부터 무슨 약속을 갈빗집에서 해요?"

"애 좀 봐라. 너 아직 배가 덜 고팠구나. 밥 먹으려고 만나는데 갈빗집
보다 더 좋은 데가 어디 있다고 그러냐? 갈비 싫어? 그럼 국숫집에서 만
날 걸 그랬나?"

제대했어요, 전화를 걸었을 때 그는 대뜸, 어디어디쯤 있는 '대포 왕갈
비'로 오라고 했다. '대포 왕갈비'에서 만난 그는 훤한 대낮에 대포와 왕
갈비를 주문했다. 그는 늘 그랬다. 선배인 그는 언제나 준희를 한옆에
차고 다니면서 밥을 먹이고, 술을 먹이고, 더러 용돈을 나눠주던 사람이
었다. 입대한 준희가 첫 휴가를 나왔다 돌아가는 날, 무지막지한 시루떡
박스를 들려 보냈던 사람도 한상기였다.

"선배, 내가 글쎄 남의 집에 불을 냈잖아요."

"니가? 불을 냈어? 저런! 아주 사고를 쳤구나. 근데 왜? 방 안에서 삼
겹살 구웠냐?"

별일도 아니라는 듯, 그는 여전히 팔뚝 굵기만 한 왕갈비를 뜯느라 시
큰둥한 목소리로 말했다. 숯불 위의 갈비는 굽다 굽다가 이젠 검은 그을
음이 앉은 채였다. 그을음이… 그 여자의 작은 얼굴을 생각나게 했다.
지금 입고 있는 그 여자의 옷에는 이미 여기 이 숯불의 그을음에 지독한
냄새까지 모두 배어버렸을 터였다.

"몰라요, 나도. 왜 불이 났는지 모른다니까."

"다 탔냐?"

"다 탔죠. 전부 탔어요. 옷도 타고, 신발도 타고, 이불도 타고, 그림까

지 다 타버렸다니까."

"그림까지? 아! 그 자식, 그림은 건졌어야지. 그게 나중에 돈이 얼마일 텐데. 야! 여태 너한테 투자한 거 다 그림 때문이었는데 엄청 손해다. 파산이다, 파산."

한상기는 이미 얼큰하게 취해버렸다. 둥근 얼굴에 취기가 올라 그는 마치 닦아놓은 복숭아 같았다. 그 자식, 참! 어쩌자고 그림을 태웠냐? 너는 타더라도 그림은 살렸어야지. 똑같은 말을 되풀이하는 그에게서 시큼한 막걸리 냄새가 묻어났다.

"그게 말이에요, 선배. 처음에는 그림 때문에 죽고 싶었어요. 그림이 타버린 게 돌겠더라구요. 동네 사람들만 아니었으면 나 완전히 돌았을지도 몰라요."

"시끄러, 임마. 입 닥쳐. 넌 입이 열 개라도 할 말 없는 거야. 너 때문에 난 파산이다. 미친 놈! 그림을 태우냐? 차라리 지가 타고 말지."

"그러게. 차라리 내가 타지."

"시끄러, 임마!"

"그런데 선배. 내가요. 이상해졌어요. 내 마음이… 사라져버렸어요."

"뭐야? 마음이 사라졌어? 그래~에? 도대체 어디 갔냐? 마음이… 땅에 떨어졌나?"

"없어요, 여태 있던 마음이 없고 영 이상한 게 들어와 있어요."

"잘 좀 찾아보지 그랬냐. 그 망할 놈의 마음."

한상기는 이제 테이블 위로 엎어져버렸다. 마음을 잃어버린, 그 마음을 잃은 뒤 이상한 마음을 갖게 된 준희도 완전히 취해버렸다. 아직 해도 기울지 않은 늦은 낮, 둘은 너무 취해 있었다.

"이상한 게 말이죠. 자꾸만 그 여자 생각이 나요. 처음 본 여자거든요. 이제 겨우 두 번 봤거든요. 휴! 이게 도대체… 미친 걸까요? 아, 맞다. 드디어 미친 거야, 내가."

입고 있던 그 여자의 옷 위에 무언가 토해낸 것은 그때였다. 이상하게 자꾸 그 여자 생각이 나요, 그 말끝에.

．
．
．

인아와 헤어져 차를 타고 달리던 민혁은 이미 집으로 돌아갔어도 몇 번은 갔을, 왕복으로 쳐도 두세 번은 족히 오갔을 그 시간까지 차 안에 묻혀 있었다. 무언가 빠뜨리고 온 사람처럼 이상하게도 마음이 헛헛하게 비워져서 좀처럼 차문을 열고 내릴 수가 없었다. 집으로 가던 차를 돌려 올림픽대로의 끝을 향해 달리는 중이었다. 미사리를 지나고 양평을 지나 어디 한번 가보자, 생각도 없이 달리는 중이었다.

인아를 기다리는 시간이 그렇게 불안했던 적은 없었다. 인아를 기다리는 일은 늘 언제나 민혁의 몫이었지만 아무리 기다려도 기다림이 그렇게 불안했던 적은 없었다.

정말 그랬다. 한 시간을, 하루를, 일주일을, 일 년을, 십 년을… 인아만 기다리느라 다른 곳을 바라볼 수 없었던 민혁이었다. 인아가 나를 기다려주었던 적이 있었나…. 민혁은 갑자기 숨이 멎을 것처럼 답답해져서 차창을 모두 내린 뒤 차가운 바람을 들이마셨다.

열일곱, 그해 봄은 민혁에게 아직도 어제의 일처럼 또렷했다. 인아를 처음 만난 그해 봄, 고등학교에 입학해 처음으로 누군가를 마음에 두기 시작했던 그해 봄, 한 교실에 있는 인아 때문에 학교에 가는 일이 언제나 축제 같았던 그 찬란했던 봄.

인아에 대한 일이라면 한 조각도 놓치지 않고 기억하는 민혁이었다. 작고 말간 얼굴, 찰랑거리던 머리카락, 인아 곁을 지날 때면 맡아지던 샴푸 냄새, 유난히 하얗던 셔츠의 깃이며 가느다랗게 뻗은 다리. 늘 뛰던 인아를 안쓰럽게 바라보았던가. 너는 왜 만날 뛰어? 하고 물었을 때 인아는 말했었다. 나는 걷는 거 싫어하거든…. 걷는 게 싫어서 늘 뛰던 인아가 체육 시간에 뛰다 넘어져 다리를 다쳤을 때, 인아를 양호실로 데려가는 임무가 자신에게 주어졌을 때, 그래서 처음으로 인아의 어깨를 안고 인아의 손을 잡았던 그날의 기억도 아직 선명했다. 그날, 두근거리는 가슴 안쪽으로 스며들던 인아의 풋풋한 숨결까지도.

"그럼 이건 어떨까? 우리, 애인하는 거."

인아에게 처음으로 농담인 듯 말했던 그날은 학부모 총회가 있는 날이었다. 인아의 어머니가 민혁의 어머니를 만나자 반기며 기뻐하는 것을 보았을 때 민혁은 생각했었다. 하늘이 우리를 만나게 해준 거라고. 두 어머니가 고등학교 동창이라는 사실을 알았을 때는 혼자서 또 그렇게 마음먹었던 그였다. 인아의 남자가 되어야겠다, 라고.

그 후로 십 년, 민혁은 단 한순간도 떠나지 않은 채 인아의 곁을 지키고 있는 중이었다. 하지만 왜 그런지 인아는 언제나 멀고도 가까웠다. 딱 한 걸음만 가면 될 거리에 있으면서도 그 아이는 언제나 그 '한 걸음'을 내어주지 않았다. 그래서 그 서글픈 한 걸음 때문에 민혁은 옴짝달싹도 할 수 없었다.

언제였나. 인아와 약속한 시간까지가 너무 촉박해서 거칠게 몰았던 자동차가 가만히 서 있는 벽을 들이받았던 날도 인아를 기다리게 하지 않으려고 그 차를 세워둔 채 택시를 잡아타고 달려갔었다. 하지만 다친 차를 아무렇게나 버려두고 갔어도 이미 20분이 지나 있었고, 갔을 때 인아는 없었다. 거기, 인아가 없다는 것을 알았을 때 그는 웃었다. 그저 웃음이 나서 피식, 웃었다. 너는 정말 나를 참 무섭게 길들이는구나 생각하면서 웃었던 민혁이었다.

겨우 20분이었어, 라고 그가 말했을 때 인아가 했던 말이 기억났다.

"20분이 누구에게나 똑같은 시간이라고 생각하지 마. 너한테 겨우 20분이 나한테는 미칠 것 같은 20분일 수도 있어."

왜 늦었는지를 물어주는 다정함 따위를 기대하지는 않았다. 그러나 기대하지 않은 그 마음 한쪽에는 차라리 화를 내주었더라면, 하는 서운함이 담겼었다.

하지만 넌 알기나 하는지. 인아 너 때문에 나는 아직도 기다리고 있다는 것을. '겨우 십 년'을 이렇게 기다린다는 것을. 민혁의 가느다란 한숨이 열어놓은 차창을 타고 나가 창밖의 바람 속에 섞였다.

겨우 십 년을 기다리는 그동안에도 오늘처럼 불안해본 적이 없었다. 오늘, 인아는 줄곧 다른 곳을 보고 있었다. 어깨가 닿아도, 무슨 말인가 하고 있어도, 함께 있어도, 그럼에도 인아가 거기 없어서 민혁은 자꾸 고개를 돌려 거기 있는 인아를 확인했었다.

사람에게 마음이 기운다는 것의 정다움을, 서글픔을, 쓸쓸함을, 인아가 알게 해주었다. 네가 아니었다면 내 마음이 지금처럼 이렇게 텅 비어 혼자 울리는 소리를 내지는 않았을 것이라고…. 민혁은 도로 한쪽으로 차를 세우고 담배를 피워 물었다.

인아 너는 자꾸 그렇게 한다. 나를 이렇게 만든다. 혼자 있는 시간이면 담배를 입에 물게 한다. 나 혼자 내기를 하게 만든다. 오늘쯤은 전화를 해줄 거라고, 내일은 만날 수 있다고, 더러 나를 생각할 거라고, 기다리게 하고 기대하게 한다. 그러나 너 때문에 나는… 쉬 잠들 수 없었고, 밥을 먹다가도 숟가락을 놓았고, 내가 너에게 잘못한 일이 있었나, 귀찮게 했나, 돌이켜보게 된다. 그래, 너는 나를 주눅 들게 한다. 혹시 네가 만나자고 할까 봐 일 없는 날에도 옷을 차려입게 만들고, 혹시라도 밥을 먹자고 할까 봐 배가 고파도 괜히 참게 한다. 너와 나란히 앉아 보고 싶어서 그렇게 좋아하는 영화도 미뤄두게 하고, 하릴없이 괜히 너에게 줄 무엇이 없는지 자꾸 뒤적이게 한다. 네가 나를 봐주는 날이 올 것 같아서 다른 누구도, 어떤 누구도 볼 수 없게 한다. 쳐다볼 마음조차, 시도조차 하지 않게 만든다. 너 때문에 나는… 이렇게 되었다.

생각이 생각으로 이어져, 그 무리 지어진 생각더미 속에서 헛발질하던 민혁은 담배를 비벼 끄고, 집을 향해 차를 몰았다.

"왜 이렇게 늦어? 인아는? 같이 오겠다더니 왜 혼자야?"

저녁 시간이 한참 지나서 집으로 돌아왔을 때 민혁의 어머니는 인아가 오지 않은 섭섭함을 말했다. 곰탕 끓였는데, 인아 먹이려고…. 인아를 처음 만난 그때부터 유독 인아를 마음에 두고 예뻐했던 어머니였다. 똑똑하고 늘 웃는 인아를, 작아도 속은 턱없이 크기만 한 인아를, 어머니는 늘 눈에 담아두고 탐내던 사람이었다. 그 다정한 어머니의 얼굴에서 서운한 기색이 읽혀졌다.

"바쁜가 봐요. 정신 놓고 있던걸, 뭐. 엄청 바쁜가 봐. 엄마가 기다린다는 말은 꺼내지도 못했어."

민혁이 무심한 목소리를 내며 거실을 지나 방으로 올라가는데 계단 아래에서 아들의 서운한 등을 바라보던 어머니가 물었다.

"그럼 어떡하니. 혼자서 뭘 해 먹지도 못할 텐데. 곰탕 싸줄까? 인아 갖다 줄래?"

곰탕을 먹으면 인아의 마음이 다시 맑아질까. 다시 튼튼해질까.

입고 있던 옷을 아무렇게나 벗어던지고 침대 위에 누워버린 민혁은 그대로 눈을 감았다. 배가 고팠지만 밥을 먹을 수는 없을 것 같았다.

:
:

밥을 먹는 게 귀찮아서 일주일에 사나흘은 라면으로 끼니를 때우는 인아였다. 혼자 먹겠다고 쌀을 씻어 안치고, 반찬을 만드는 일이 그렇게 번거로울 수가 없었다. 먹고 나면 그뿐인데, 배만 채우면 될 걸. 애써 만들어 먹고 나면 그렇게 허무할 수가 없었다. 그래서 식빵 조각을 커피에 찍어 먹거나, 라면을 끓이거나, 그것도 아니면 굶고 말았다. 때때로, 자주, 그렇게 했던 인아였다.

식빵 한 줄을 사들고 집으로 돌아와 가장 먼저 그 사람의 방을 기웃, 살폈지만 그는 없었다. 불 꺼진 그의 방을 만나자 인아의 다리가 스르르 풀렸다. 그러나 혹시 하는 마음에 집으로 올라가 문에 붙어 있는 짧은 편지를 손에 쥐었을 때, 마음은 마치 자동차 엔진처럼 웅웅 달리는 소리를 내기 시작했다.

– 고맙습니다. 어제도, 오늘도. 꽁치 조림이 맛있었습니다. 맛있어서 염치없게 밥을 너무 많이 먹었어요. 밥 사죠, 언제. 꼭 사겠습니다. 참! 열쇠를 그렇게 아무한테나 주는 건 위험한 일이에요. 나쁜 짓 하지 않고 꼭 필요할 때 쓰겠습니다. 성준희. –

성준희. 인아는 그가 적어놓은 준희, 라는 이름을 소리 내어 불러보았다. 이름도 이쁘구나. 준희, 라고 불러보며 문을 열 때 그 문이 어제와 달랐다. 준희, 성준희, 다시 한 번 부르며 문을 열고 들어와 불 꺼진 방 안에 우두커니 앉았을 때도 그 어둠이 어제와 달랐다. 불을 켜지 않았어도 인아의 마음은 불 밝힌 듯 환해졌다.

두 배의 쌀을 불려 밥솥에 안치고 매콤한 두부찌개를 끓일 때, 통통한 고등어를 사다가 물에 씻어 프라이팬에 올릴 때, 인아는 콧노래를 부르고 있었다. 밥을 하는 일이 귀찮아서, 밥을 다 먹고 나면 그 빈 그릇을 보는 게 너무 허무해서 밥 없이 보낸 저녁이 무수했는데 오늘은 밥을 짓는 일이 온통 콧노래였다.

누굴 기다리나. 찌개의 간을 볼 무렵에야 겨우 그런 생각을 할 수 있게 되었다. 누굴 기다리고 있는지를. 밥을 먹겠다거나, 밥 먹을 그 시간에 오겠다거나, 두부찌개가 먹고 싶다거나 하는 말 같은 것은 누구도 한 적이 없다는 것을 그때서야 알게 되었다. 콧노래를 흥얼대며 밥을 해야 할 필요가 없었다. 그는 오겠다고 말하지 않았다. 짧은 그의 편지 어디에도 오늘 저녁을 함께 먹자는 말 같은 것은 없었다.

찌개가 싱겁다고 생각했지만 인아는 그대로 냄비 뚜껑을 덮고 말았다. 간을 맞춰야 할 이유가 없었다. 간을 맞춰 찌개를 끓여야 할 이유가 없다는 것을 알아차린 뒤에는 몸 안의 허기가 씻은 듯이 사라져버렸다.

먹겠다고 한 적 없는 밥을 짓고, 오겠다고 말한 적 없는 그를 기다리고 있었다. 왜 이렇게 되었을까. 무엇 때문에 이렇게 느닷없이 마음이 썰물처럼 쓸려가 버렸는지.

처음이야…. 처음 있는 일이었다. 마음이 팝콘을 만들 때처럼 튀겨지고 있어서 뜨거웠고, 부풀려졌고, 가끔은 또 괜히 혼자 식는 마음 때문에 이유도 없이 기운이 빠졌다.

그가 주고 간 하얀 쪽지를 책상 위쪽 벽면에 붙여놓고, 인아는 그 책상 앞을 떠나지 못했다. 그 사람을 보듯이 찬찬히 그의 글씨를 들여다보았으며 그가 곁에 있기라도 한 듯이, 그 쪽지에서 묻어나는 그의 냄새를 따라다녔다.

준희는 돌아오지 않았고, 인아는 애써 준비한 밥을 먹지 않았다. 싱거운 채로 끓이다 만 두부찌개는 이미 식은 채로 불 꺼진 가스레인지 위에 놓였다. 얼마를 그렇게 책상 앞에 웅크리고 앉아 있던 인아가 시끄러운 마음을 닫고 자리에 누운 것은 아침이 가까워서였다.

.
.
.

미련한 밤을 보낸 탓인지 이튿날, 회사에 나와 있는 인아는 하루 종일 어지럼증에 시달렸다. 책상 위에 펼쳐놓은 원고도 읽혀지지 않았고, 머릿속에서는 여전히 팝콘이 튀겨지는 소리가 났다.

"너, 왜 그래? 어디 아프니?"

최선주가 물었을 때, 인아는 곧장 가방을 들고 자리에서 일어났다. 아직 퇴근 시간이 남아 있었지만 오늘은 좀처럼 일이 될 것 같지 않은 날이다. 몸살 기운이 있다고, 부러 조금 더 아픈 표정을 지으며 서 있다가 문을 향해 걸을 때 최선주의 한마디가 바람처럼 휙, 천천히 걷고 있는 인아의 몸 위로 와서 감겼다.

"최인아, 너 그거 뭐야? 혹시 상사병 아냐?"

느릿느릿 집으로 돌아왔을 때, 인아는 그 사람이 살고 있는 방을 가장 먼저 살폈다. 이상한 버릇이 생겼다. 그를 만난 후부터는 집으로 돌아오면 그 방 창문부터 쳐다본다. 집을 나설 때도 그 창문을 확인하는 습관이 생겼다. 마치 출근 카드를 찍는 것처럼, 걷다가도 되돌아와 그 창문 너머를 들여다보는 습관. 그의 방은 불이 꺼져 있었다. 아직 돌아오지 않았구나. 어깨에 메고 있던 가방이 스르르 흘러내렸다.

하지만 힘없이 흘러내린 어깨가 다시 단단하게 여며지는 데는 그리 오랜 시간이 필요하지 않았다. 가방 속의 열쇠를 찾아 집 안으로 들어가는 문을 열었을 때, 그 안에 그 남자가 있어서였다. 느닷없이 들어선 인아 때문에 놀랐는지 그는 먹고 있던 라면 그릇 앞에서 엉거주춤하게 머쓱한 표정이었다. 그의 난처한 얼굴 때문에, 남의 집 부엌에 앉아 뭘 먹다 들킨 서글픔이 읽혀져서 마음이 쓰렸다.

"주인도 없는데 미안합니다. 좀 씻으려고 했던 것뿐인데 라면이 보였어요. 얼른 끓여 먹고 내려갈 생각이었는데…."

"정말 괜찮아요. 마저 드세요. 이럴 줄 알았으면 퇴근 시간 맞출걸. 몸이 좀 안 좋아서 서둘러 나왔거든요. 내가 오히려 미안하네요."

"아닙니다. 그건 말도 안 되죠. 정말 미안합니다. 주인도 없는 집에서 이렇게…."

그는 소매 춤을 늘여 아직 식지 않은 라면 냄비를 들고는 자리에서 일어섰다. 벌 받는 아이처럼 안절부절못하는 쪽은 오히려 인아였다. 괜찮으니 다 먹고 내려가라고, 몇 번이나 되풀이해 말하는 인아 때문에 준희는 들고 있던 냄비를 내려놓으며 조심스럽게 물었다.

"그런데 매일 라면만 먹나요? 라면이 종류대로 다 있네요."

"매일은 아니구요. 혼자 있으니까 자꾸 그렇게 되네요."

"그러다 몸 축나면 어쩌려고… 하긴 뭐, 제가 누구한테 이런 얘기를 할 처지도 아니군요. 저도 하루 한 끼는 라면으로 때우거든요."

"네. 혼자 지내다 보면 다들 그렇게 되죠, 뭐. 있잖아요. 우리 그러지 말고 밥 먹는 거 어때요? 라면 다 불었을 거 아녜요. 두부찌개 있거든요. 사실은 나도 배고팠거든요. 준희 씨도 배고플 텐데… 우리 같이 밥해 먹는 게 좋겠어요."

그 여자가 부른 준희 씨, 라는 이름 때문에 준희의 얼굴은 발갛게 달아올랐다. 한번 붉어진 얼굴은 그 여자가 차려준 따뜻한 밥을 먹고, 둘이 마주 앉아 커피를 마시고, 뒤늦게 그 여자의 이름을 물어 그 이름이 최인아, 라는 것을 듣게 된 그때까지 줄곧 뜨거웠다.

"복학할 거라는 얘기, 언젠가 엄마한테 들었던 기억이 있어요. 얼마

전에 제대했다면서요. 그럼 나이가….”

“스물여섯입니다.”

“그럼 우린 나이가 같구나. 나도 그래요. 스물여섯이에요.”

“아! 그래요? 전 그쪽이 학생인 줄 알았는데…. 사실, 한참 어려 보였거든요. 운동화를 신는 것도 그렇고.”

“어? 난 정말 운동화만 신고 다니는데! 어떻게 알았어요?”

“봤어요. 그날 처음 만났을 때 난 계속 고개를 숙이고 있어서 그쪽 운동화만 봤죠. 얼굴은 기억이 잘 안 나는데 운동화는 생각나더군요. 운동화 앞코가 까맣다, 했죠.”

날 봤구나…. 운동화만 봤다고 말하는 준희의 말을 들을 때 가슴에서 쿵쿵 발소리가 났다. 그 소리가 들릴까 봐 인아는 일부러 큰 소리로 웃으면서 아무렇지도 않은 듯 말했다. 내가 좀 게으르거든요. 운동화를 빠는 게 귀찮아서 버릴 때까지 그냥 신을 때도 있거든요. 그래서 앞코가 항상 까매요, 라고.

“근데 준희 씨 가족들은….”

“….”

“아니, 아니에요. 별로 궁금하지 않은데 그냥 물었던 거니까 신경 안 써도 돼요.”

“부산에 아버지랑 여동생이 계십니다. 엄마는 돌아가셨어요. 아주 오래된 일이기는 하지만…. 다 큰 놈이 엄마라고 하는 게 이상하죠? 어머니라고 불러보기도 전에 돌아가셔서 아직도 나한텐 엄마예요. 어머니의 기억 같은 게 없는 거죠."

"네."

"중학교 졸업하던 해였죠. 사업 부도내고 완전히 빈손이 된 아버지가 엄마를 참 많이 힘들게 했어요. 그때부터 아버지 원망, 참 많이 하면서 살았어요. 못난 아들이죠."

"…"

"엄마는 여동생만 데리고 집을 나갔었는데 그 후로 얼마 안 가 돌아가시고 동생만 다시 집으로 왔어요. 다 지난 얘기지만."

"많이 힘들었겠어요."

"저보다 여동생이 힘들어요. 돈 벌겠다고 대학도 안 갔거든요. 아버지가 아프셔서 더 힘들 거예요. 그 녀석 때문에 늘 마음이 쓰이죠."

"네. 그랬군요."

"난 고등학교 마치면서 서울 왔어요. 어릴 때부터 그림을 좋아해서 학교는 안 가도 그림 그리러 가는 건 빼먹지 않았거든요. 아버지 사업 그렇게 되고 나서는 미대 같은 거 꿈도 안 꾸고 있었는데 고등학교 3학년 때 담임선생님이 서울에서 화실 운영하는 선배를 소개시켜주셨어요. 부자 선배님 덕분에 그림으로 대학 갔어요."

"그랬구나."

"그 화실에서 먹고, 자고, 대학도 다니고 그렇게 살았어요. 그곳에서 아이들 가르치는 일도 했는데 그 선배가 이민을 떠났어요. 당장 갈 데가 없어서 군에 입대했는데 제대하고 나서도 여전히 갈 데가 없더군요. 결국 동생한테 손 벌려서 이 집을 얻게 된 거죠."

"네."

"사실 난 요즘 후회해요. 뭐 하러 그림을 시작했는지. 아버지 말대로 착실하게 기술이나 익히면서 살걸."

"…."

"아, 그런데 내가 왜 이런 얘길 그쪽한테 하고 있죠? 미안합니다. 묻지 않았으면 안 했을 거예요."

"네."

"…."

"그런데 있잖아요. 우린 참 비슷한 데가 많네요. 난 아빠가 없거든요. 다섯 살 났을 때라고 했어요. 아빠가 엄마 버리고 다른 여자랑 바람나서 도망갔다고 하데요. 아빠 얼굴 같은 거 기억도 못하죠. 혼자 날 키우느라 엄마가 너무 고생했어요. 대학 같은 거 포기할까 그랬었는데 나중에 큰사람 돼서 엄마 호강시켜주려면 대학 가야 한다고 생각했죠. 대학만 졸업하면 다 될 줄 알았는데 큰사람 같은 건… 하하! 꿈도 못 꿀 일이죠. 울 엄만 지금 시골에 있어요. 속초에서 식당하고 있는 이모한테 가고 나 혼자 있어요."

"그래서 혼자였군요."

"다른 아이들처럼 뭘, 아무것도 배우지 못하면서 자랐어요. 대신 글 쓰는 거 좋아했어요. 혼자 있는 시간에, 엄마 기다리는 시간에… 그것밖에 다른 건 할 게 없어서 그랬을지도 모르지만."

"무슨 일을 해요?"

"출판사 다녀요. 사실은 뭘 좀 쓰고 싶었는데 글 쓰는 거 안 되겠어요. 소질도 없어 보이고, 실력도 바닥이고. 그냥 남들이 쓴 글이나 구경하면서 사는 거죠."

"…."

"이제 됐죠? 나도 다 말했으니까 괜찮죠? 우린 닮은 데가 많으니까 별로 부끄러울 것도 없네요."

저 남자가 내게 오고 있어… 인아는 알게 되었다. 그를 알게 되면서 자꾸만 갈피를 잡을 수 없이 흔들리던 마음이 그의 마음으로 가서 가만히 뿌리내리는 소리까지도.

불행한 사람들에게서는, 그 사람들이 가진 상처에서는, 저마다의 상처임에도 같은 냄새가 난다. 아픈 냄새, 슬픈 냄새, 닦아지지 않는 어떤 냄새. 그 냄새를 맡아서였나. 그래서 처음 만난 그날, 저 남자의 모습이 그렇게 눈부셨나. 너무 닮은 그 냄새에 취해서.

인아는 손에 들고 있는 찻잔을 만지작거렸다. 아직 다 마시지 않은 커피가 남아 있었지만 이미 모두 식어버린 뒤였다. 그의 잔은 벌써 비워져 있었다. 그는 정말 커피를 좋아하는 모양이었다.

"미안한 일이 있어요. 내가 그쪽 옷에다가 못할 짓을 좀 했거든요. 술을 먹다가 그만… 너무 많이 마셨나 봐요. 대신 이거 받으세요. 비슷한 걸로 고르느라 한참 헤맸어요. 그래도 꼭 그 옷이 필요하다면 세탁을 해서 돌려드리죠."

그는 예의 바른 목소리로 작은 봉투 하나를 건네고 내려갔다. 봉투 안에는 인아가 그에게 빌려주었던 것과 비슷한 셔츠 한 장이 들어 있었다. 그리고 또 하나의 선물은 운동화였다. 앞코에 검은 가죽이 덧대 있는 빨간 운동화 속에 그 남자의 두 번째 쪽지가 담겨 있었다.

- 그쪽을 처음 만난 날, 발만 봤어요. 사이즈가 230쯤? 맞죠? 밥값 대신입니다. -

그렇게 하지 말았어야 한다는 것을 알면서도 인아는 방 안으로 들어가 그날 민혁이 사준 스웨터를, 아직 포장도 뜯지 않은 그 스웨터를 꺼냈다. 그렇게 하는 것이 잘못이라는 것을 알면서 민혁이 사준 그 스웨터를 그 밤, 준희에게 주고 말았다. 어쩌려고… 스웨터가 담긴 봉투 속에 마음까지도 함께 담고 말았다. 조심스럽게, 겁도 없이 자꾸만 그에게로 향하고 있는 마음.

- 있잖아요. 나는 그쪽이 좋아질 것 같아요. -

그가 선물한 운동화의 앞코가 까맣지 않았다면, 그가 발 사이즈를 정확하게 맞히지 않았더라면 민혁이 사준 스웨터를 그에게 보내지는 않았을 것이다. 만약 그랬다면 겨우 몇 번 보았을 뿐인 그 사람에게 느닷없이 그렇게 마음을 적어 보내는 일 따위는 하지 않았을 것이다. 그쪽이 좋아질 것 같아요, 라니.

널 사랑해서 미안하다

휴일 아침의 자격 있는 게으름을 좋아하는 인아였다. 더 자도 된다고, 서둘러 씻을 필요가 없다고, 긴 머리카락이 조금 흐트러져 있어도 괜찮다고, 느긋하게 다독이며 시작하는 아침은 얼마나 달콤한지. 그러나 오늘 아침, 인아는 자명종이 울리기도 전에 자리를 털고 일어나 아직 7시가 되기 전부터 잰걸음으로 서두르고 있었다.

"다른 건 다 끝났으니까 이제 마무리만 하면 되죠? 내일 아침 8시쯤 도배를 하게 될 거예요. 바닥도 새로 깔아야 하고, 이참에 커튼도 하나 달아줄게요. 창문이 휑하잖아요."

엊저녁, 인아의 말을 듣는 준희의 얼굴이 온통 미안함이었다. 엄마에게 전화를 걸어 불이 났다고 언짢은 목소리를 내면서 돈이 필요해, 라고 말할 수도 있었지만 덮어두었다. 다른 때 같았으면 벌써 떼를 쓰거나 볼멘소리를 하면서 귀찮은 기색을 보였을 인아였다. 내가 해주고 싶어…

착해진 이유가 그에게 있었다. 그 사람의 집을 내 손으로 만져주고 싶다고. 그래서 인아는 휴일 아침 일찍부터 마치 작업반장이라도 되는 양 부리나케 움직이고 있는 중이었다.

"어! 인아 씨, 잘 잤어요? 일찍 일어났네요. 나 혼자 해도 되는데 뭐하러 이렇게 일찍 깼어요? 피곤할 텐데 좀 더 자누지."

잘 잤느냐고 묻는 그의 목소리에서 초록 잎 냄새가 났다. 아침에 그를 보는 건 처음이었다. 그는 늘 자고 있어서 아침이면 집을 나서는 인아가 그의 방 창문 너머로 잠든 그의 모습을 아주 조금씩만 훔쳐보았을 뿐이었다. 아침에 만난 그가, 잘 잤느냐고 묻는 그의 말간 얼굴이, 인아를 설레게 했다.

그쪽이 좋아질 것 같아요, 라고 썼지만 인아의 마음을 받은 뒤에도 그는 하나 달라지지 않았다. 그저, 전보다 조금 가벼워진 얼굴로 인사를 건넨다는 것 말고는 모든 것이 똑같았다. 그의 덤덤함이 다행이었지만, 때로 그의 덤덤함 때문에 인아의 마음이 갈대밭처럼 우는 소리를 내기도 했다. 그는 아닌가. 나 혼자 그러나. 왜 자꾸 초조해지는 것인지.

겨우 작은 방 하나여서 도배도, 바닥도, 한나절 안에 끝이 났다. 아침 일찍부터 일어나 씻고, 머리를 만지고, 옷을 차려입었지만 인아가 할 일은 아무것도 없었다. 그저 팔짱을 끼고 계단을 오르락내리락하면서 끝나 가나, 끝났나, 살펴보는 일밖에는. 인아 씨가 할 일은 없으니까 집에 들어가 쉬어요, 라고 준희가 말했을 때 괜히 섭섭해진 인아는 집으로 들어와 읽히지도 않는 책장만 펄럭이고 있었다.

"자장면 먹으러 안 갈래요?"

벨 소리를 듣고 문을 열었을 때, 그 문밖에 서 있는 준희는 하늘빛이었다. 인아가 준 하늘색 스웨터를 입은 그가, 맑은 하늘 같은 목소리로 자장면을 먹자고 말했다. 자장면뿐일까. 먹자면 뭐든, 가자면 어디든, 놀자고 하면 노는 게 귀찮아도 벌써 단숨에 달려 나갈 인아였다. 그가 그렇게 해주지 않아서 내심 조바심을 내고 있었으면서도 정작 그가 먹자고 하자, 인아는 아주 무심한 얼굴로 말했다.

"잠깐만요. 옷 입고 나올게요."

인아는 그가 사준 셔츠를 입으려다가 그만두었다. 유치해서. 너무 유치하잖아. 그 사람이 내가 준 옷을 입었다고 나도 그렇게 하는 건, 하면서 중얼거렸다. 대신 그가 사준 빨간 운동화를 신고 통통통, 그가 서 있는 집 앞 놀이터 쪽으로 걸어갔다. 걷는데, 고개를 숙이고 걷다 보니 빨간 운동화의 까만 앞코가 강아지의 작은 코처럼 귀여웠다.

인아가 신고 있는 운동화를 흘깃 쳐다보던 그 순간부터 준희는 연신 웃고 있었다. 웃고 있는 자신이, 너무 웃고 있어서 실없게 보일 수도 있겠다고 생각했지만 또 웃게 되었다. 왜 자꾸 웃어요? 내가 웃겨요? 웃기게 생겼어요?… 인아의 말을 들으면서도 또 웃었다. 자장면이 묻은 입으로도 웃고, 자판기 커피를 마시면서도 웃고, 인아를 옆에 두고 걷는 동안에도 입가에 묻은 웃음이 떠나지 않았다. 이 사람이 이렇게 웃는 남자였나? 인아는 몇 번이나 고개를 갸웃거렸다.

"밥도 해 먹어야 할 테고, 차도 끓여 마셔야 하고… 다 타서 아무것도 안 남았던데… 당장 쓸 것들이 필요하죠? 어차피 사야 할 것들이니까 오늘 다 하죠."

자꾸 웃고 있는 바보 같은 남자를 데리고 다니며 인아는 그를 위한 사소한 살림들을 함께 샀다. 커피를 끓여 마실 수 있게 주전자를 사고, 밥을 해 먹으라고 전기밥솥과 밥그릇과 수저를 사고, 작은 창문에 입혀줄 커튼을 사고, 따뜻하게 잘 자라고 이부자리를 골랐다. 이런 건 나 혼자 해도 돼요, 라고 그는 계속 인아의 팔을 잡아끌었지만 인아의 고집을 꺾지는 못했다. 잠깐 잠깐씩 팔을 잡아주는 그의 손은 얼마나 따뜻했는지.

봉투 봉투 손에 든 두 사람이 집으로 오르는 언덕길을 걸을 때는 이제막 해가 기울기 시작한 무렵이었다.

"뭐 먹고 싶어요? 내가 밥 해줄게요."

인아가 물었을 때 준희는 말했다. 눈빛이 다정했다. 그의 눈빛이.

"그거 알아요? 인아 씨는 자꾸 밥을 해주겠다 그래요. 나한테 자꾸 밥을 해주고 있어요. 엄마처럼…."

엄마처럼, 이라고 말하는 그의 얼굴을 잠시 쳐다보았던가. 그는 아직도 엄마를 그리워하고 있는 것일까. 오래된 기억 같은, 이제는 만질 수도 바라볼 수도 없는 '엄마'라는 그 이름을.

그럴 수 있는 저녁이었다. 모처럼 자꾸 웃고 있는 그 남자와 맛있는 밥을 해 먹으면서, 이제는 별로 어색하지 않게 둘이 마주 보고 식탁에 앉아 차 한 잔쯤 나눠 마실 수도 있는 저녁이었다. 집 앞에, 집 앞 그 좁은 골목길에 민혁이 서 있지만 않았더라면.

민혁이 바라본 것은 인아의 얼굴이 아니라 준희였다. 정확하게 말하면 준희의 얼굴이 아니라 그가 입고 있는 스웨터에 민혁의 두 눈이 닿아 있었다. 그 눈이 화를 내고 있어서, 말하지 않아도 민혁이 얼마나 화가 났는지를 알 수 있었다.

"민혁아…."

죄를 지은 사람처럼 그의 이름을 불렀을 때 민혁은 벌써 성큼성큼 걸어 저만치 언덕길을 내려서고 있는 중이었다. 손에 들고 있는 봉투를 준희에게 모두 건넨 인아가 부지런히 달려갔지만, 민혁은 벌써 보이지 않았다. 저만치 준희가 걱정스럽게 서 있을 그 언덕을 바라보던 인아는 이내 다시 집으로 향했다.

민혁은 담벼락 한쪽에 몸을 숨긴 채 돌아서는 인아를 보고 있었다. 그녀의 작은 등, 그 익숙한 뒷모습이 너무도 멀고 낯설어서 부를 수도, 잡을 수도 없었다. 어쩌면 한 번쯤 더 나를 돌아보아줄 수도 있지 않을까, 하는 기대조차 품을 수 없었다. 누군지도 모를 낯선 남자 앞에서 그토록 환하게 웃고 있던 인아의 얼굴을 보아버렸으니까.

만약 인아가 다시 와주었다면 말했을지도 모른다. 사랑한다고, 너뿐이라고, 이제껏 나는 너밖에 어떤 누구도 볼 수 없었다고.

지금껏 수도 없이 혼자서 말했던 그였다. 사랑해, 인아야. 교복을 벗고 대학생이 되던 날, 꽃을 건네며 말하려고 했던 그였다. 사랑한다, 인아야. 인아가 오면 딸인 듯 반기는 어머니를 보면서, 어머니 곁에서 활짝 웃고 있는 인아를 볼 때도 그는 혼자 말했었다. 너를 사랑한다고. 언제나 먼저 전화를 걸면서도, 지금 바쁘니까 나중에 통화해… 무심히 전화를 끊는 인아 때문에 서운해졌을 때도 그는 말했었다. 사랑해, 사랑한다. 아무렇지 않은 척 인아의 손을 잡았을 때 그 손을 그대로 맡겨 두는 인아가 곁에 있다는 게 숨이 차서 그때 그는 생각했었다. 나는 너의 전부가 다 내 것이었으면 좋겠다, 라고. 입 맞추고 싶었고, 안고 싶었고, 너를 내 품에서 재우고 싶었다. 그렇게 네가 온전히 나의 사랑이었으면… 했었다.

하지만 사랑하는 그 마음을 단 한 번도 너에게 전하지 못했다. 겨우 한 걸음, 딱 그만큼만 나를 위해 베풀고 있는 너라는 걸 알아서였다. 사랑한다는 그 말이 너를 멀어지게 할까봐, 사랑하는 내 마음이 너를 내 곁에서 떠나게 할까 두려워서 나는 벙어리처럼, 바보처럼, 너의 뒤에서 서성거렸다. 그런데 오늘 나는 그랬던 내가 죽도록 싫구나.

인아가 떠난 빈 골목길. 내내 같은 자리만 서성이고 있던 민혁이 한숨처럼 낮은 목소리로 말했다.

"사랑한다, 인아야. 사랑해."

．
．
．

"우린 그냥 친구예요."

친구라는 말이 얼마나 무책임한지를 안다. 인아에게 민혁은 이제껏
늘 친구였지만 민혁에게 인아는 단 한 번도 친구였던 적이 없다는 걸 알
고 있었으므로 그렇게 말하는 것은 정말이지 무책임한 일이었다. 민혁
에게 인아는 여자였으니까. 유일한, 한 사람의, 오직 너뿐인, 그런 여자
였다. 묻지도 않는 준희에게 친구라고 말하면서 인아는 생각했다. 미안
하다, 민혁아. 내가 너의 친구여서.

"고등학교 1학년 때 우린 같은 반이었어요. 그런데 알고 보니 민혁이
엄마랑 우리 엄마가 여학교 동창이었어요. 그래서 그냥 무턱대고 가까
워져버렸어요. 엄마 둘이 가까우니까 저절로 그렇게 된 거죠. 그러니까
우린… 그냥 친구예요."

"…."

"화가 났을 거예요. 한동안 연락 안 했거든요. 매일 연락하고 안부 묻
고 만나서 밥 먹고 그랬는데 한동안 못했거든요. 그래서…."

"인아 씨."

"…."

"왜 그래요? 굳이 나한테 그렇게 설명하지 않아도 괜찮잖아요. 신경
쓰지 말아요. 그럴 필요 없으니까."

그럴 필요가 없다는 사람 앞에서 구태여 그렇게 애쓰며 말했던 자신이 미워서 인아는 말없이 걸어 집으로 돌아왔다. 그럴 필요가 없는데 무엇 때문에 그렇게, 그래야 할 필요를 찾았을까. 그는 그럴 필요가 없다고 하는데. 하지만 민혁이 아니었다면, 어쩌면 지금도 그는 여전히 웃고 있을지도 몰랐다. 아침부터 내내 웃고 있던 그의 얼굴이 마치 한 장의 사진처럼 아직도 인아의 마음 안에 고스란히 붙어 있었다.

"불이 났어, 그 사람 집에. 우리 집 지하에 방 하나 있는 거 알지? 거기 세든 사람이야."

뜬눈으로 밤을 새우고 난 이튿날 아침. 회사로 출근하자마자 민혁에게 먼저 전화를 걸어 바쁘다는 민혁을 끝내 약속 장소까지 데려다 앉힌 인아였다. 이제 너와의 이 어정쩡한 관계를 정리해야 한다고, 어젯밤부터 줄곧 생각했던 까닭이었다. 준희가 아니더라도 이제는 그만, 내 주변만 걷고 있는 민혁을 보내야 한다고 생각했다. 그렇게 해주는 것이 민혁이를 위해 인아가 줄 수 있는 우정이고, 배려일지 몰랐다.

"그 사람이 좋은 거니?"

"…."

"그렇구나."

"그 사람이 좋아서가 아니야. 그 사람이 좋다거나 아니라거나, 그런 말을 너한테 설명할 필요가 없다고 믿는 내 마음이 중요한 거지."

"너희 집에 세든 사람이라고? 인아 너한테는 그 사람이 단지 거기 지하에 세든 사람 정도가 아니었어. 내가 널 알지. 지금껏 널 만나면서 한 번도 본 적 없는 얼굴이었어. 넌 나에게 그런 얼굴을 보여준 적이 한 번도 없었으니까."

민혁이 담배를 꺼내 물었을 때, 인아는 부연 연기로 가득 찬 그의 마음 안이 들여다보여 잠시 숨을 골랐다. 너는 왜 나를 놓지 못하는지. 시키지도 않는데 너는 왜 자꾸 내 안에 너를 가두고 있는지.

"민혁아, 너한테 내가 모든 걸 다 말해야 하는 거니? 구구절절 그래야 하는 거야? 내가 누굴 만나는지, 내가 무슨 생각을 하는지… 그런 것까지 다 알아야 해?"

"네가 말하고 싶지 않다면 설명 같은 거 필요 없다, 난."

"너, 알면서 고집부리고 있잖아. 내가 너한테 안 간다는 거. 내가 너한테 언제나 친구이고 싶다는 거. 처음 만난 날부터 지금까지 늘 그랬다는 것쯤…."

"…."

"민혁아, 나한테 그만 애써라. 그만해, 이제."

"어디가 좋았니?"

"넌 지겹지도 않니? 나도 이런 내가 지겨운데 넌 안 그래? 내가 너한테 얼마나 모진지 나도 그걸 알아서 지겨운데 니가 그렇게 꼼짝 않고 있는 게… 숨이 막힌다, 난."

"그 사람도 널 좋아하는 거니?"

"민혁아!"

"숨 막히게 해서 미안하구나."

"이러지 말자. 나, 너 좋아해. 지금껏 줄곧 니가 좋았어. 아니, 지금도 그 마음은 똑같아. 나한테 너는 친구였고, 오빠였고, 가족이었어."

"그렇게 말하지 마! 가족? 오빠? 넌 정말 간단하구나."

"민혁아, 이러지 말자."

"최인아, 너는 알아. 내 마음을 다 알면서 번번이 그렇게 모질었지."

민혁은 긴 한숨을 뱉었다. 인아를 사랑하는 그 마음이 하도 커서 내내 참았던 그였다. 어떻게 하면 인아를 웃게 할 수 있을지 살피느라 차마 하지 못했던 말들이 있었다. 그런데 이제 나는 인아의 한숨이 되어 버렸다고… 그 생각 끝에 민혁은 자리를 털고 일어섰다.

"간다, 그만."

간다는 그 말이 다시 오지 않았으면, 차라리 간다는 그 말로 너와 나의 지난날이 가버렸으면…. 인아는 민혁이 가고 난 뒤에도 한참을 그렇게 사람 없는 찻집에 앉아 있었다.

.
.
.

준희의 얼굴을 보지 못한 지 한 달이 넘었다. 그사이 민혁에게서도 아무 연락이 없었다. 간다, 말하고 돌아서 간 채 그대로. 그의 말없음이, 그대로 있음이 고마웠으나 그의 말없음에 마음이 쓰여 몇 번이나 연락을 해볼까, 생각했던 인아였다. 하지만 그렇게 하지 않았다. 그대로 두는 것. 그대로 내버려두는 인아의 마음을 민혁이 알아주었으면, 하고 바랄 뿐이었다.

준희는 돌아오지 않고 있었다. 민혁이 그렇게 다녀간 뒤 준희는 의도적으로 인아를 피해 숨어 다녔고, 인아는 그런 준희를 뒷모습 하나까지 자꾸 살피고 있었다. 그가 자꾸 멀어졌지만, 왜 그런지 그것이 끝이라는 생각은 들지 않았다. 처음 만나 한순간에 그 남자의 숲으로 빠져버렸지만 그것이 잘못이라는 생각도 들지 않았다. 만나야 했으므로 만났던 것이라고, 그 생각뿐이었다. 우리는 만나야 했던 사람들이라고.

그가 오지 않는 아침에는 속 빈 소리가 났고, 그가 오지 않는 밤엔 이유도 없이 기진맥진했다. 저 아래 어디에 그가 있다는 생각만으로도 팽팽해지곤 하던 혈관은 마치 늘어진 테이프 같았다.

그가 오지 않는다고 해서 밥을 먹지 못할 이유 같은 것은 없었다. 그의 부재 따위가 무어 그리 대단하다고. 그러나 아무것도 하지 못하는, 밥조차 먹을 수 없는, 누워도 잠들 수 없는 무기력한 심장 한가운데 그 사람을 기다리는 마음이 있었다. 너만 오면 된다고, 인아의 마음이 말하고 있었다. 이제 그만 오라고.

사랑인가. 꼼짝없이 붙들리는 이 마음을 사랑이라고 말하는 것인지.

사랑을… 함께 살아온 세월만큼씩만, 꼭 그만큼씩만 할 수 있는 거라면, 그게 사랑하는 사람들의 법칙 같은 것이었다면 세상은 얼마나 공평

했을까. 사랑이 이렇게 느닷없이 밀어닥치는 게 아니었다면 사랑 때문에 아프고, 사랑 때문에 상처 주는 슬픔도 없었을 테지. 준희를 만난 후 인아는 때로 혼잣말을 했다.

걷잡을 수 없는 마음이 있다는 걸, 사람에게 쏟아지는 마음을 막을 수는 없다는 것을, 그를 만나고 나서야 알게 된 일이었다. 한 사람에게 쏟아지는 그 마음을 사랑이라고 부른다는 것도.

"아버지가 돌아가셨어요."

준희가 돌아왔을 때, 그의 퀭한 눈을 들여다볼 때, 터벅터벅 퇴근길에 집 앞에서 마주친 그가 남의 일인 것처럼 아버지가 돌아가셨다고 말할 때… 그를 보지 못해 애가 탔던 인아의 마음이 그대로 그 사람에게 쏟아져버렸다.

"네. 그랬군요. 준희 씨, 나는요. 나 때문인 줄 알았어요. 다신 안 오는 줄 알았어요."

끝인 줄 알았다. 다시는 오지 않을 것이라고 생각했다. 떨리는 목소리로 말하던 그 말끝에 인아는 그만, 그의 허리에 두 팔을 두르고, 그의 가슴에 머리를 두었다. 그렇게 하면 안 된다는 생각 따위는 해본 적도 없었던 것처럼.

"나 어떡해요? 완전히 바보가 되어버렸어요. 모르죠? 그쪽이 없는 동안 내가 어떻게 했는지 짐작도 못하죠? 매일 밤 집으로 돌아오는 길에 매일 밤 그쪽을 본 것 같았어요. 우체통이 있는 자리를 모르는 것도 아

니면서 여태 똑같이 서 있는 그 우체통이 그쪽인 걸로 보였어요. 왔구
나, 반가워서 달려가면 우체통이었어요. 불 꺼진 가로등도 그쪽으로 보
였어요. 가면… 그냥 가로등이었어요. 매일 똑같이 그렇게 했어요. 우체
통인 걸 알면서, 가로등인 걸 알면서… 그게, 그것들이 전부 당신이었으
면 했어요. 아무것도 안 보였어요. 세상이 전부 그쪽으로 보였어요. 난
요. 이런 나를… 어떻게 해야 좋을지를 모르겠어요."

이 여자는 왜 나를 기다리는지. 마른 가슴에 머리를 대고 우는 여자를
준희는 그대로 두었다. 두 팔을 떨군 채, 그 여자의 울음이 그치기만 기
다리고 있는 중이었다. 하지만 인아는 준희의 스웨터 앞자락이 축축해
질 때까지 아이처럼 기댄 채 자꾸 울고 있을 뿐이었다.

준희는 인아의 두 팔을 천천히 떼어냈다. 형편없이 마른 자신의 가슴
에 아기처럼 붙어 있는 인아의 어깨도 두 손으로 감싼 채 가만히 떼어냈
다. 보고 싶다, 이 여자의 얼굴이. 보고 싶었다, 당신이. 미치도록 보고
싶었던 그 여자를 눈앞에 두고 한참을 그렇게 바라보았다.

인아는 잔뜩 겁을 먹은 얼굴이었다. 이 남자가 나를 밀어내고 있는가,
두려워서인지도 몰랐다. 자신의 어깨에 닿아 있는 그의 두 손이 거짓말
같아서 온몸이 떨려오고 있는 중이었다.

하지만 그 거짓말은 이내 현실이 되어 인아의 가슴으로 흘러들었다.
숨이 멎는다는 게 무엇인지를 알게 한 것은 준희의 차가운 손, 그 얼음
같은 감촉 때문이었을 것이다. 그의 손이 머리카락을 쓸어내릴 때, 뜨거

운 귓불에 잠시 닿았을 때 그리고 두 손이 인아의 작은 얼굴을 감쌀 때 마치 심장이 멎는 것처럼 아득했으니까. 그래서 그의 입술이 인아의 입술을 찾아 얌전히 포개졌을 때 인아는 그만 하, 오래 참았던 깊은 숨을 뱉어내고야 말았다.

긴 입맞춤. 이 사람에게서는 단감 냄새가 나는구나. 잘 익은 감처럼 달큰한 냄새. 그의 입술이 인아의 입술을 열고, 그리움에 얼어붙었던 차가운 심장을 덥혔다. 꿈은 아닐까. 눈을 뜨면 모든 것이 공기처럼 부서지고 마는 것은 아닐까.

"보고 싶었어요. 죽을 것처럼."

준희가 말했다. 거짓말 같은 그의 목소리. 도저히 눈을 뜰 수가 없어 눈을 감은 채로 그렇게 그의 체온을, 그의 냄새를, 그의 숨소리까지도 놓치지 않고 차곡차곡 마음에 담는 중이었다. 그때 그가 떨리는 목소리로 말했다. 보고 싶었다고. 인아가 그랬듯 그도 죽을 것처럼 인아가 그리웠다고.

"나를 견딜 수 있겠어요?"

인아의 두 눈을 들여다보며 준희도 말하고야 말았다. 당신은 어쩌려고 이런 나에게 오겠다는 것인지, 바보 같은 여자에게 그는 묻고 말았다.

⋮

준희는 인아가 준 음악 파일로 하루를 보냈다. 늦은 잠에서 깨어난 오늘 아침은 3번 파일의 3번 노래를 듣고 있는 중이었다. 최인아가 보고 싶어서 미칠 것 같은 날은 3번 파일의 3번 노래를 들을 것….

공들여 고른 10개의 파일에 하나하나 번호를 붙이고, 지정곡을 만들어준 인아였다. 피로한 날은 2번 파일에 있는 딸기, 라는 노래를 들을 것. 비타민이 너의 몸으로 쏟아질 테니. 그림이 안 되는 날은 4번 파일의 1번 노래, 괜히 짜증나고 이유 없이 세상이 미워지는 날은 10번 파일의 2번 노래를 들을 것…. 그래서 준희는 인아가 시키는 대로 열심히 골라준 그 노래들을 매일매일 들었다. 노래를 들으면서 인아가 시키는 대로 살고 있었다.

이유도 없이 세상이 미워져 10번 파일의 2번 노래를 틀었을 때, 거기 살고 있던 해장국 뚝배기 같은 목소리의 남자는 고래고래 소리를 지르며 노래하고 있었다. 화나도 참아야 해. 슬퍼도 참아야 해. 그렇게 사는 게 인생이잖아. 오늘도 내가 참는다~ 아!

"나중에 준희 너, 나한테 너무 미안할까 봐 미리 말해주는 건데 내일이 내 생일이야. 그러니까 미리미리 준비해둬라. 난 뭐가 필요하냐면… 어떡하니? 너밖에 없네. 너만 있으면 되겠네."

어젯밤, 둘이 함께 저녁 식사를 마치고 준희가 지하로 돌아가기 위해 인아의 집 문을 나설 때, 그녀의 짓궂은 목소리가 말해주었다. 내일이 내 생일이야, 라고. 그래서 준희는 오늘, 인아가 잠에서 깨어나기 전부터 도둑고양이처럼 그렇게 인아의 집으로 와서 맛있고 행복한 냄새를 준비했다. 행복한 냄새… 미역국에 불고기. 서툰 손으로 만든 그 음식에는 인아의 마음으로 가서 살게 된 그의 진심이 스며 있었다.

그 이른 아침의 때 아닌 전화벨 소리. 인아가 깨지 않도록 살금살금 아침 식사 준비를 하던 준희는 다섯 번의 벨이 울리도록 모르고 잠들어 있는 인아 때문에 내내 마음 졸이고 있는 중이었다. 그 전화는 아마도 인아의 어머니일 터였다. 인아의 어머니에게로 생각이 닿았을 때, 준희는 비로소 자신의 볼품없음을 들여다볼 수 있게 되었다. 그렇지. 인아에게 어머니가 있었지.

"쯧쯧! 내가 너 그럴 줄 알았다. 아직도 자고 있으니 미역국이나 끓였겠어?"

"어, 엄마!"

"왜 그래, 요새? 뭐 하고 다니느라 통 전화도 안 해? 하도 연락이 없어서 애가 시집이라도 갔나 했다."

"히히, 엄마한테 말도 안 하고 시집갔을까 봐?"

"너 매 맞아야 돼, 아주."

"그래, 나는 나쁜 딸이야. 만나서 매 맞자. 엄마한테 매 좀 맞아보자. 히히! 그런데 엄마는 어때? 별일 없어?"

"아이고, 이제야 궁금하냐? 요새 엄청 바빠. 이모가 가게를 늘리면서 손님이 얼마나 많아졌는지 하루 종일 엉덩이를 바닥에 붙일 시간이 없다니까. 밤에 전화해야지, 그러다가 나도 그냥 잠든다. 피곤하니까 딸이고 뭐고 안 보이나 봐. 집에는 별일 없지?"

"나야 뭐… 별일은 무슨….'

별, 일, 이라고 인아는 또박또박 되짚어보았다. 별일이 있었다. 너무
큰 별일이, 엄마가 알게 되면 털썩 주저앉고 말 별일이 그동안 내게 있
었다고.

"엄마."

"왜?"

"…"

엄마, 부르는데 갑자기 마음 안에 뭉쳐 있던 무거운 먼지 같은 것들이
일제히 풀풀, 떠다니기 시작했다.

"왜 불러놓고 말을 안 해? 젖 주랴? 생일 젖 한 사발 보내랴?"

"하하! 엄마, 아직도 젖 나와?"

"나오면 먹을 테냐? 그나저나 인아야. 엄마가 가서 미역국이라도 끓여
주려고 했는데 못 가겠어. 그러니까 밖에 나가서라도 한 그릇 사 먹어.
알았냐? 응? 알았어?"

"알았어. 걱정 마."

"생일 축하해, 내 새끼. 혼자 쓸쓸하게 보내게 해서 어쩐대. 뭔 어미가
이렇다니."

이제 하나도 쓸쓸하지 않다. 준희가 있어서 정말 괜찮다. 인아는 내내
속에 말을 했다.

"민혁이네는 자주 들르지? 다들 잘 있지?"

"…."

"그 집에 잘해. 우리한텐 너무 고마운 사람들이야. 너 그렇게 혼자 두고도 엄마 마음 편할 수 있는 거, 민혁이 가족들 덕분이야. 민혁이만 만나지 말고 아줌마도 자주자주 찾아뵙고 해. 알았지?"

"…."

"인아야, 엄만 민혁이가 그렇게 든든할 수가 없다. 어찌 그렇게 듬직할꼬. 민혁이 같은 아이가 가까이 있어서 얼마나 고마운지 몰라."

"…."

민혁, 그 이름 하나에 인아의 가슴이 단숨에 천 길 아래로 떨어졌다. 엄마의 마음에 담긴 민혁의 이름이 너무 명랑해서 이 방 너머 있는 현실이 모두 꿈만 같아졌다. 미안해, 엄마. 엄마의 마음에 있는 그 아이를 나는 도저히 마음에 둘 수가 없어.

방에서 나온 인아의 얼굴을 준희는 똑바로 쳐다볼 수 없었다. 준희를 보고 깜짝 놀란 인아가 와아! 뭐야? 이 냄새 뭐야? 내 생일 파티 냄새야? 펄쩍 뛰며 기뻐하고 있어도 준희는 그런 인아의 얼굴을 돌아다볼 수가 없었다. 인아의 어머니가 오시려는가.

"준희야, 너 오늘 몇 시에 들어와? 우리 파티하자. 너랑 마주 보고 앉아서 술 마시고 싶어. 취해서 주정부릴 거야. 그래도 되지?"

"그래, 그러자."

"술은 네가 준비해. 안주는 내가 준비할게."

"그래, 그러자."

"그래, 그러자. 그래, 그러자. 너 계속 그러고 있는 거 알지?"

"그래… 그런데 안주는 뭘 준비할 건데?"

"안주? 새우깡!"

그날 밤, 인아와 준희는 잠시 행복했다. 적어도 그렇게 불쑥, 예고도 없이 민혁이 찾아오기 전까지는. 찾아온 민혁이 그렇게 상처 받은 얼굴로 다시 돌아가기 전까지는.

민혁이 찾아온 것은 둘이서 막 조촐한 저녁상을 준비한 뒤의 일이었다. 서로의 잔에 맥주 한 잔씩 부어주며 축하한다고, 고맙다고 주고받는 말끝에 현관에서 벨이 울렸다. 생각 없이 누구세요? 물었던 게 잘못이었다. 없는 척할걸, 아무 말도 하지 않은 채 숨죽이고 있을걸. 그러지 못했던 게 너무 후회스러웠다. 묻는 말을 따라 민혁의 목소리가 들렸고, 인아의 얼굴은 곧 얼음처럼 굳어버렸다. 한 아름의 생일 꽃을 사들고 집 안으로 걸어 들어온 민혁의 얼굴도 인아처럼 차디찼다.

이상한 침묵이 식탁 위에, 접시 위에, 세 사람의 마음 안에 쌓여 넘칠 때 더 이상 그럴 수 없어 인아는 말하고 말았다. 먼저 내려가 보겠다는 준희를 있던 자리에 다시 앉힌 인아가 결국 말하고야 말았다. 우리 둘이 이렇게 되었다고. 이 사람을 사랑하게 되었다고. 그 순간, 인아가 말하는 '사랑'이라는 그 말이 민혁의 가슴으로 와서 비수처럼 꽂혔다.

⋮

　봄밤의 나른한 달빛만 가득한 놀이터, 인아는 준희를 혼자 남겨둔 채 민혁을 이끌고 이곳으로 왔다. 하지만 터벅터벅 걸어 불 꺼진 놀이터를 찾아와서는 죄인처럼 벤치에 앉아 발끝만 내려다보고 있는 중이었다. 민혁은 그런 인아를 차마 똑바로 쳐다볼 수가 없었다. 지금 인아는 너무… 멀다. 그래서 등을 돌리고 선 채로 마치 독백인 듯 입을 열었다.

　"인아 널 만나 십 년이었다. 이런 널 보려고 그랬구나. 널 불편하게 만들고 싶지 않아서 난 그냥 우리한테 시간이 좀 필요하다고 생각했다. 난 언제든 너한테 올 거니까 그래도 된다고 생각했어. 그런데 넌… 날 바보 취급하고 있었어."

　"그런 거 아냐."

　"그런 게 아니면 뭐야? 내가 너한테 너무 쉬웠니? 그랬던 거야?"

　"그런 게 아니란 거, 너도 다 알잖아."

　"내가 뭘 알까? 너에 대해서 내가 아는 게 있기나 한 거야? 나는… 이제 너를 모르겠다."

　"민혁아…."

　"…."

　"나는 말이야. 나한테 너는 늘 꿈만 같았어."

　"…."

"니 옆에 있으면 그냥 꿈을 꾸는 것 같더라. 니가 나를 보고 있는 거, 좋았어. 든든했어. 엄마랑 나, 너무 외로웠는데 어느 날 정말 선물처럼 너희 가족이 우리한테 왔으니까. 너, 너희 부모님, 아늑한 집, 네 방, 맛있는 음식 그리고 네 목소리… 그런 게 전부 다 나한테는 꿈만 같았지."

민혁은 눈을 들어 저 멀리 검은 하늘을 올려다보았다. 눈물이 날 것 같아서였다. 인아는 긴 숨을 토해내듯 말하고 있었다.

"처음엔 니 마음, 몰랐어. 아니, 몰랐던 게 아니라 믿을 수가 없었지. 니가 왜? 무엇 때문에 나를? 내가 얼마나 보잘 것 없는 아이인지를 너무 잘 아니까 나한테 오고 있는 네가 믿어지지가 않더라."

나의 무엇에 붙들렸는지, 인아는 묻고 싶었다. 네가 가진 기름진 행복이 부러워 어느 한때, 네 곁을 훔쳐보았던 적이 있기는 했지만 그러나 너는 나의 무엇을 그렇게 애타하는 거냐고 묻고 싶었다.

"고백할게. 그래, 이제는 고백해도 되겠다. 힘들게 대학 졸업할 때 생각했어. 그때, 훈련소로 입대하는 너를 보내고 돌아오면서 사실은 마음으로 잠깐 그랬었어. 그냥 너한테 갈까. 너한테 묻어서 나도 너처럼, 그렇게 따뜻하게 살아볼까. 그럼 어디로 가야할지 막막한 내 삶이 달라질 수도 있지 않을까, 했었어. 그런데 말이야, 민혁아."

인아의 목소리에 울음이 묻어 있었다. 어쩌면 금방이라도 울어버릴 것처럼 잔뜩 목이 멘 채로 인아는 말했다.

"그런데 민혁아. 한 걸음도 뗄 수가 없었어. 너는 너무 높은 하늘같아서… 그런 네 옆에 있는 내가 너무 초라해서… 내 마음을 너에게 주는 일이 나에겐 너무 구차한 일 같았어."

"최인아! 너 바보야? 너 그것밖에 안 되는 거야? 그럼 나는, 너밖에 안 보이는 나는?"

"넌 몰라. 내 마음 모른다. 내 차림이 너를 부끄럽게 하는 건 아닌지, 나 때문에 니가 불편해지는 건 아닌지, 너에게 내가 얼마나 부족한지를 아니까… 나는 늘 그런 걸 살펴야 했어. 나라는 사람이 너에게는 짐밖에 안 되는 것 같아서 너를 자꾸만 밀쳐냈어."

"…."

"그래, 내 자존심이었을 거야. 바닥까지 다 들키고 싶지는 않은 꼿꼿한 자존심, 아무 데도 쓸 데 없는 그 바보 같은 자존심… 사실은 내가 그 자존심 하나로 그렇게 당당한 척 살았으니까."

진심이었다. 민혁을 사랑하지 못할 이유 같은 것은 없었다. 저 아이의 사랑이 너무 커서 그저 가만히 서 있기만 해도 그 사랑은 온전히 다 내 것이 될 거라는 사실도 알고 있었다. 하지만 너와 내 삶 사이에 서 있는 두꺼운 벽이 이제껏 나를 서성이게만 했었다, 라고 인아는 마음 안에 담긴 그 말을 다 꺼내 놓을 참이었다.

"민혁아, 그러면서 나는 너한테서 완전히 벗어날 수가 없었어. 니가 좋아서. 니가 한없이 달콤하고 따뜻해서. 그래서 나는 이렇게 망설이면서 지금까지 왔다."

등 돌린 채 서 있던 민혁이 바람처럼 다가와 인아를 안았다. 인아의 마음을 몰랐던 것도 아니면서 인아의 긴 고백이 하도 처연해서 그만, 민혁은 그간의 세월을 끌어안기라도 하듯 그렇게 인아를 품에 안았다. 늘 안아주고 싶었다, 인아야. 날개 다친 새 같은 너를 품에 안고 그렇게 살고 싶었다. 인아를 안고, 인아의 머리카락을 쓸어주면서 그는 생각했다. 인아는 그런 민혁에게 그대로 안긴 채 울먹이면서 말하고 있었다.

"그런데 그 사람을 만났어. 나를 하나도 부끄럽지 않게 하는 사람. 나를 꼭 닮아서 손잡아주고 싶었어. 미안해, 민혁아. 너한테… 어떡하니."

민혁은 인아의 말을 막지 않았다. 인아의 말을 막지도 않았고, 인아가 흘리는 눈물을 모른 척하지도 않았다. 너무 울면 힘들어. 그만 울어, 인아야… 인아의 등을 토닥이는 그의 손은 담요처럼 따뜻했다.

집 앞까지 인아를 데려다 놓은 민혁은 어서 들어가라는 인사를 건네고 돌아섰다. 하지만 그의 등을 보던 인아가 그만 돌아서 집으로 들어가려던 그 순간, 성큼성큼 큰 걸음으로 다시 걸어온 민혁은 인아의 작은 등을 두 팔로 감싸 안고 말했다.

"인아야, 나는 너 없이는 안 될 것 같다."

⋮
⋮

민혁을 보내고 들어온 집에는 아무도 없었다. 준희는 없었다. 어수선하던 식탁 위는 말끔하게 정리되어 있었고, 그 깨끗한 자리에는 민혁이

들고 왔던 살굿빛 장미가 투명한 유리잔에 꽂힌 채 가지런했다. 모든 일이 꿈만 같았다. 지금 일어나고 있는 모든 일들이 차라리 꿈이었으면, 빌고 싶은 마음이었다. 모두에게 상처가 될 일이었다. 민혁에게도, 준희에게도 그리고 아무 것도 모르는 엄마에게도.

천천히 일어나 몸을 돌렸을 때, 거기에 무엇이 없었다면 아무 일도 일어나지 않았을지 모른다. 민혁에게 상처 준 벌을 온몸으로 받아내며 그 밤을 혼자 견뎠을 것이다. 아무 것도 보지 않고 내달리는 그 미친 걸음을 잠시 멈추었을지도 모를 일이었다. 준희가 신발을 찾아 신고 떠난 그 현관 신발장 위에 그의 그림이 놓여 있지 않았다면.

손바닥만 한 창문이 있는 작은 방. 그 창가에 눈을 대고 서 있는 남자가 몰래 훔쳐보고 있는 것은 창밖의 여자였다. 창밖에 서 있는 그 여자는 긴 머리를 묶고 운동화를 신은 키 작은 인아였다. 그림 속에 담긴 준희의 모습이, 인아의 그 모습이 얼마나 조심스러웠는지 그가 그려준 그림을 들고 있는 인아의 마음이 실로폰 같은 음으로 떨려오기 시작했다.

그랬구나. 너도 나처럼 처음부터 그렇게, 내가 너를 보듯이 너도 나를 훔쳐보았구나. 우리는 서로에게 그렇게 하고 있었구나.

한걸음에 달려 내려간 인아가 그림 속의 남자처럼 그렇게 창가에 서 있는 준희를 안았을 때, 그는 가만히 웃어주었다. 괜찮아, 인아야… 그의 말이 그늘진 인아에게로 와서 볕이 되었다. 하지만 따뜻하게 덥혀진 그의 가슴에 안겨서도 인아는 여전히 사시나무처럼 떨고 있었다. 몸이 얼음장 같구나, 라고 말하던 그가 인아의 머리를 당겨 가슴 안으로 깊숙이 품어주었다. 따뜻하다, 이 남자의 품이… 그때, 가느다란 손가락 사이로 그의 손가락이 가만히 지나가는 소리. 지나갔다 다시 포개지는 소리.

"미안하다, 인아야."

그가 말했다. 너를 이렇게 만들어서 미안하다고. 그 말이 너무 아파서 눈물이 가득 고인 눈으로 그를 쳐다보았을 때, 인아도 준희도 웃고 있었다. 괜찮아, 아무 걱정하지 마… 하지만 웃으며 서로를 토닥이는 두 사람의 눈 속에는 울음보다 깊은 슬픔이 고여 있었다.

"미안하다."

그의 입술이 이마를 지나 콧잔등을 지나 입술 위에 잠시 머물렀다가 곧게 뻗은 인아의 목을 덮혔다.

"미안하다는 말밖에 할 수 없어서… 정말 미안하다."

그의 두 손은 떨고 있었다. 그가 떨리는 손으로 인아의 셔츠를 열었다. 하나씩, 단추를 풀 때마다 그는 나직하게 말했다. 미안하다, 널 사랑해서 미안하다고.

인아의 가슴이 열리고, 그 수줍은 가슴에 얼굴을 묻은 준희가 울고 있었다. 그의 얼굴에서 뜨거운 눈물이 흘러내렸다.

"그래도 인아야, 그냥 여기 이대로 있고 싶다. 얼마나 뻔뻔한 일인지 아는데 혹시 네가 나를 떠날까봐 그게 무섭다."

아무 것도 보이지 않았다. 길은 오직 준희를 위해서만 열려 있다고 믿

게 하는 밤이었다. 그와 가야 할 길이 얼마나 아득한지 알지만 두렵지
않았다. 그가 입고 있던 셔츠의 단추를 하나씩 풀고 두 손으로 그의 가
슴을 만져보았다. 나를 안으렴, 그 가슴으로 나를 다 품어주렴… 인아의
나직한 목소리.

그 밤, 인아는 그의 여자가 되었다. 그와 한 몸이 되어 그의 몸으로 가
서 살게 된 인아가 말했다.

"우리 그냥 살자, 준희야. 너하고만 살고 싶어."

엄마에게 가는 먼, 먼 길

『꽃의 사랑』

곧 출간될 책은 산마다 들마다 이름도 모르게 피어났다 지고 마는, 지고 다시 피는, 꽃들의 처연한 삶을 잔잔한 글과 함께 엮어놓은 것이었다. 꽃들도 사랑을 할까. 꽃의 마음 안에 숨은 사랑은 어디를 향해 있을까.

'더도 덜도 말고 꽃만 같기를, 꽃처럼만 살 수 있기를….'

식물학을 전공한 뒤 이십 년을 내내 들꽃에 파묻혀 살아온 제주의 김 교수가 자신의 책을 마무리하며 써 보낸 글 속에 담긴 마음이었다. 꽃만 같기를, 꽃처럼만 살 수 있기를.

'이스러지'는 청초한 백색 잎을 가진 장미과의 꽃으로 4월에 꽃을 피운 뒤 한여름, 빨간 열매를 터뜨린다 했던가. 사랑이 깊어 터져 나오고야 마는 것이 그 열매라고 했던가. 그 낱알 낱알 그리움의 열매. 줄기를 꺾으면 피처럼 붉은 선홍색의 즙을 보인다 해서 '피나물'이라 이름 붙여진

샛노란 꽃도 있다. 그 노란 꽃잎이며 줄기에서는 미처 볼 수 없었던 가슴 안의 피멍을 누가 알아줄까. 누가 보아주길 기다린 걸까.

너도바람꽃과 나도바람꽃, 홀아비꽃대, 각시붓꽃, 기생꽃, 할미밀망…. 헤아릴 수 없는 꽃들의 삶을 구석구석 들여다보며 인아는 꽃만 같기를, 이라는 구절을 떠올리곤 했었다. 꽃처럼만 살 수 있기를.

책이 나오기 전, 최종 점검을 위해 제주로 떠나던 그 날 인아는 민혁과 함께였다. 너를 놓을 수가 없다고, 처연한 목소리로 말하고 뒤돌아갔던 민혁은 며칠 동안 아무 연락도 없이 잠잠했다. 그런 민혁을 먼저 찾은 인아였다.

"민혁아, 왜 그래? 전화 한 통도 없이 왜 그렇게 무심해? 마음 변한 거야? 당장 뛰쳐나오지 못하겠어?"

인아의 전화를 받고는 한걸음에 달려 나온 민혁이었다. 그 사이, 민혁의 얼굴은 수척해져 있었다. 많이 상했구나. 인아의 마음이 쓰렸다.

"웬일이지? 도도한 최인아가 꼭두새벽부터 나를 찾아주고! 살다 보니 이런 날도 오네."

"감동했어? 그랬구나. 그렇다면 오늘 내가 완전히 풀 서비스해줄게. 너! 내 거다, 오늘. 납치할 거야."

"하하! 무서워서 벌벌 떨린다. 그래, 어디 마음대로 납치해봐. 그런데 어디로 납치할 건데?"

"제주도!"

"뭐라고? 제주도? 그럼 우리 둘이 오늘 신혼여행 가는 거냐? 이거 혹시 꿈 아냐?"

"그래, 까짓 신혼여행! 가자, 뭐."

전에 없이 웃고 있는 인아의 얼굴이 불안했지만 민혁은 실낱같은 희망을 품고 있었다. 아니, 사실은 두려웠다. 인아가 이제 완전히 떠나려고 하는가, 나를 다 놓아버릴 참인가. 함께 비행기를 타고 제주로 향하는 동안 인아는 전에 없이 밝았다. 그 명랑함이 얼마나 무거웠는지…. 인아를 기다리며 제주에 있는 대학 앞 카페에 앉아 기다리는 그 시간에도 민혁의 마음에 가득한 먹구름은 쉬 가시지 않았다. 하지만 1시간을 훌쩍 넘기고 나서 다시 인아가 돌아왔을 때, 그는 정말 아무렇지도 않은 척 웃으며 손을 흔들었다.

"민혁아, 우리 맛있는 거 먹자. 흑돼지 먹으러 갈까? 아니다, 해녀 아줌마가 따주는 전복 먹으러 갈까? 거기 바다에 앉아서 와인 마시면 죽이겠지? 너, 배 타고 바다 한가운데로 나가서 와인 마셔보고 싶다고 했었잖아. 뭐, 그렇게까지는 못해도 전복 안주 삼아 바다에서 와인, 괜찮지 않겠어? 어때?"

"카! 그거 좋지. 내가 오늘 너 완전히 보낸다. 딱 걸렸다, 최인아!"

아이처럼 마냥 웃고 있는 민혁이지만 그 얼굴 뒤에 서려 있는 슬픔을 인아는 알고 있었다. 넘치게 웃고 있는 그가 얼마나 두려워하고 있는지를 모를 인아가 아니었으니까. 오늘 인아는 민혁을 떠날 참이었다. 이제 정말 완전히 떠나야 했다. 더 이상 부질없는 한 여자에게 마음 묶어둔 채 그를 아프게 만들 수는 없었다. 하지만 어디서부터 어디까지, 그에게 어떻게 말해야 할지 인아에게도 그 시간은 온통 두려움이었다.

몇 모금의 와인이 아니었다면 차마 입이 떨어지지 않았을지도 모른다. 몇 잔의 와인을 나눠 마시고, 오독오독 전복을 씹으며 수다를 나눴다. 마치 연인처럼 그 바다, 한없이 고즈넉한 애월의 포구를 천천히 걸을 때 민혁의 손이 다가와 인아의 손을 잡았다. 그와 손을 잡고 하늘인 듯, 바다인 듯 어스름하게 물들어가는 시간 속에 서 있었다.

"인아야, 나는 이렇게 살고 싶었다."

하루 종일 웃고만 있던 민혁이 진지한 목소리로 말했다.

"네 곁에서 숨쉬고, 웃고, 먹고, 자고, 여행하고… 나는 그런 게 꿈이었지. 언제부터 그런 꿈을 꾸게 되었는지는 모르겠는데 언제부턴가 너는 내 꿈이 되었다."

"그래. 알아."

"네 옆에서 늙고 싶어. 아이였던 우리가 여자 되고 또 남자가 되고, 그렇게 점점 주름 깊어가는 걸 다 지켜보면서 살고 싶어. 네 곁이라면 멋지게 나이 들어 갈 수도 있겠다, 싶다."

"그래. 그럴 거야. 네 옆에 있으면 나도 그렇게 고운 할머니가 될 수 있을 거야. 나도 알지."

"그럴 수는… 없니?"

"민혁아, 나 말이야."

"….".

"그 사람과 나, 같이 살기로 했어."

"인아야, 너!"

"그렇게 됐어. 이 말을 너한테 제일 먼저 해야 한다고 생각했어."

"아니, 나는 아무 말도 못 들었다. 같이 살기로 했다고? 그런 약속쯤
은 아무 것도 아니지. 살다가도 돌아서는 게 남자여잔데 약속 따위가 뭘
그렇게…."

"민혁아, 나 잤어. 그 사람이랑 잤어. 그 사람 여자가 되겠다 그랬어.
내가 먼저…."

"최인아! 그만! 아무 말도 하지 마. 너! 더 말하면 안 참는다. 거기서
그만 해. 그만!"

귀를 막고, 입을 닫은 민혁은 마지막 비행기를 타고 다시 서울로 돌아
올 때까지 화가 난 그 얼굴 그대로였다. 공항에 내려 한 마디의 말도 없
이, 인아를 데려다주겠다는 말 한 마디 건네지도 않은 채 그는 먼저 가
버렸다. 그가 가 버린 그 길이 하도 아득해서 인아는 한참이나 그 자리
에 붙박인 듯 서 있었다.

안녕, 내 친구. 내 한때의 사랑아, 안녕… 인아의 얼굴은 오래도록 그
렇게 쓸쓸했다.

:
:

　밤새 비가 내렸다. 제주에서 돌아온 뒤 일주일째 오락가락하던 비는 어젯밤, 갑자기 굵어졌다. 인아가 유독 마음을 주었던 『꽃의 사랑』이라는 책의 편집을 모두 끝내고, 인쇄소에서 밤을 새우다시피 하고 돌아온 탓에 온몸이 젖은 솜처럼 무거웠으나 창문 가득 아침이 와서 맺힐 때까지도 인아는 좀처럼 잠을 이루지 못했다. 빗소리 때문인지도 몰랐다. 어쩌자고 저렇게 내리고 있나. 밤새 창으로 달려오던 빗소리.

　"그 사람이 그렇게 좋았니?"

　어제 인쇄소로 가기 위해 짐을 꾸릴 때쯤, 민혁이 찾아왔다. 그는 이제 더 이상 웃지 않았다. 인아 앞에서는 언제나 먼저 웃고, 먼저 말하고, 먼저 손 내밀어주던 민혁이었지만 이제 그는 다른 사람 같았다. 퀭한 눈으로 기다리고 있던 그는 한 모금, 쓴 커피를 삼킨 후 그렇게 물었다. 그가 그렇게 좋았느냐고.

　"그런데 인아야, 나는… 그 사람이 밉다."

　창밖의 비가 굵어져 있었다. 슬금슬금 내리는 비를 견디며 뛰던 사람들이 굵어진 빗줄기에 놀라 다급히 어디론가 숨어들고 있었다. 견디다 보면 더는 견딜 수 없는 순간이 오더라고, 인아는 속으로 말했다. 민혁이 너도 그러리라. 네 마음이 가는 곳을, 되돌아오지 않는 메아리를 견디다 견디다가 끝내 저들처럼 어딘가로 숨어들게 되는 날이 오게 될 것이라고.

언제 그치려나. 자꾸 창밖만 내다보며 도망치고 싶어 하는 인아의 마음을 들여다보기라도 한 듯 민혁은 한결 정돈된 목소리로 말했다.

"다음 주에 떠난다. 공부 핑계 대고 그냥 몇 년, 바람이나 쐬려는 거야. 계속 준비하고 있었는데 니 덕분에 빨라졌지. 얼마나 있게 될지는 모르지만 그동안 잘 지내라."

"민혁아."

"…."

"고마워."

"…."

"고마워, 너한테. 늘 고맙고 미안했다. 그동안 내내 그랬어. 너한테 뭘 어떻게 해주려고 이렇게 다 받고 있나…."

"그러지 마라. 굳이 그렇게 정리할 거 없어. 나는 아직 너와 헤어질 준비가 안 됐으니까. 십 년이나 너를 기다렸는데 더 못할 것도 없지."

"그러지 마."

"아니, 그냥 잠시만 떠나 있어 보려는 거다. 다시 만났을 때, 그때 어떻게 하겠다는 말 같은 건 안 한다. 우리 아무 말도 하지 말자. 뭘 알겠어. 지금껏 네 곁에 있으면서도 나는 네가 떠나는 기척조차 못 느꼈는걸. 그냥 흘러가는 대로 살아보자."

"잘 다녀와. 아프지 말고, 밥 잘 챙겨 먹고."

"그래, 그렇게. 너도 잘 지내고 있어라."

민혁의 말은 빗방울처럼 어딘가로 튀어 흔적도 모르게 사라져버렸다고, 인아는 이부자리 속에 누운 채로 잠시 어제 보았던 민혁의 곧은 등을 떠올렸다. 간다, 한마디 던져놓고는 빗속으로 스며들어 걷던 민혁의 뒷모습을 얼마나 오래 바라보고 있었는지. 그렇게 너 가고 난 길이라도 바라봐주면 네게 준 상처가 조금은 지워지지 않을까, 하면서.

민혁에 대한 미안함, 그 아픈 마음이 채 가시지도 않았는데 오늘은 엄마를 찾아갈 참이었다. 하나씩, 한 사람씩 준희와의 관계를 조용히 알려야 할 때가 되었으니까.

엄마에게 가려면 서둘러야 할 텐데, 엄마에게 가는 길이 새삼 너무 멀게 느껴져 허둥대고 있는 중이었다. 세수를 하다가도 머리를 먼저 감을 걸, 그랬다. 옷을 입고 나서도 머리를 먼저 손질할 걸, 먹히지 않는 아침을 먹으면서 양치질을 벌써 끝낸 걸 후회했고, 양치질을 다시 하면서 립스틱을 먼저 발랐던 걸 기억했다. 왜 이렇게 뒤죽박죽인 걸까. 마음 안이 왜 이렇게 소란할까. 마음 끝이 어디인지 몰라 발길이 무거웠다.

어수선한 주말의 고속버스 터미널에서는 사람 냄새가 났다. 사람들의 사는 냄새. 아직은 신혼인 듯 서로 익숙해 보이지 않는 남자와 여자가 있었고, 사랑을 하는 까닭인지 어디론가 떠나는 여행길에 행복이 묻어나는, 너무 익숙해 보이는 남자와 여자도 보였다. 사랑할 땐 저렇게 익숙한데 왜 결혼은 낯설까.

버스는 복잡한 터미널을 빠져나와 나무숲처럼 빼곡한 차량들을 밀쳐내며 고속도로로 진입하기 위해 안간힘을 쓰고 있었다. 갈 길이 멀구나. 인아는 창문 한옆으로 묶인 커튼을 풀어 부서지는 햇빛을 피했다. 갈 길은, 엄마 마음으로 다다르는 길은 얼마나 멀리 있는지.

모든 것은 흘러간다. 길이 아니어도 가야 할 것들은 기어이 가고 만다. 어쩌지 못한 채로, 숨긴 채로, 엎드린 채로… 준희, 너와 나는 여기까지 왔다. 감은 두 눈 위로 부옇게 떠다니는 생각들.

길이 아니어도 가겠다고 마음먹게 한 준희였다. 가자, 너와 함께 가자. 준희를 사랑하기 시작하면서 인아는 늘 한 가지만 생각했다. 이대로 그냥 가자, 네 곁을 따라 가자. 그러나 준희 곁으로 난 그 길을 찾아갔을 뿐, 엄마의 마음 곁으로는 가지 못했다.

이제야 결국 그 어려운 길을… 인아는 가방을 열어 두통약 한 알을 꺼내서 입에 문 채 물도 없이 씹어 삼켰다. 생각으로 가득 찬 머릿속이 자근자근했다. 가다 서다를 반복하던 버스는 언제부턴가 거칠 것 없는 속도를 내고 있었다. 엄마에게 가는 길이 서둘러 오고 있다. 열심히 달리고 있는 버스 때문에.

"하여튼 난 이해가 불가다. 대체 네가 왜 굳이 그렇게 어려운 길을 가겠다는 건지 알 수가 없어. 준희라는 사람, 보지 못했으니 어떤 작자인지 알 수는 없지만 네 얼굴이 그렇게 복잡해 보이는 걸 보면 그 사람 난 왠지 내키지 않는다니까."

인아보다 10년이나 먼저 살아온 최선주는 그 세월만큼, 견뎌온 기억들이 많은 사람이었다. 이혼 후 일곱 살 난 딸아이를 혼자 키우고 있는 그녀는 늘 '그 망할 놈의 결혼'이라고 말했다. '거지 같은 자식'이라는 말로 가고 없는 그 사랑을 이야기하는 날도 있었다.

언제였나. 느닷없이 사라진 준희가 한 달이 넘게 돌아오지 않던 그 무렵의 어느 늦은 밤. 불 꺼진 사무실에서 혼자 울고 있던 최선주를 보았었다. 나란히 앉아서 그 밤, 둘은 취하도록 술을 마셨다.

"사랑? 염병을 한다. 니가 사랑을 알어?"

술 취한 그녀가 말했던가.

"나는 뭐, 사랑하지 않아서 이렇게 된 것 같니? 천만에! 우리 둘이 어떻게 사랑했는지 너 모르지? 그 자식 말이야. 그 거지 같은 자식이 없으면 숨이 멎을 것 같았어. 죽을 것 같았다고. 평생을 그 자식 발만 닦아주고 살아도 억울하지 않을 거다 그랬다, 내가. 오만한 생각이었지."

내가 저 사람을 다 채울 수 있다, 저 사람으로 인해 내가 가득 찰 수 있다… 사랑은 사람을 오만해지게 한다.

"결혼 속에는 뭐가 있어. 두려운 뭔가가 여기저기 복병처럼 숨어 있지. 숨어 있다가 하나씩 터지는 거야. 회사에서 밀려날 때, 전세 보증금을 올려달라고 할 때, 아이가 아플 때, 시댁에서 돈이 필요하다고 할 때… 그 사람은 나한테 화풀이를 했어. 왜? 나한테 왜? 내가 그랬어? 그지독한 고문을 더 이상은 참을 수가 없어서 헤어지자, 결심했을 때 그

인간이 한 말이 뭐였는지 아니? 양육비 같은 거 줄 수 없단 말이었어. 미친 놈."

사람들은 왜 가장 아끼는 사람에게 화풀이를 하는 것일까. 가장 가까운 사람, 가장 친절했던 사람, 마음 깊숙이 들어와 있는 사람을 향해 가장 먼저 발길질을 하게 되는 이유는 무엇일까.

"그 인간, 결혼했다더라. 나랑 우리 현지를 이렇게 버려놓고 그게 말이 되니? 지랑 나랑 얼마나 사랑했었는데, 현지가 아빠를 얼마나 보고 싶어 하는데, 현지는 아빠가 돌아올 날만 기다리는데."

그냥 울도록, 펑펑 울도록 내버려두는 것밖에는 아무것도 해줄 수 없었던 밤이었다. 그 밤, 속 안의 무엇을 다 끄집어내놓고 꺽꺽 울던 그녀가 다시 말짱해진 얼굴로 돌아서 가면서 인아에게 말했었다.

"인아야, 너 모르지? 사랑은 변하는 거야. 알아? 험하다 싶으면 가지 않는 거야, 이 바보야."

버스는 어느덧 속초 시내로 들어서고 있었다. 드문드문 짧은 잠 속에 빠져들었던 까닭인지 머리가 깨알처럼 잘게 부서지는 느낌이었다. 이곳의 바람에서는 부엌 냄새가 난다. 엄마 손이 맛있는 생선을 굽고, 졸이던 먼먼 냄새. 그 비릿한 추억의 냄새가.

   ⋮
   ⋮

"어머! 이거 뭐야? 혹시 허깨비 아냐? 이게 정말 우리 딸 맞나? 너는 도대체 오면 온다고 연락이라도 하지. 그랬으면 엄마가 마중이라도 나 갔을 거 아냐."

엄마의 얼굴이 함박꽃이었다. 고단한 기색이 역력해 보이는 엄마는 젖은 행주를 들어 쓱쓱, 물기 흐르는 손을 닦아내며 그 손으로 인아의 얼굴을 쓸어주었다. 웃고 또 웃으며 얼굴을 쓸어주고, 어깨를 다독이고. 엄마의 손이 지나간 자리가 쓰렸다. 선인장 같아진 엄마의 손.

"계집애, 하여튼 지 엄마를 쏙 뺐어요. 그렇게 냉정할 수가 없어. 자주 와볼 만도 한데 말이야. 이모 늙는 거 안 보고 싶었어? 어디 보자, 뭐 사 왔나. 뭐 사왔어?"

여전히 선머슴 같은 이모. 한바탕 웃어주면 막 샤워를 마친 듯 시원해 졌었지. 집안에서 쫓겨나다시피 결혼한 뒤 무작정 살림 차리고 사는 언 니를 무던히도 찾아다녔던 이모였다는데. 결국 그 남자에게 상처 입고 사는 엄마 때문에 이모는 여전히 남자 없이 혼자 살고 있는 사람이었다.

"이모는 결혼 안 해?"

"아이구! 네 엄마를 보고도 그걸 해? 아서라, 말아라! 난 그런 거 안 한 다. 혼자 사니 얼마나 좋은데 그 불구덩이 속으로 왜 들어가?"

"그럼 나도 결혼하지 말고, 엄마랑 이모랑 우리 셋이서 그냥 살까?"

"아휴, 징그러워! 여자 셋이? 됐다, 됐어. 새파랗게 젊은 것이 왜 늙은 이모 다릴 붙잡고 늘어져? 물귀신이야? 하하하! 언니, 인아도 왔는데 일 찍 문 닫고, 우리 한잔합시다. 인아야, 너 회 좋아하지? 이모가 펄펄 뛰는 놈으로 한 마리 잡아줄 테니까 우리 밤새도록 마시자, 알았지?"

"지가 마시고 싶으니까 조카 핑계를 대네. 우리 인아는 술 잘 못해."

한옆에서 거들던 엄마는 타박하던 목소리를 잊었는지 벌써 투망 하나를 들고 저만치, 펄펄 살아 뛰는 놈들을 향해 걷고 있었다. 하나밖에 없는 딸이 와준 것이 좋아서 엄마는 저토록 성큼성큼 걷고 있다.

열어놓은 창문으로 밀려들던 바닷소리, 파도 냄새. 알전구 불빛 아래 주름진 엄마의 얼굴이 더 선명했다.

"엄마는 인아 너 때문에 살았지. 네 덕이었어. 너 아니었음 엄마 못 견뎠을 거야."

인아의 대학 입학식이 있었던 날 밤, 나란히 누운 엄마 곁이 빈 들판 같았다. 들판 같은 엄마가 말했었다. 인아 너 때문에 살 수 있었다고. 너 먹이고 입히려고 서러울 틈도 없이 살았다고. 나 때문에 살았다는 엄마에게 말해야 한다. 이제 나 때문에 엄마는 견디기 어려워질 수도 있을 테지. 술기운 때문에 흥이 난 엄마와 이모는 노랫가락을 읊조리고 있는 중이었다. 연분홍 치마가 봄바람에 휘날리더라….

집으로 가자는 이모의 손길을 굳이 밀려내고 인아는 엄마와 단둘이 식당에 남았다. 바다가 길 건너에 있어 마치 그 바다 앞에 나와 앉은 듯 마음이 씻어져서였다. 아니 실은 오늘, 엄마에게 해야 할 말이 있어서였다. 엄마와 단둘이, 엄마에게 하고 싶은 말이 있으므로.

식당 홀 한쪽으로 펼쳐져 있는 문도 없는 방 안에 자리를 펴고 누웠다. 쏴, 파도 소리를 베고 누워 창밖을 내다보았다. 하늘인지 바다인지, 아무것도 분간할 수 없는 어둠. 서울에는 내내 비가 내렸는데 이곳은 별이 총총했다. 드문드문 점점이 박혀서 반짝, 빛을 뿜는 별들. 누웠으나 좀처럼 잠이 올 것 같지 않은 밤이었다.

"엄마."

엄마가 몸을 돌려 인아 쪽을 보며 모로 누웠다. 우리 엄마, 그사이 얼굴이 많이 상했구나.

"엄마, 힘들지?"

"힘들지. 엉덩이 들 기운도 없게 힘들어. 그래도 이 나이에 돈벌이할 수 있으니 고맙고 그래. 젊은 것들도 줄줄이 놀고 있는 세상에 나 같은 아줌마가 몸 쓸 곳이 있으니 다행이지. 너는 어때? 우리 딸이 요새 힘든가? 가뜩이나 코딱지만 한 얼굴이 더 작아졌는데."

"아냐. 나는 하나도 안 힘들어. 좋아하는 책도 매일매일 보고, 돈도 벌고. 복에 겨웠지."

엄마의 마음이 인아의 깊어진 눈을 들여다보고 있었다. 이 녀석이 왜 이러나. 무슨 일이 있나.

"참! 인아야. 며칠 전에 민혁이 다녀갔어. 너 이렇게 올 것 같았으면 둘이 약속하지 그랬어, 왜? 같이 왔으면 좋았을 텐데."

"그러게…."

"왜? 너희 요즘, 안 만나니? 못 만나?"

"아니. 서로 바빠서 좀 뜸했어. 민혁이 유학 가거든. 나도 출판사 일이 좀 바빠져서 매일 야근이구."

"그러게. 공부하러 간다고, 다녀온다고, 인사 왔더라. 그 녀석은 참 잘 컸어. 아들 삼았으면 좋겠어. 마음 씀씀이가 그럴 수가 없어. 하나도 모자랄 게 없는 녀석이지."

엄마는 인아의 눈치를 살피면서 떠보듯이 말했다. 민혁이가 자꾸 눈에 밟히는 엄마란 걸 모를 인아가 아니었다. 그러나 안 되는 일이 있더라고, 몸이 어떻게 받아들여도 마음에서 받아들일 수 없는 일이란 게 세상엔 분명히 있더라고, 인아는 말하고 싶었다.

"엄마."

"왜?"

"아빠 사랑했어?"

사랑을 하나, 인아가? 엄마의 마음이 불안하게 흔들렸다.

"무슨 귀신 씻나락 까먹는 소리야? 갑자기?"

"그냥. 사랑을 하기는 했었는지 궁금해서."

"왜? 민혁이가 너 사랑한다대? 고백했어?"

"에이, 엄마는 무슨… 그런 거 아니고 그냥 궁금해서 그런다니까."

사랑. 그런 걸 하기는 했었지. 그랬으니 그렇게도 무모할 수 있었지. 어디로 가야 하는지 앞길이 하나도 안 보이더라. 그냥 그 사람한테만 내달려지더라. 어쩌려고 이러나, 돌아봐지지가 않더라. 갑작스러운 딸의 물음에 엄마의 두 눈이 아득해졌다.

"아빠 얘기 듣고 싶어. 한 번도 말해준 적 없었잖아. 얼마나 궁금했었는지 몰라. 아빠가 어떤 사람이었는지."

"…."

"아직도 안 돼, 엄마?"

"…."

"엄마… 응?"

"네 아빠는 엄마가 고등학교 막 졸업하고 나서 만났어. 너도 알지? 그때 우리 집 사는 거 얼마나 어려웠는지."

"그럼. 엄마한테 들어서 알지."

"학교 졸업하고 곧바로 취직했잖아. 대학? 꿈도 못 꿨다. 내 생각에 그냥 돈 벌어서 대학 가자 그랬지. 야간 대학이라도 가자고. 그러다 니 아빠 만나서 다 망했어."

"응, 그랬구나."

"엄마가 허드렛일 하는 급사로 출근하기 시작한, 그 회사의 과장이었어. 네 아빠."

"응."

"말이 좋아 과장이지 나이도 많고 엄청 가난했어. 그땐 뭐에 홀려서 그랬는지… 나, 원 참."

"응."

"니 아빠가 엄마보다 열네 살이나 많았지."

"응."

"하기는⋯ 오빠 같았어. 엄마한테 잘해줬지. 사람들이 어린 나를 다 업신여겨도 니 아빠만 신사처럼 그랬으니까. 그거에 혹해 가지고⋯ 미련하게. 하기는 뭘 알았겠어. 까맣게 어린 나이였는데."

"응."

"니 아빠랑 연애할 때 어디 갔는지 알아? 멋대가리도 없는 사람⋯. 우리는 툭하면 야구장에 갔었다. 시끄러운 야구장에다 날 앉혀놓고 니 아빠는 신이 나서 야구만 봤었어."

"응."

엄마의 한숨이 야트막한 언덕 같다고 생각했다. 아빠 생각이 나는 걸까. 그 아픈 사랑을 애써 떠올리는 게 엄마는 아직도 아픈 걸까. 엄마의 두 눈이 아련했다.

"엄만⋯ 야구 안 보고 네 아빠만 봤어."

"응."

"자장면 먹으러 가고, 만두 먹으러 가고 그랬어. 그때 명동에 아주 유명한 중국집이 있었거든. 거기가 제일 호사스러운 데이트 장소였어."

"응."

"아침에 출근하는 게 행복했다, 인아야. 젤 먼저 가서 아빠 책상 닦아주고, 머리 뒤쪽 창문 닦아주고 그랬지. 그 사람⋯ 출근하면 내 얼굴 한

번 안 봐줘도 다리가 풀리더라. 좋아서. 니 아빠가 좋아하는 커피… 커피 두 숟갈에 설탕 하나, 크림 둘… 미쳤지. 어쩌자고 그걸 아직도 기억한다니. 나쁜 사람."

"…."

"우리 둘이 좋아졌을 때부턴 커피 타가지고 책상 앞으로 가면 아빠가 내 손을 잡아주더라. 그럼 눈물이 났지. 얼마나 좋던지."

"…."

"할머니한테 결혼하겠다고 말할 땐 벌써 널 가진 후였어. 참 겁도 없었다, 이 엄마는."

"…."

"할머니 쓰러지시고 집안이 난리법석이었어. 난 그 길로 집에서 쫓겨나고. 그래서 그냥, 그 사람 자취방으로 들어가 살았어."

"…."

"어찌 다 말할까, 그때 일을. 책으로 쓰면 열 권도 모자라."

"…."

"내 발로 뛰쳐나왔으니 말할 데도 없었어. 엄청 고단했거든, 사는 게. 안 해본 게 없었으니까. 그래, 너무 힘들었지."

"…."

"정말 그렇게 벼락같이 가버릴 줄 몰랐다. 니 아빠가… 우리한테 그럴 줄 몰랐어."

"…."

"인아야."

"…."

"인아야?"

"응, 엄마."

"엄마는 말이다. 그래도 엄마는… 살면서… 젤 행복했던 때가 그때였어. 아빠 곁에 있던 그때."

"응. 그래, 엄마. 그래."

눈물이었다. 눈에서 쏟아져 나와 가슴으로, 손등으로, 바닥을 적시고 저 바다로. 엄마는 소리도 내지 못한 채 울고 있었다. 그 적막한 흐느낌.

"엄마."

"…."

"내가 말이야. 내가…."

"…."

"내가 지금 엄마 같은 사랑을 한다면…."

"…."

"나… 어떡해, 엄마? 어떡하지?"

"…."

·
·
·

새벽 바다. 누군가, 아직 잠에서 깨어나지 않은 바닷가 모래사장 위에 앉아 릴낚시를 하고 있었다. 고기를 낚는 걸까, 바다를 낚으려는 것일까. 밤새 술을 마셨었나. 구겨진 음료수 캔 두 개가 그 헝클어진 남자 곁에 얌전히 놓여 있었다.

간밤, 그리도 거세던 파도 소리는 거짓말처럼 가늘어져 있었다. 인아의 가슴으로, 엄마의 가슴속으로 사납게 밀어닥치던 그 무성한 파도 소리. 엄마는 아무 말도 하지 않았다. 인아를 보며 누웠던 몸을 다시 되돌려 저 멀리, 바다가 있는 창 쪽으로 향해 있을 뿐이었다. 밤새 그렇게 돌아누운 채로, 엄마는 말이 없었다. 엄마의 차가운 등 뒤에 무릎 꿇고 앉아 인아는 오래오래 혼자서 말했다. 인아의 그 말은 엄마에게로 다가가지도 못한 채 다시 돌아와 인아의 가슴에 꽂히곤 했다.

"엄마, 불이 났어. 우리 집 지하에 있는 그 작은 방, 거기에 불이 나서 모두 타버렸어. 그날 거기 사는 그 사람을 처음 봤어. 그 사람 때문에… 엄마한테도 불이 난 걸 숨겼어. 왜 그랬는지 모르겠는데 그렇게 했어. 엄마, 난… 처음이야. 지금껏 한 번도 그래본 적 없었어. 엄마, 막아보려고 했는데 할 수 없었어. 그 사람을 보면 꿈만 같아서 내 마음이 가는 게 막아지지가 않았어. 나도 알지. 그 사람이 왜 안 되는지 나도 아는데… 엄마는 내가 어떻게 살아주기를 바라는지, 엄마가 날 어떻게 키웠는지… 나도 정말 다 아는데… 그런데 엄마, 나 왜 이러지? 그 사람이 아니면 살 수 없을 것 같은데… 그 사람이 아니면 죽을 것 같아서… 난 정말 어떻게 할 수가 없어, 엄마."

늘 바다가 그리웠다. 바다에 가고 싶다, 그 꿈. 그런데 왜 바다 앞에 다다르니 모든 것이 꿈만 같을까. 바다를 그리워한 마음조차 아득한 건 왜일까. 엄마의 마음을 돌리지 못하고 준희를 다시 만났을 때 지금처럼 이렇게 모든 것이 아득해지면 그때는 어떻게 하나.

엄마는 아침이 올 때까지도 여전히 말이 없었다. 말 한마디 없이 인아를 위해 전복죽 한 그릇을 준비해주었을 뿐. 얼른 먹고 서둘러 가, 엄마의 저 목소리. 딸의 얼굴을 볼 수 없어 등 돌리고 서 있는 엄마의 납작한 등에 매달리고 싶다고 생각했다. 엄마, 나한테 그러지 마. 울며 떼쓰고 싶었으나 인아는 그저 다진 전복이 촘촘한 한 그릇, 그 죽 그릇만 하염없이 내려다보고 있었다.

"너, 이제 여기 오지 마. 보지 말고 살자, 우리."

미리 연락했으면 마중을 나왔을 거라던 엄마는 딸의 가는 길을 다 알면서도 배웅하지 않았다. 문 앞으로도 아니고, 바다 앞으로도 아니고, 주방 앞에 서서 얼굴 한 번 돌아봐주지 않고 말했다. 조심해서 올라가라고 그리고 다시는 오지 말라고.

조심해서 조심조심, 다치지 않게, 안전한 길로만…. 알 수 있다면 좋을까. 살면서 조심해 갈 길이 어딘지 분별할 수 있다면 한결 좋을까. 조심했으면, 그 사람을 만나지 않을 수 있었을까.

오래 기다려야 갈 수 있겠구나. 엄마에게로 왔던 길이, 엄마에게로 이르는 길이 너무 아득해서 인아는 서울행 버스에 오르지도 못한 채 우두 커니 서 있었다. 벌써 네 대째의 서울로 가는 버스가 인아의 눈앞을 스쳐갔음에도.

결국, 우리는…

"아니 그럼 무작정 그렇게 살기 시작했다는 거야? 식도 안올리고? 너 진짜 미쳤니?"

최선주의 목소리가 너무 컸는지 무료한 얼굴로 카운터에 앉아 손톱을 다듬고 있던 여자가 흘끔 돌아보았다. 둘이 함께 점심 식사를 마치고, 회사 앞 찻집에 마주 앉아 따뜻한 홍차를 한 잔씩 마실 때 인아는 느닷없이 그녀에게 준희 이야기를 꺼내놓았다.

"너 정말 대책 없구나. 왜 그러는 거니? 뭐에 씌어서 그러는 거야?"

이렇게 해서는 안 된다는 것을 알고 있었지만 이렇게밖에는, 아무 대책이 서지 않았다. 엄마의 닫힌 마음은 좀처럼 열리지 않았다. 그 후로도 몇 번을 더 찾아갔지만 엄마는 눈길 한 번 주지 않았고, 그날 이후로는 전화도 받지 않았다. 이제 엄마는 남처럼 멀었다. 남보다 한참 멀어서 엄마에게로 가는 길을 잃고 말았다. 이제 인아가 아는 길, 갈 수 있는 길이라고는 준희뿐이었다.

"너희 어머니 너 하나 보고 살아오신 분이라면서, 엄마가 왜 반대하시는지 모르는 것도 아니면서, 굳이 그렇게까지 해야 하는 거야?"

최선주의 목소리에 한숨이 녹아 있었다. 그래. 이제는 모두 말해야 한다고 생각했다. 우리가 살고 있다는 것, 우리가 이제 헤어지지 않기 위해 함께 살기 시작했다는 것을. 최선주라면 이제 가족보다 더 가까운 사람이 되었으니 알려야 하는 게 당연했다.

"그래, 뭐! 어쩔 수 없는 일이란 게 있기는 하더라. 나한테라도 축복받고 싶은 거겠지. 잘했다, 그럴 수도 있는 거지, 그 말이 듣고 싶은 거겠지. 내 말 같은 게 무슨 소용이 있겠냐만…."

엄마가 다녀갔었다. 엄마는 눈을 마주치지도, 입을 열지도 않았다. 불안한 인아가 내내 엄마의 눈치를 살피며, 엄마에게 전처럼 그렇게 다가서지도 못하며 멀찌감치 떨어져 서성거리는 동안 엄마는 김치를 담그고, 냉장고를 채우고, 옷장 속을 정리했다. 다시는 안 볼 것처럼, 그간의 세월을 정리라도 하는 것처럼.

하룻밤쯤 인아 곁에 누워주어도 좋았을 거라고, 그렇게 속옷 하나까지 다 챙겨가며 상처 주지 말고 어쩔 수 없는 딸의 마음 앞에 고개 끄덕여주었어도 좋았을 거라고, 어쩌면 돌아서던 엄마 마음에도 그 생각뿐이었을지 모른다.

뿌리치는 엄마를 굳이 따라나서 터미널까지 가는 동안에도 인아는 그런 엄마를 잡지 못했다. 엄마, 그러지 마. 나한테, 엄마한테, 그렇게 하지 마. 마음 안에 가득하던 그 말은 좀처럼 목소리가 되어 나오지 않았으므로.

"엄마, 미안해."

그뿐이었다. 버스로 올라서는 엄마의 등을 보다가 머리에서 발끝까지 미친 듯이 폭풍이 일어 아무 말도 하지 않고는 그 자리에 그대로 주저앉게 되고 말 것 같았으니까. 그래서 뱉은 말이 고작 그뿐이었다. 엄마, 미안해. 용서하세요.

남편에게 버려지고도 그 신세를 추스를 수 있었던 것은 인아 때문이었다고 했다. 버려진 자신보다 아빠에게 버려진 어린것이 가엾어 저절로 사는 용기가 생기더라고. 살아야겠기에 무작정 거리로 나서지더라고. 그 엄마를 이제… 내가 다시 버려지게 했다. 엄마가 탄 버스가 멀어지는 것을 바라볼 때 인아는 그 생각만 했다.

"그래, 까짓 거. 어쩌겠니. 사랑하는데, 사랑한다는데. 꼭 그렇지. 사랑이라는 게 그렇게 오지."

최선주, 그녀의 말이 홀씨처럼 흩어져 인아의 벌판 같은 가슴으로 들어왔다. 들어와 꽃을 피웠다.

⋮

너를 위해 무슨 일이든 할 수 있는 사람이길 바랐다고, 인아가 출근한 빈집에 혼자 앉아 준희는 생각했다. 할 수 있는 일이라면 뭐든, 할 수 없는 일이라도 기꺼이 해줄 수 있다고 믿었다. 어머니를 만나고 온 뒤에도 인아는 아무런 말을 하지 않고 있었다. 차마 물을 수도 없었다. 인아의 어머니가 다녀가시는 소리를 들었지만, 선뜻 그 앞으로 나설 수도 없었던 그였다.

"생각해봤는데 준희야. 결혼식, 그렇게 중요한 일이 아닌 것 같아. 너 아직 학교 졸업도 한 해 남았고, 나도 아직 할 일이 많고. 그러니까 그냥 이대로 좀 지내다가 너 졸업하거든 그때 식을 올리는 게 어떨까?"

모처럼 정성껏 차려입고 분위기 좋은 식당에 마주 앉았던 날. 인아는 다른 곳을 바라보며 말했다. 준희 얼굴을 쳐다보지 않기 위해 애쓰던 인아. 그녀의 명랑한 목소리에 눈물이 스며 있어 알 수 있는 일이었다. 우리, 쉽지 않구나.

쉽지 않으리란 걸 몰랐던 것은 아니었다. 결국 이렇게 되리란 생각도 벌써부터 마음에 있었다. 그런데도 결국 이렇게 되었다는 사실 때문에 가슴이 베듯 아팠다. 이제 인아의 어머니를 찾아가 무릎을 꿇어야 할 때가 되었다는 것을 그는 잘 알고 있었다.

저만치 푸른 간판이 보였다. 바다 빛깔 간판 위에 앉은 '처녀횟집'이란 하얀 글자가 준희의 마음 가득 파도를 일으켰다. 인아가 아니었으면 바다 앞의 저 식당 간판쯤이 마음을 이렇게 휘저어놓지는 않았을 것이었다. 인아를 사랑하지 않았으면 바다를 향해 달려오는 길이 이렇게 캄캄

하지는 않았을지도 모른다. 내가 아니었으면 착한 인아가 엄마 생각에 혼자 울 일도 없었을 테지. 꼬리를 잡고 이어지는 부질없는 생각들.

이렇게 무작정 올 수 있으리라고는 생각지 못했었다. 창문 너머로 바라본 인아의 출근길, 그 뒷모습이 너무 작아서였을 것이다. 나, 다녀올 테니까 넌 그 자리에서 꼼짝 말고 날 기다려야 해. 구슬 같은 목소리로 말하던 인아의 뒷모습이 그렇게 슬퍼 보이지 않았다면 영영 낼 수 없는 용기가 아니었을까.

인아의 어머니는 상추를 다듬고 있는 중이었다. 꼭지를 떼어 한 잎 또 한 잎, 무리지어 있던 푸른 잎을 한 장씩 떼어 투박한 나무 테이블 위에 가득 펼쳐 놓은 중이었다. 툭툭, 흙을 털던 그녀의 손. 인아는 손마저 엄마를 닮았구나.

누구, 하던 그녀가 준희에게로 향해 있던 고개를 돌려 멀리 먼 곳을 내다보고 있었다. 얼마를 그렇게 서 있었을까. 창밖을 향한 시선이 준희에게 되돌아오기까지는 너무 오랜 시간이 필요했다.

"거기 좀 앉아요. 뭐 한다고 여기까지… 먼 길 왔네."

먼 길이었다. 마음 안의 속초는 멀고 먼 길이었다. 속초, 그저 그 이름만으로도 마음이 온통 발길 아래 낭떠러지로 굴러 떨어지듯 했으니까. 인아를 알고 나서부터 속초는 절벽 같았다. 이름만으로도 너무 두려웠다. 오늘따라 바람이 거세어 유리를 끼워 만든 허술한 섀시 문이 수시로 흔들렸다. 덜컹, 지금 그녀의 마음처럼 덜컹, 인아를 꼭 닮은 그녀와 마주 앉은 준희의 마음처럼 덜컹. 멀리 바다에서부터 불어오는 바람 때문에… 그 바람의 울림.

소금 바가지라도 뒤집어쓰게 된다면 무릎을 꿇고 빌어볼 참이었다. 그렇게 역정이라도 내신다면 한껏 빌어볼 마음으로 내려간 길이었다. 그러나 인아의 어머니는 남의 일인 듯 고요했다.

"나는 인아에게 그냥 이름만 어미였을 뿐 아무것도 제대로 못 해줬어요. 우리 인아는 저 혼자 컸어요. 다른 아이들처럼 그렇게는 하나도 해줄 수가 없었지."

세상에는 곁에 있어 주는 것보다 더 귀한 선물이 없는지도 모른다. 그저 있어 주는 것. 그 자리에 그대로 변하지 않고, 흔들리지 않고, 혼자 남겨지게 하지 않고… 준희의 슬픈 혼잣말.

"떼를 쓰면 좋을 텐데, 다른 아이들처럼 떼를 쓰면 엄마 마음이 차라리 편할 텐데. 우리 인아는 한 번도 그래본 적 없었어요. 저보다 엄마를 더 챙겼으니까. 그래서 인아를 그렇게 만든 게 늘 미안했지."

그래, 인아는 그런 아이다. 떼를 쓸 줄 모르는 아이. 나보다 너를 먼저 생각하는 아이. 나보다 너를 위해 마음 안의 눈물을 감추는 아이.

"인아한테 난, 죄인이에요. 생각해봐요. 그 어린 게 아빠가 얼마나 그리웠을 건지. 그런데 우리 인아, 자라는 동안 아빠 얘기 한 번도 물은 적 없어요. 그쪽은 그런 거, 절대로 모를 거야. 아빠 없는 아이로 자라게 만든 엄마 심정 같은 거."

버림을 받아봐서, 그 역시도 버려져본 기억이 있으므로 안다고 말하고 싶었다. 다 안다고.

"그렇게 키우려고 했던 게 아니었지. 보란 듯이 키우고 싶었으니까. 그런데… 먹여야 해서, 재워야 해서… 겨우 그것 말고는 아무것도 못 해줬어요. 사는 게 하도 고단해서 마음으로 인아를 버렸던 적 얼마나 많았게. 돌아서서 후회했던 날이 얼마나 많았게. 그런 마음을 어찌 알겠어."

인아도 그랬을까. 그렇게 자라고 싶었던 게 아니었을까. 다른 아이들처럼 그렇게, 다 누리면서 자라고 싶었을까. 엄마의 사랑이 자신을 불행하게 만들었다고 생각했을까.

"나는 인아가 나처럼 살지 않았으면 했어요. 따뜻한 부모 밑에서 잘 자란 사람 만나길 바랐지. 어릴 때 못 받은 아버지 사랑도 거기서 다 받고 살았으면 했으니까. 그런데 그 아이가… 엄마처럼 살겠다고 하네. 바보 같은 것."

준희는 눈을 감았다. 눈을 감으면 아무 말도 들리지 않기를 바라면서.

"이봐요. 난 잘 안 되네요. 내 딸 위해서 애써보자, 그냥 눈감아주자, 수천 번 생각했지만 나는 못 하겠어요. 그러니 그냥 돌아가요."

우리를 받아줄 수 없다고 해도, 그렇다고 해서 떠날 수는 없다. 인아 곁을 떠날 수 없어서 여기까지 와야 했다. 혼자서 이렇게 멀고 먼 길을.

"부탁 좀 합시다. 나는 이제 다른 건 아무 것도 바라지 않아요. 그냥 여기 이 불쌍한 여자 하나 살리는 셈 치고 우리 인아 좀 놔주면 안 되겠어요? 인아 몰래 어디로 좀 가줄 수는 없어요?"

그 눈빛이 하도 간절해서 준희는 하마터면 그러마고 대답할 뻔했다. 이 길로 떠나 다시는 인아 곁을 찾지 않겠다고 말할까. 그렇게 하는 것이 인아를 사랑하는 길일까, 하고.

"어머니, 죄송합니다. 정말 죄송합니다. 어머니의 그 마음을 받을 수가 없어요. 용서하십시오."

미안합니다, 어머니. 그 마음을, 그 간절함을 받아들일 수 없어서… 준희는 몇 번이나 똑같이 말하고 있었다.

⋮
⋮

서울로 돌아오는 길. 인아에게로 다시 돌아오는 길. 여섯 시간이 넘게 느릿느릿 달리는 버스를 타고 돌아오면서 무슨 생각을 했는지, 아무것도 기억나지 않았다. 어디를 다녀오는 길인지, 누구를 만났는지, 그녀로부터 무슨 말을 들어야 했는지…. 기억하지 않으면 그 모든 일들이 없던 일이 될 수 있는 것처럼 정말 그렇게, 모든 것이 흐릿했다.

인아에게는 아무 말도 하지 않을 것이다. 그 여자에게는 오늘 일을 말하지 않을 작정이다. 말하지 말고 묻어두자. 묻어두었다가, 오래 감춰두었다가, 다 잊힐 때쯤 꺼내보기로 하자. 우리에게 그런 기억이 있었노라고, 웃으면서 들춰보기로 하자.

터미널에 도착해서도 준희는 한참을 그렇게 허름한 플라스틱 의자에 앉아 있었다. 인아에게 가야 한다고 생각하는 마음 안으로 자꾸 그녀의 어머니가 했던 말이 내려앉았던 까닭이었다. 우리 인아가 결국, 엄마처럼 살겠다고 하네. 나처럼 살려고 해….

준희는 걸었다. 얼마를 걸어야 인아의 따스한 골목이 나올지 알 수 없었지만, 무작정 걷고 있었다. 차를 타고 달려서는, 그렇게 서둘러 달려서 갈 수는 없었다. 인아 어머니의 눈물이 가슴 안에 흘러넘쳐 강으로, 바다로, 뻗어가고 있었으므로.

새벽이었다. 새벽의 골목길. 그때, 여기 이 골목을 더듬어 이 집으로 오지 않았더라면, 그 불길이 아니었다면, 저 흐린 불빛의 가로등 아래에서 인아와 마주치지 않았더라면, 그랬다면 우리가 이렇게 되지 않을 수 있었을까. 아직도 선명한 인아의 운동화. 힘든 하루가 담겨 있어 더 무거워 보였던 인아의 운동화 소리.

준희는 자꾸 되돌아갈 수 없는 기억들만 헤집고 있는 중이었다. 인아가 해준 밥을 먹지 않았다면 괜찮았을까. 인아가 끓여준 차를 마시지 않았다면 우리가 이렇게 서로의 가슴에 두 발 담그지 않을 수 있었을까.

"거기… 준희니? 준희 맞아?"

그 새벽의 골목길에 인아가 있었다. 아침에 입고 나갔던 옷을 그대로 입은 채였다. 울었는지 한없이 무겁게 잠긴 목소리로 그 골목에 인아가 있었다. 아이처럼 놀란 채 숨죽여 우는 인아를 향해 그가 말했다.

"안 떠난다, 인아야. 평생 네 곁을 떠나지 않을게. 나 그럴 수 있어."

사는 거다, 그냥 이대로 살자. 너무 많이 바라지 말자. 결혼식 같은 것, 그런 것쯤은 아니어도 좋다. 내가 널 떠나지 않을 수 있으므로, 네가 날 떠나지 않으리란 약속이 있으므로 이젠 함께 사는 거다. 준희의 마음이 말했다.

도배지가 되어 벽면마다 발라진 사랑. 푹신한 소파 위에 내려앉은 사랑.
냄비 안에 담긴 너와 나의 사랑. 찰랑거리는 그 사랑. 끓어 넘치지 말고,
끓다 끓다가 졸아들지도 말고, 적당해라, 적당히.
적당한 온도로 오래오래, 우리 사랑을 가져가자. 너와 나, 그렇게 하자.
사랑이 뭐라고 나, 이렇게 행복하니.

Ⅱ
둘 이   살 아 서

벽지, 소파, 냄비 그리고 사랑

"인아야, 우리 당번을 정하는 게 좋겠다."

"당번?"

"내가 원래 좀 게을러. 시키지 않으면 귀찮아서 안 하거든. 그러니까 살림 당번을 정하자."

"너 뭐 할 수 있는데?"

"나? 다 할 수 있지. 시키는 거 다 잘할 수 있다."

"그래? 그럼 너 빨래 당번해라. 요리는 내가 할게."

"그럼 청소는? 그것도 내가 할까?"

"아니지. 그건 불공평하지. 너만 두 가지 다 해야 되는 거잖아. 청소는 일주일씩 돌아가면서 하자. 이번 주에는 내가 하고, 다음 주에는 네가 하고. 그러는 게 좋겠어."

"그래. 그렇게 하자."

당번인 준희가 빨아준 셔츠를 입으면 하루 종일 그 아이가 곁에 있는 것 같아 인아의 얼굴이 말개졌다. 당번인 준희가 싹싹 빨아 개켜준 옷을 입으면 그의 손길이 속속들이 스며들어 마음속까지 비누 냄새가 고였다.

그의 손이 하나씩 추려 담은 세탁기 속의 빨래를 들여다보며 인아는 때로 웃었다. 준희의 티셔츠가 인아의 스커트를 안고 뱅글, 준희의 양말이 인아의 양말과 한편이 되어 뱅글. 이래서 결혼을 하나, 뱅글, 뱅, 글, 되돌아오는 행복이 좋아서.

준희는 하루 또 하루 다른 사람처럼 변하고 있었다. 처음 만나서부터 이렇게 둘이 살게 되기까지 그는 줄곧 물기 없이 바싹 마른 표정을 하고 있었다. 곧 부스러지겠구나, 두려웠을 만큼. 그러나 이즈음의 준희는 푸른 잎 같았다. 촉촉하게 습기 어린 그 모습이 좋아서 인아의 두 눈이 점점 초록으로 물들었다.

"함께 가주지 못해서 미안해."

아침. 모처럼 서둘러 일어난 준희가 동생을 보러 가는 아침이었다. 아버지가 떠난 후 혼자 남겨진 동생을 바다 한옆에 그렇게 덩그러니 버려두고 사는 게 내내 마음에 걸려 있었는데 은희한테 좀 다녀오지, 인아가 먼저 말해주었다.

함께 가고 싶지만 회사를 빠질 수 없다고 미안해하던 인아. 준희는 그녀의 작은 손을 잡아주었다. 그의 손이 하는 말을 그녀도 들었을까. 고맙다, 인아야. 너는 늘 나보다 한 걸음 먼저 와서 나를 살펴주는구나.

"오빠! 뭐 하러 왔어. 언니 혼자 두고 뭐 하러 여기까지 왔대?"

반갑다는 말 대신 은희는 뭐 하러 왔냐고 했다. 동생이 그러는 게 마음에 걸렸다. 제 마음을 숨기는 게, 어릴 때부터 늘 그랬던 것이.

"히히! 오빠 얼굴이 달덩이 같아졌네. 언니가 진짜로 잘해주나 보다. 언니, 잘 있지?"

외로움이 깊어 누구든 곁에 있어 주었으면 하는 그 마음을 알면서 은희의 까칠한 얼굴을 보는 준희의 목소리가 느닷없이 퉁명스러워졌다.

"근데 너는 도대체 얼굴이 왜 그래? 그렇게 아무렇게나 하고 다니면 누가 널 봐주겠냐?"

"이거 왜 이래? 요즘 나 땜에 목매는 남자들, 줄을 섰네요."

고등학교를 졸업한 뒤 은희는 곧장 은행에 취직했다. 공부를 늘 잘하던 아이여서 대학에 갔으면, 하고 바랐지만 그저 기대일 뿐 아무것도 해 줄 수 없던 아버지였고, 오빠였다.

가족이 은희에게 줄 수 있는 것은 무거움뿐이었다. 사는 무거움. 끌어안고 가야 하는 무게. 버틸 수밖에 없도록 만드는 막중함. 그리고 이제 아버지가 떠난 후, 그 무거움이 덜어지고 난 후 은희에게 안겨진 것은 외로움이었다.

준희가 서울로 떠난 후 줄곧 아버지와 은희, 두 사람이 함께 지냈던 집. 아버지의 방에는 아직도 아버지의 냄새가 고여 있었다. 그 냄새의 기억이라도 가져가고 싶었던 것일까. 은희는 아무것도 없애지 않고, 아버지의 속옷 하나까지 고스란히 정리해 남겨두고 있었다. 무엇이 있어서, 기억하고 싶은 무엇이 있는지.

"오빠 나 말이야. 진짜 못된 딸이다. 어떨 땐 정말 아버지가 지겨웠거든. 돌아가실 무렵에는 더 그렇더라구. 아버지가 누워 있겠거니 생각하면 퇴근하고 집으로 돌아오는 발걸음이 그렇게 무거울 수가 없는 거야. 무겁기만 했게? 미웠어, 아버지가. 아버지의 얼굴이며 아버지가 밀어둔 군내 나는 밥상 같은 거, 땀에 찌든 아버지의 속옷 같은 걸 한꺼번에 모조리 내다 버리고 싶다고 생각했던 적 얼마나 많았게."

"그랬으면서 왜 저런 걸 아직도 그대로 두고 있어? 태워버리고 말지."

"그런데 오빠, 그거 모르지? 아버지 말이야. 매일 밤 우셨다. 입도 돌아가고, 말도 잘 못하고, 그래서 눈만 껌뻑이는 아버지가 가끔은 짐승 같았는데… 언젠가부터 새벽녘이 되면 울음소리가 들렸어. 꼭 짐승 울음소리 같았어."

아버지가 짐승 같다고 생각했던 날이 있었다. 날로 포악해진 아버지는 그저 무엇이든 손에 잡히는 대로 부수고, 때리고, 날려버렸으니까. 아버지의 술기운을 당할 수가 없었다. 결국 엄마마저도 그렇게 떠나게 했으니까. 아버지의 포악함이, 아버지의 짐승 같음이.

"아버지가 울면서 했던 말, 뭔지 알아? 아버지는 오빠를 불렀어. 준희야, 준희야… 울면서…."

유일한 단 한 장의 가족사진이 아버지의 서랍 위에 올려 있었다. 양복을 입은 아버지의 모습이, 아기였던 은희를 품에 안은 어머니의 모습이 그리고 아장거리던 준희의 어린 날이 담긴 유일한 기억 한 장. 하지만 아무것도 기억나지 않는다고, 준희는 사진을 들여다보며 생각했다. 그렇게 아무것도 기억하고 싶지 않아서 도망쳐 있는 동안 아버지는 내내 단란했던 한때의 기억들만 붙잡고 살았을 것이었다. 그 기억이 그리워서, 올 수 없는 기억들이 사무쳐서 울었으리라. 세상 밖으로 떠난 아내를 부르며, 마음 저 밖으로 떠나간 아들을 부르며.

"그럴 수밖에 없었을 거야. 아버지도 그럴 수밖에 없는 당신이 지긋지긋하게 싫었을 거야. 미웠던 사람인데… 오빠, 나 이상하게 자꾸만 아버지가 보고 싶다."

인아를 만나고 난 이후 준희는 때로 아버지를 생각했다. 아버지에게도 엄마가 이랬을까. 어느 한때, 아버지에게도 엄마가 이렇게 사무치는 사람이었을까. 어쩌면 아버지는 나보다 더 인아를 기뻐했을지도 모른다. 퀭한 눈으로, 한 치나 돌아간 입으로, 벌벌 떠는 손으로 인아에게 다가앉고 싶어 했을지도 모를 일이다. 그러면 착한 인아는 그런 아버지의 손을 잡아주었으리라. 아버지를 위해 따뜻한 밥을 지으며 조각난 가족, 그 퍼즐 같은 풍경을 다시 끼워 맞추고 싶어 했을 것이다. 그러면 아버지를 혼자 떠나게 했던 벌을 조금쯤 면할 수 있지 않았을까.

"그때 그렇게 아버지 미워했던 거 후회해. 그런데 이젠 너무 늦었네. 그렇지, 오빠?"

：
．

  아버지에게 가족은 무엇이었을까. 아버지에게도 가족은 사무치는 무엇이었으리라. 가족의 정겨움, 가족의 도란도란함을 아버지도 그리워했을 거라고, 인아에게로 돌아오면서 준희는 생각했다. 엄마를 사랑했던 그 마음을 아버지 역시 고스란히 가져가고 싶었을 거라고. 끝까지, 한 사람이 먼저 떠나는 그날까지.

  아버지가 홀로 누워 잠들곤 했던 방. 매일 밤 아들의 이름을 부르며 울었다는 방 안에 누워 그 밤, 꿈을 꾸었다. 긴 꿈. 아버지의 손을 잡고 바닷가를 거니는 꿈, 아버지의 얼굴이 너무 다정해서 맞잡은 그 손이 영원했으면… 사무쳤던 슬픈 꿈. 그 꿈에서 깨어난 새벽, 준희도 아버지처럼 한참을 울었다.

  "어머! 왜 벌써 와? 말도 안 돼. 너 이러면… 망했다. 내 계획이 완전히 망했잖아."

  하룻밤을 지낸 후 서둘러 돌아오는 길이었다.

  "오빠 있잖아. 언니한테 잘해줘. 아버지처럼 하지 말고. 아버지처럼 되면… 안 되잖아."

  출근길의 동생이 주고 간 말이 가슴에 맺혀서 그의 발걸음이 더 빨라졌다. 집으로 돌아오니 집은 엉망이 되어 있었다. 도배를 하고 있는 중이었다. 출근도 하지 않은 채 청바지 차림의 인아는 인부들 사이를 서성이고 있는 중이었다. 왜 갑자기? 놀란 눈으로 서 있는 준희를 보며 인아가 낭패라는 듯 어수선한 표정을 지어 보였다.

"새집처럼 만들어놓고 널 맞을 거였는데 망했다 뭐!"

도배를 끝내 새집 같아진 공간에 소파 하나가 배달되었다. 엄마와 함께 살던 기억은 뜯어버린 도배지와 함께 사라졌을까. 엄마와 둘이 외로웠던 기억을 지우고 싶었던 것일까. 깨끗해진 집 안에 둘의 사랑을 채워 담고 싶었던 것인지도 모른다. 푹신한 소파에 파묻히듯 앉아서 인아가 말했다. 너랑 둘이 이렇게 나란히 앉아서 푹신하게 살고 싶었거든.

어머니 앞에 둘이 나란히 서서 인정받고 싶었지만 아직도 좀처럼, 어머니는 두 사람을 받아들이려 하지 않는다. 망설임 끝에 시도한 어려운 전화는 늘 어머니의 차가운 목소리에 그대로 맥없이 끊어지곤 했었다. 전화를 끊고 나면 인아는 그 하루 내내 말이 없었다.

이제 더 이상은 엄마의 마음을 기다릴 수 없어 도배를 하고, 가구를 들이고, 그릇을, 냄비를, 프라이팬을 새로 사고…. 인아는 비로소 신부 같은 모습으로 집 안을 단장하는 중이었다. 그 모습에 희망이 담겨 있었다. 너와 둘이 끝까지 단 한순간도 놓치지 않고 행복하겠다, 그 희망. 인아의 희망을 빠짐없이 들어주겠다고, 준희의 마음에도 희망이었다.

"도배하니까 정말 새집 같다."

"거봐. 좋지? 완전히 싹 끝내놓고, 새집을 보여줬어야 하는 건데 말이야. 진짜 아쉽다."

"왜 그렇게 새집을 보여주고 싶은데?"

"왜냐고? 그걸 몰라서 묻니? 사랑하니까 그렇지. 사랑하니까 헌 집 말고 새집을 주고 싶은 거지."

"저런! 좋다. 그럼 소파는? 소파는 왜 샀어?"

"말했잖아. 너랑 나란히 앉고 싶었다고. 나란히, 푹신하게, 그러면 더 행복할 것 같아서."

"나란히 앉아서 뭐 할 건데?"

"사랑해야지. 나란히 앉아서 사랑 말고 할 게 또 뭐 있겠니?"

"그것도 좋다! 그럼 냄비는? 냄비는 왜 샀어? 쓰던 것도 있는데."

"냄비? 그것도 사랑하니까 샀지."

"누굴 사랑한다는 거야? 나야? 아님 냄비야?"

"너도 참! 그걸 몰라 묻니? 당연히… 냄비지."

"하하! 어련하겠니."

도배지가 되어 벽면마다 발라진 사랑. 푹신한 소파 위에 내려앉은 사랑. 그리고 냄비 안에 담긴 인아의 사랑. 찰랑거리는 그 사랑. 끓어 넘치지 말고, 끓다 끓다가 졸아들지도 말고 적당해라, 적당히. 적당한 온도로 그 사랑을 가져가자. 우리 그렇게 하자. 사랑이 뭐라고 이렇게 행복하니. 준희의 눈이 인아를 향해 묻고 있었다.

"준희야, 너 쓰던 지하방을 작업실로 만들자. 그림 그려야지. 실은 네 작업실까지 깨끗하게 정리해놓고 보여주려고 했는데 그만 이렇게 되고

만 거지."

인아는 늘 너무 많은 것을 주려고 했다. 끝도 없이 주려고만 했다. 내게서 아무것도 가져가지 못하면서 주려고만 하는 저 여자를 위해 난 무얼 해야 하나. 인아가 만들어준 작업실에서 빚어낸 그림 따위가 인아에게 무얼 해줄 수 있을까.

준희는 생각했다. 행복한 기억이란 얼마나 오랜만인가, 하고. 나는 과연 이 행복을 받아도 괜찮은 사람인가. 내게 그럴 자격이 있기는 한 걸까. 네가 살점을 떼어내듯 나에게 주고 있는 이 쓰라린 마음을 모른 척다 갖고 말기에는… 우리가 너무 아프구나, 인아야.

차마 말이 되어 나오지 못하는 서글픈 이야기들이 준희의 마음 안을 가득 채우고 있었다.

세상의 사랑처럼

"너 요즘 왜 그래? 왜 그렇게 피곤해 보여?"

점심 식사도 거르고 그 시간에 책상에 엎드린 채 졸고 있는 인아를 보며 최선주가 걱정스러운 얼굴로 물었다. 왜 그럴까. 식욕을 잃은 게 언제부터였나.

"모르겠어요. 자꾸 졸음만 쏟아지고 피곤하고, 통 입맛이 없네."

"남편이랑 너무 좋은 거 아냐? 아무리 그래도 이렇게 혼자 사는 여자 앞에서 너무 과시하지 마라. 속 쓰리니까."

"선배, 그런 거 아냐. 정말 아닌데 자꾸 눕고 싶어요. 왜 그런지 몰라."

"가만… 좀 따져봐. 날짜가 어떻게 되니?"

"무슨…."

"너희 둘… 숙맥인 거니, 맹한 거니? 너 혹시 임신 아냐?"

그랬다. 임신이었다. 최선주의 닦달을 이기지 못해 서둘러 찾은 병원에서 흰 가운의 여의사가 말했었다. 축하합니다. 임신이에요. 인아는 도무지 믿기지 않아 몇 번이고 되물었다.

"정말인가요? 정말 제가 임신을 한 건가요? 그럼 저… 어떡하죠?"

임신이라는데 그녀에게 물었다. '저 어떡하죠?'라니. 그럴 수 있다는 생각을 전혀 하지 못했다. 부부로 살기 시작한 지 벌써 1년 남짓인데도 아기가 생길 수 있다는 생각은 하지 못했다. 그저 둘이 지내는 시간이 좋았을 뿐, 사랑이 무엇을 남기는지 생각지 못했다.

준희도 기뻐할까. 그의 아내가 되었다는 사실이 고스란히 온몸으로 받아들여졌다. 그의 아내임을 확인하고 싶어서 사진을 찍고, 도배를 하고, 가구를 들였던 일이 떠올라 잠시 웃었던가.

아기가 생겼다는 걸 알면 엄마의 마음이 달라질까. 생각이 엄마를 향해 가자 잠시 행복했던 얼굴이 다시 흐려졌다. 엄마에게 보란 듯이 인정받고 싶었다. 엄마의 축복을 받으며 결혼식을 올리고, 입덧을 한다고 엄마 곁에 누워 뒹굴거리며 투정하고, 아기를 낳으면… 엄마가 끓여주는 미역국을 먹고 싶었다. 그렇게 살고 싶었다. 엄마 역시도 나를 위해 그렇게 해주고 싶었을 테지.

나를 가졌을 때 엄마는 어떤 마음이었을까. 엄마도 나처럼 이렇게 복잡했을까. 인아는 문득 엄마의 지난날을 들춰보고 있었다. 그랬을 테지. 어쩌면 그때 임신한 딸을 밀쳐내던 할머니의 마음도 엄마처럼 그렇게 무너졌으리라, 한없이.

집으로 돌아오는 길. 준희가 끓인 된장찌개 냄새가 골목 어귀에서부터 솔솔 났다. 임신이라고, 알고 난 까닭인지 갑자기 그렇게 좋아했던 준희의 찌개 냄새가 가뜩이나 빈속에 신물을 끼얹었다. 울컥, 무언가 쏟아질 듯한 느낌.

"어? 일찍 왔네. 왜 이렇게 일찍 들어와? 오늘은 너 좋아하는 된장찌개 끓였다. 나 그냥 살림할까 봐. 이젠 살림이 척척이다. 사랑받는 주부가 될 수 있을 것 같거든."

이제 준희와 인아의 집 안에서는 신혼 냄새가 난다. 둘이 쓸고 닦아 반질해진 모습이 영락없는 신혼의 풍경이었다. 두 사람의 사랑이 쏟아부어진 이곳은 더 이상 엄마와 둘이 외로웠던 그 집이 아니었다. 엄마의 된장찌개에서는 눅눅한 시장 냄새가 났었는데 준희가 끓인 된장찌개에서는 향기가 났다.

"있잖아. 나 오늘, 밥 못 먹을 것 같아. 속이 너무 안 좋아서."

"속이 왜? 아파?"

준희의 저 겁먹은 눈. 그러지 마. 너 그렇게 놀라지 않아도 돼.

"아냐. 걱정 마. 아픈 거 아냐."

어떻게 말할까, 궁리하고 있는 인아의 머리. 어떻게 말하면 준희를 놀라게 할 수 있을까.

"그러고 보니 너, 안색이 안 좋다. 병원에 가봤어? 약이라도 사올까?"

안절부절못하는 준희의 놀란 얼굴. 인아가 아픈가? 잔뜩 겁을 먹은 저 얼굴이라니.

"약? 안 돼. 절대 안 돼."

펄쩍 뛰는 인아의 얼굴. 인아가 왜 저러나. 무슨 일일까.

"인아야…."

자꾸 살피기만 하는 준희의 두려운 마음.

"준희야, 임신이란다. 아기래. 너, 아빠가 되는 거야."

별수 없구나. 털어놓고 마는 인아의 입술.

"인아야, 너 정말…."

믿을 수 없어 하는 준희의 환한 얼굴. 내가 아빠가 되는구나.

사랑하는 마음이 몸으로 가서 아기를 만든다고 했다. 그 마음 변하지 말라고 하늘이 주는 귀한 선물이 아기라 했다. 너와 나의 반쪽을 이어 만든 아기가 태어날 거라니. 발그레한 얼굴로 소파 위에 기대 앉아 있는 인아를 똑바로 쳐다볼 수 없었다. 인아의 몸 안에 내가 있다니, 우리 사랑이 담겨 있다니.

"임신이라니까 엄마 생각나더라. 준희야, 아기를 가졌다고 하면 엄마가 날 용서하실까?"

용서하실까, 인아의 어머니는. 미안하지만 제발 인아를 놓아달라고… 그 어머니의 눈물을 모른 척했던 나를 용서하실까.

"엄마 보고 싶니?"

"…."

"전화해서 아기를 가졌다고 말할까?"

"…."

"그러자. 내일 전화 드리자. 내가 할게."

"준희야."

"…."

"그러지 마. 엄마 더 힘드실 거야. 그냥 기다리자, 우리. 조금만 더 기다리자. 엄마 마음을… 그냥 기다려보자."

기다리지 않아도 오는 세상은 없을까. 기다리지 않아도 저절로 오는 아름다운 세상이 있다면 그곳으로 인아를 데려가고 싶다고, 준희의 마음이 말하고 있었다.

　　·
　　·
　　·

인아가 출근한 뒤 준희는 서둘렀다. 게으른 아침은 그만하자고 생각하면서. 더 이상 작업실에 앉아서 그림이나 끼적대고 있을 수는 없었다. 때마침 걸려온 한상기의 전화 덕분이기도 했다.

"여성지에 새로 연재되는 소설이 하나 있는데 일러스트가 필요해서 말이야. 성준희라면 할 수 있지, 믿을 만하지, 싶어서. 언제 나올래?"

대학로에 있는 그의 사무실은 작지만 아기자기하게 꾸며진 공간이었다. 딱딱한 시멘트 벽 대신 사방이 온통 너른 통창으로 지어져 있는 건물이라 햇빛이, 빗물이, 너풀대는 구름 한 자락까지 온전히 쏟아지는 곳이었다.

"선배, 집에 못 들어갔어요? 엉망이네."

"집이 다 뭐냐? 사흘째 사무실 신세다. 잡지 마감 걸리면 영락없어. 집단 사육이지. 그나저나 너 웬일이냐? 여간해선 얼굴 들이밀지 않던 녀석이 웬일로 이렇게 한걸음에 달려왔어?"

"구경 좀 하려구요. 선배 일하는 데가 어떤 곳인지 구경 왔어요. 디자인 사무실이라고 해서 굉장히 근사할 줄 알았더니 PC방이네요."

"그래그래, 니 말대로 PC방이다. 그나저나 우리 대단한 인아 씨는 잘 지내지?"

숙맥 성준희가 결혼식도 올리지 않고 살림을 차렸다니, 널 데리고 살자 작정한 그 여자는 정말 대단하다, 존경할 만해…. 인아에 대한 이야기를 들은 후부터 한상기는 늘 인아의 이름 앞에 대단한, 이라는 수식어를 붙여놓고 있었다.

"취직을 하고 싶다구?"

그의 놀라는 목소리가 너무 대단해서 말을 뱉은 준희조차 깜짝 놀랄 정도였다. 취직을 하겠다고 먹은 마음이 이렇게 놀라운 일이었을까.

"그림밖에 모르는 놈이 취직을 해? 너 그거 진심이냐?"

"진심이에요. 우리 대단한 인아 때문에 어디든 취직해야 해요. 내가 할 수 있는 일이면 뭐든 다 괜찮아요."

"쉽지 않을 텐데. 너처럼 근성 있는 놈들 버겁거든. 예술 합네, 하는 놈들 좋아할 데가 있나. 세상은 그저 장사치 같은 사람을 반기는 거야."

"예술은 무슨."

"다른 사람은 몰라도 준희 니 실력만큼은 내가 인정하시. 돈 굴리면서 유학 떠나는 어떤 놈들보다 실력이 짱짱하잖냐. 사실 난 네가 그림에서 손 놓는 거 하나도 안 반갑다."

"손 놓는 거 아니에요. 언젠가는 해야죠. 실은 나 곧 아빠가 되거든요. 언제까지 이렇게 돈도 안 되는 그림만 바라보고 살 수는 없어요. 선배가 말하는 대단한 인아, 혼자서 너무 힘들다니까."

"그래? 아빠가 된다면 당연히 돈을 벌어야지. 아빠란 게 원래 돈 벌라고 있는 사람들이거든. 그럼 나랑 일해 볼래? 마침 내가 사람을 찾고 있는 중이긴 한데. 에이! 그런데 못할 거야. 순수 미술 전공한 놈이 PC방에 나올 수 있겠어?"

살아야 하는 거라고 했었나. 당신이 늘 그랬지. 일단 살아야 하는 거라고. 그러니 살기 위해서 잠시 꿈을 접겠노라고 준희의 마음이 간절했다. 인아를 도와 일할 수 있는 곳이라면 어디든 나갈 수 있을 것 같았다. 인아의 작은 등에 무거운 짐 업혀놓고 마냥 이렇게 살 수는 없으니까.

"그래. 일러스트 몇 점 그리는 것보다는 월급이 낫지. 너처럼 주변머리 없는 녀석이 그림 들고 여기저기 찾아다닐 것 같지도 않으니 말이야. 그림? 까짓 거 나중에 해라. 니 말대로 일단 살고 본 뒤에 하면 되지. 다음 주부터 당장 나와라."

고마운 선배 덕분에 덜컥 취직이 되었다. 하지만 그렇다고 해서 남들처럼 그렇게 마냥 기뻐할 인아가 아니었다. 손 안의 그림을, 마음 안의 그 꿈을, 그 모두를 잠시 접어버린 준희였으니까. 그런 진심을 애써 숨긴다고 해도 인아는 벌써 알고 울어버릴지도 모른다. 나 때문에 결국 그림을 접는구나, 하면서 기운 빠질 인아였다.

인아를 떠올리다가 문득 마음이 속초로 향했다. 인아를 위해 두려운 발길을 놓지 않았던 곳. 찾아갔으나 고작 그 문 안으로 들어섰을 뿐, 어머니의 마음 안으로는 들어설 엄두조차 내지 못하고 되돌아와야 했던 곳. 지금도 딸을 잃은 상처에 울고 있는 어머니가 먼 바다를 향해 앉아 있는 그곳.

"어머니, 준희예요. 그동안 어떻게 지내셨어요?"

"…."

"저희는 별일 없이 잘 지내고 있습니다."

"…."

"어머니."

"…."

"인아가 어머니를 많이 보고 싶어 합니다."

"…."

늘 그랬다. 사흘쯤 견디고 망설이다가 어렵게 전화를 걸어도 어머니는 늘 말이 없었다. 잘 지내라, 그 말이 전부였다. 어떻게 엄마와 딸 사이에 주고받을 수 있는 말이 그뿐일까. 잘 지내라니.

"어머니."

"…."

"인아가 아이를 가졌어요. 입덧을 해서 잘 못 먹어요. 지금, 인아가 어머니를 많이 보고 싶어 해요."

아마도 그녀의 눈에서 눈물이 쏟아졌을 거라고 생각했다. 그 눈물이 준희의 마음으로 건너왔다고. 어머니는 말이 없었다. 여전히 말을 숨기고 있을 뿐.

"어머니, 인아가…."

"우리 인아한테 잘해줘요. 그래 줘요."

그뿐이었다. 겨우 그 한마디뿐이었으나 그 안의 눈물이 차고 넘쳐서 준희의 마음도 출렁, 바다였다. 언제쯤 당신은, 언제쯤 우리는, 그 바다를 건너 서로에게 다다를 수 있을지.

⋮

준희가 출근을 시작했다. 언제나 준희가 깨지 않도록 살금살금, 혼자 준비해야 했던 아침이 요즘은 얼마나 요란해졌는지. 아침 7시에 시작되는 FM 음악 방송으로 알람을 맞춰놓고, 그 경쾌한 음악 소리에 맞춰 눈을 뜨게 해주는 일이 인아의 첫 번째 숙제였다. 탁구공처럼 통통 튀어 날아다니는 여자 아나운서는 늘 똑같은 말로 준희의 아침을 열어주었다. 야호! 오늘도 좋은 아침입니다.

준희가 그림을 그릴 수 있기를 바란 인아였다. 지금 힘들어도 그렇게 하는 거라고 생각했다. 그러나 끝내 준희의 고집을 꺾을 수 없었다. 다른 사람들처럼 사랑하고 싶다, 그럴 수 있게 해줘… 준희의 마음이 읽혀져서 더 이상 버틸 수가 없었다.

둘이 함께 출근하기 시작하면서는 인아의 아침이 더욱 분주해졌다. 그를 깨워서 옷을 골라 입히고 나면 가볍게 먹을 수 있는 것을 만들어주느라 두 손이 드라마틱하게 움직였다. 그렇게 부산하게 움직이고 나서야 겨우 자신을 위한 준비를 시작할 수 있었다.

"너 이렇게 안 해도 돼. 그러면 우리 아기가 얼마나 힘들겠냐? 내가 알아서 할게. 아침 같은 거 안 먹어도 된다니까."

"이보세요, 성준희 씨. 그냥 놔둬. 이렇게 해야 내 마음이 편하단 말이야. 빈속으로 내보내면 내 속이 불편하다니까. 기다려봐. 얼마 안 남았어. 며칠이나 이렇게 하겠니."

며칠이나 하겠느냐고, 그대로 두라고 말하던 인아는 점점 배가 불러와 걸으면 숨이 턱까지 차오를 때까지도 똑같은 아침을 준비했고, 그런 인아를 위해서 준희는 저녁 당번을 맡아 하겠다고 자청했다.

뭐 먹고 싶은 거 없어? 그는 자꾸 물었다. 배부른 아내를 위해 남편인 준희가 물을 수 있는 말은 그것밖에 없었다. 그가 물으면 인아는 말했다. 음… 떡볶이. 퇴근하는 준희의 손에는 인아의 간식거리가 들려 있었다. 떡볶이, 만두, 순대…. 먹고 싶지 않아도 인아는 매일매일 생각했다. 오늘은 뭘 말할까. 오늘은 뭘 사다 달라고 할까. 아내를 위해 무얼 사는 준희의 얼굴이 얼마니 행복할지 알아서였다.

인아의 배는 하루가 다르게 커져가고 있었다. 어머니는 여전히 아무 연락도 주지 않는다. 이젠 상처 받을 일이 두려워 인아도, 준희도 연락할 엄두를 내지 못하고 있었다. 간혹 꿈속의 인아가 엄마를 부를 때, 그 목소리가 준희의 가슴으로까지 건너올 때, 준희는 그 밤 다시 잠들지 못한 채 깨어 있어야 했다.

"오늘 출근하면 휴가계를 낼 거야. 이제 정말 카운트다운이다, 뭐."

인아는 잡지 마감을 하느라 어젯밤 집으로 돌아오지 못한 준희에게 전화를 걸어 아침 인사를 전한 뒤, 출근 준비를 서둘렀다. 혼자 나선 아침. 예정일은 아직 열흘이나 남아 있었다. 열흘이면 남은 준비를 끝내고 차분하게 병원으로 갈 수 있는 시간이었다.

버스 정류장에 서 있던 참이었다. 출근길. 버스를 기다리는 사람들. 길은 터무니없이 막혀 있고, 기다리는 버스는 오지 않고 있었다. 새벽녘부터 약간씩 느껴지기 시작한 통증이 조금 걱정스러웠지만 아직 예정일이 꽤 남아 있는 터였다. 게다가 이틀 전 내진을 했던 의사가 예정일을 넘기게 생겼네요. 아직 자궁 문이 하나도 안 열렸어요, 라고 했던 말이 기억나 무심히 넘기는 중이었다.

그런데 버스에 발을 딛고 오르려는 순간, 심상치 않은 기미가 느껴졌다. 미지근한 물이 다리를 타고 흐르는 듯한 두려운 느낌. 그럼에도 불구하고 우, 몰려온 사람들에게 떠밀려 인아는 그저 한없이 버스 안을 향해 물처럼 스며들었다.

구겨진 솜처럼 버스 안에 박혀 있던 그 순간에⋯ 지나간 시간들이 썰물처럼 인아의 가슴속을 훑고 지나갔다. 준희를 처음 만났던 날의 기억, 준희로 인해 차올랐던 모든 기억, 그와 살고 싶어 병들었던 기억들. 그리고 준희로 인해 엄마를 떠나보내야 했던 마음 안의 아픈 기억들.

입고 있는 스커트가 축축하게 젖어들고 있었다. 양수가 터졌다는 것을 직감할 수 있었다. 그리고 서서히 밀려드는 통증. 배가 아프다. 간신히 전화를 걸었지만 준희의 휴대폰은 꺼져 있다. 여전히 꾸역꾸역 밀려드는 사람들. 하지만 준희는 없다. 낯선 사람들 틈에 끼워진 인아가 준희를 불렀다. 준희야, 나 배가 아파. 버스는 좀처럼 앞을 향해 달리지도 못한 채 그 자리에서 주춤주춤, 짧은 걸음을 하고 있었다. 배가 아프다.

인아는 입술을 물었다. 버스는 마치 줄 서 있는 사람들처럼 그 자리에서 한 걸음도 움직이지 못한 채 서 있었다.

⋮

일주일째 이어진 잡지 마감. 컴퓨터 앞에 앉아 밤을 보내고, 새벽을 맞는 일이 이젠 익숙할 때도 되었으련만 준희는 여전히 그 시간에 구토 증세를 느꼈다. 처음 한두 달은 할 만한 일이라 여겨지기도 했지만 얼마

지나지 않아서부터 염증을 느끼고 있었다. 나는 대체 무엇을 하고 있는 것일까. 유화 물감의 싸한 냄새가 그리웠다. 그림 앞에서는 밤을 지새우는 일이 그렇게 행복하더니 컴퓨터 앞에 앉아 보내는 시간은 지옥 같았다. 도망치고 싶다, 그 마음뿐이었다. 그러나 도망치고 싶은 마음 한쪽에 언제나 인아가 앉아 있었다. 출산이 코앞인데도 여전히 일터를 향해 걸어가는 인아의 뒷모습.

"성준희, 넌 여전히 그걸 잡고 있으면 어떻게 하냐? 이젠 손이 좀 빨라질 때도 됐는데 말이야. 좀 서둘러라. 이젠 잘하는 것보다 빨리 하는 게 살 길이야. 서두르자. 마감 늦는다고 야단인데. 오늘 끝내야 해."

마주 앉은 선배의 잔소리를 들으며 준희는 다시 생각했다. 도망치고 싶다. 밤새 한잠도 못 자고 매달려 있던 터라, 온몸이 모래알처럼 서걱거렸다. 깨끗한 물속에, 따뜻한 물속에 몸을 담그면 이 지독한 피곤이 씻어질까.

"성준희, 너 뭐야? 어디 갔다 오는 거야? 짜식, 몇 시간씩 말도 없이 사라지면 어떻게 해? 휴대폰은 왜 꺼놓은 거야? 난리 났다. 지금 대단한 인아 씨가 병원에 있대. 빨리 가봐라. 너, 아빠 되게 생겼단다. 마감이고 뭐고 당장 가."

무기력해진 준희가 도망치듯 다녀온 곳이란 사무실 근처의 목욕탕이었다. 멀리도 갈 수 없어 그저 물속으로 잠시 숨었다 나오는 길이었다. 그런데 그만 잠이 들고 말았다. 이렇게 오래 잠이 들다니… 놀란 가슴으로 사무실에 들어서는데 한상기가 대뜸 소리를 질렀다. 대단한 인아가 병원에 있다고.

왜 이렇게 어긋날까. 하필이면 그 시간에 병원으로 가다니. 택시를 타고 달리면서 준희는 내내 인아를 불렀다.

"성준희 씨 되세요? 얼마나 여러 번 연락을 드렸는데 이제 오세요? 산모가 얼마나 찾았는지 몰라요. 버스 안에서 양수가 터지는 바람에 너무 힘들었어요. 그런데 다른 가족은요? 산모가 계속 엄마를 찾던데요."

"산모는 지금 어디 있습니까?"

"회복실에 있을 거예요. 빨리 가보세요."

"아니 그럼… 벌써….."

"아들입니다."

인아 너는 어쩌면 매 순간, 그렇게 혼자 외롭게… 준희는 인아에 대한 미안함 때문에 한없이 착잡했다. 계속 엄마를 불렀다는 간호사의 말도 떠올라 마음이 더 뜨거워졌다. 인아는 잠들어 있었다. 울었던 것일까. 잠든 얼굴이 젖어 있었다.

"언제 왔어?"

인아의 목소리가 마음에 닿자 그대로 눈물이 되었다. 이것으로 너에 대한 내 미안함이 갚아질 수 있을까.

"미안하다. 사무실에 있어야 하는 건데 목욕탕에서 잠이 들었어. 하필이면 이럴 때….."

"잘했어. 며칠째 밤새우고 너도 피곤할 텐데 애가 왜 눈치 없이 이럴 때 나오니? 참! 우리 아기 봤어?"

아기는 건강하다고 했다. 인아를 닮은 딸이기를 바랐는데 아들이었다. 신생아실 유리창 너머로 만난 아기. 보고 있으나 보이지 않았다. 인아가 낳은 자신의 아기가 꿈만 같아서 자꾸 눈앞이 흐려졌으므로.

"준희 씨 혼자서 되겠어요? 큰일 났네. 누가 있어 줘야 할 텐데. 할 수 있겠어요? 산모 돌보는 거 쉽지 않을 텐데."

저녁나절, 병원을 찾은 최선주의 얼굴에 걱정이 가득했다.

"준희 씨, 오늘 밤은 내가 있을 테니까 사무실 가서 일 마무리하고, 좀 자고, 내일 아침에 일찍 와주세요."

"아닙니다. 제가 있을게요. 일이야 어떻게 되겠죠. 인아는 제가 필요할 거예요. 고맙습니다. 여러 가지로."

인아는 자꾸 잠 속으로 빠져들었다. 잠든 채로 몇 번이나 엄마를 불렀다. 그리운 엄마가 가까이 있어 주었다면 그렇게 자꾸 잠들지 않고 애써 깨어서 엄마의 손을 잡고, 묻어두었던 마음을 다 쏟아놓았을 테지.

"인아 어머니한테 연락 드려야 하는 거 아니에요?"

"…."

"준희 씨."

"안 오실 거예요. 임신하고도 여러 번 연락 드렸거든요."

"그래도 연락 드려야죠. 인아는 어머니가 제일 보고 싶을 거예요."

해줄 수 있는 일이라면 그렇게 하고 싶었다. 그러나 아무리 애써도 그 마음은 언제나 바람처럼 흔적도 없이 부서지고 말았다. 그토록 애타게 부르고 또 기다리는 어머니의 마음은 옴짝달싹도 하지 않은 채 먼먼 곳에 붙박여 있는 채였다.

"어머니, 인아 어머니 되세요?"

사실은 인아가 아기를 낳았다는 소식을 듣고 병실을 찾은 최선주가 가장 먼저 한 일이 인아의 가방을 열고 휴대폰을 뒤져서 속초에 있는 인아 어머니의 연락처를 찾아내는 일이었다. 아이를 낳으며 그 아픔을 겪어 봤던 터라, 지금 인아에게는 그 누구보다 엄마가 필요하다는 것을 잘 알고 있는 그녀였다.

"저, 인아 선배예요. 최선주라고 합니다. 인아랑 같은 직장에서 일하고 있어요."

"네, 그러시군요. 그런데 우리 인아한테 무슨 일이라도…."

낯선 전화에 인아 어머니의 목소리가 가늘게 떨렸다. 무슨 일이라도 있는 걸까, 두려움이 가득 묻어나던 그 목소리. 그렇게 사랑하면서 그 딸에게 등 돌리고 앉은 마음이라니.

"인아가 아이를 낳았어요. 지금 막 아들을 낳았거든요. 연락을 드려야 할 것 같아서요."

"우리 인아가 아이를 낳았어요? 네… 그랬군요."

"어머니."

"우리 인아, 괜찮아요? 별 탈 없이 건강하게 낳았나요?"

"고생했어요. 신통은 길지 않았는데 버스 안에서 양수가 터지는 바람에 힘들게 병원으로 갔나 봐요. 준희 씨도 일 때문에 곁에 못 있어 주고, 혼자서 힘들었을 거예요."

"그 사람은 왜, 같이 있어 주지 못하고…."

말을 잇지 못하던 인아의 어머니가 울기 시작했다. 수화기 저 밖의 최선주는 그 어머니의 울음이 너무 아파서 그대로 있을 뿐이었다. 차마 소리조차 내지 못하고 숨죽인 채, 좀처럼 그치지 않던 어머니의 울음소리를 가만히 들어주었다.

"나도 봐주고 싶었어요. 우리 인아 마음을 다 받아주고 싶었어요. 선주 씨라고 했나요? 선주 씨, 인아를 그렇게 하고 나서는 아무것도 못했답니다. 그런데도 내 마음이 왜 이렇게 모질까요? 나한테는 인아가 전부이면서 어떻게 이렇게 모질어질 수 있는지 모르겠어요. 얼마나 좋으면 그럴까, 다 알면서도 좀처럼 봐줄 수가 없네요. 그 아이를 보면 내가 살 수 없을 것 같아서요."

"네, 어머니. 그 마음 알겠어요."

"생각만 해도 분통이 터져서… 불쌍한 것… 죽고 싶어도 인아 때문에 죽을 수가 없었어요. 내 딸 당당하게 사는 거, 나는 정말 그거 하나 보고 싶었죠. 아무것도 바라는 게 없었어요."

눈물이 없었다면 어떻게 살았을까. 세상의 모든 아픔이 눈물로 씻어질 수 있다면 좋았겠다고, 이렇게 한없이 울어주는 것만으로 내 가슴의 상처가, 네 마음의 고통이 다 씻어질 수 있다면 얼마나 좋을까.

"어머니, 인아가 지금 어머니를 너무 보고 싶어 해요. 불쌍한 인아, 이제 그만 울게 해주세요. 그렇게 해주실 수 없겠어요?"

"나도 인아가 보고 싶어요. 우리 인아가 얼마나 보고 싶은지 몰라요. 어떻게 키운 딸인데 나라고 인아가 보고 싶지 않겠어요? 나라고 왜….'

"어머니, 준희 씨 좋은 사람 같아요. 착한 사람이에요. 인아 외롭지 않게 해줄 거예요. 외롭지 않으면 되잖아요. 그러니까 이제 그만 두 사람을 좀 용서해주세요. 네?"

두 사람 모두 외로움을 알아서, 사람이 사람을 떠나는 외로움을 겪어보았으므로 외롭지 않은 축복을 알고 있다. 외롭지 않게 사는 일이 얼마나 큰 축복인지를.

"선주 씨, 내가 어떻게 해야 될까요?"

얼마나 오랜 시간이었을까. 최선주는 오래도록 그 어머니의 눈물을 비처럼 함께 맞아주었다. 울 수 있으면, 그 눈물로 마음 안의 미움과 설움들이 모두 씻어질 수 있다고 믿으면서.

⋮

퇴원하는 아침. 이제 몸 안에 있던 아기를 품에 안고 집으로 돌아갈 수 있게 되었다. 택시를 부르겠다고 했으나 최선주가 굳이 차를 몰고 와

준 덕분에 집으로 가는 일이 한결 쉬워졌다. 아기는 아까부터 내내 잠만 자고 있다. 잠꾸러기다, 얘. 인아가 웃었다.

집은 비어 있었다. 그러나 비어 있는 그 집에서 따뜻한 손길이 느껴졌다. 준비도 못한 채 출근길에 실려 가느라 아이 용품들을 하나도 정리해 두지 못했는데 거실에는 공들여 삶아 빨아 개킨 기저귀며 배내옷, 타월 같은 것들이 얌전했다.

그리고 이 냄새. 익숙한 국 냄새. 미역에서 묻어온 바다 냄새가 작은 집을 가득 채우고 있었다. 며칠째 비워두었으니 집 안은 먼지와 어수선함으로 엉망이었을 텐데 놀랍게도 구석구석 윤기가 흐르고 있었다. 무슨 일인가.

"선주 선배, 혹시….."

집 안을 이리저리 살피던 최선주의 얼굴이 환해졌다.

"그래, 고맙지? 인아 너 평생 잊지 말고 살아라. 너한테 내가 어떻게 해주었는지."

"고마워요, 선배. 정말 고마워서 어떻게 해. 언제 이런 걸 다 했어?"

"고맙습니다. 전 이런 거 생각도 못했어요. 이렇게 해주는 거 몰랐거든요. 인아야, 안 되겠다. 너 그냥, 지금 당장 회사 가서 죽도록 일해라. 그래야 고마운 거 갚을 수 있을 것 같은데?"

저 남자의 서툰 농담. 고마운 진심이 묻어나는 저 목소리. 그래, 두 사람은 내게 정말로 고마워해야 한다. 최선주의 깊고 따뜻한 눈이 말하고 있었다.

　반듯하게 정리된 침대 위에 아기를 눕히고, 최선주가 서둘러 회사로 돌아가고, 준희는 최선주의 지시대로 가스레인지 위의 미역국을 데워 인아에게 먹일 준비를 하고 있었다. 그때 문이 열리고 누군가 들어서는 소리. 국을 뜨고 있던 준희가 그 뜨거운 국그릇을 떨어뜨리는 소리. 그 소리에 놀라 방문을 열었던 인아의 놀란 눈.

　"엄마!"

　엄마였다. 그랬구나. 익숙한 국 냄새는 엄마의 것이었구나. 단정하게 개켜놓은 빨래는 엄마 솜씨였구나. 먼지 하나 없이 반질한 이 집은 엄마 손이 다녀간 자리였구나. 준희는 떨어뜨린 국그릇을 치우지도 못한 채 그 자리에 그대로, 얼어붙은 듯 서 있었다.

　"엄마…."

　장바구니를 들고 집 안으로 들어서던 엄마의 눈에서 눈물이 흘렀다. 모질었던 그 마음을 다 쏟아내는 것처럼. 그 눈물을 닦아내며 엄마는 아무렇지도 않은 목소리로 말했다.

　"아까운 국을 쏟았네. 쏟았으면 빨리 치워야지 왜 그러고 서 있어? 데지 않았나? 뜨거웠을 텐데."

　준희는 슬그머니 대문을 열고 집을 나섰다. 고개도 들지 않은 채 몸을 숙이고 앉아서 지난 시간들을 닦아내듯 쏟아진 국을 닦고 있는 엄마. 저 만치 서 있던 인아가 젖은 얼굴을 엄마의 등에 대고, 그렇게 한참을 엄

마의 등에 매달렸다. 얼마나 이러고 싶었는지, 얼마나 이렇게 하고 싶었
는지 모른다고 생각하면서.

"인아야, 엄마가 미안하다."

"엄마, 내가 미안해. 엄마가 미안한 게 아니야. 우리가 미안한 거야."

마음 안의 구름을 걷고, 비를 걷어내듯 인아는 그렇게 몇 번이고 엄마
를 불렀다.

이다음에, 나중에

"민서 어떻게 키울 거야? 엄마가 데려가? 데려가서 엄마가 키울까?"

"아냐, 엄마. 아니야. 우리가 할 수 있어. 식당 일 하면서 어떻게 애를 키워. 안 그래도 돼. 걱정하지 마. 선주 선배가 알아봐준다고 했어요. 요즘은 일하는 엄마들을 위한 놀이방이 많아서 신생아 맡기는 것도 걱정 없대요. 잘 키워준대."

"아무리 잘 키워준들 엄마 손 같을까."

문득 인아를 키우던 시절, 그 아득한 한때가 떠올랐다. 따뜻한 밥 한 그릇 제대로 지어 먹인 적 없이 키워야 했다. 아침이면 어린 인아는 허기진 채, 잠에서 미처 다 깨어나지도 못한 채 주인집 할머니의 손으로 넘겨졌다. 제 삶을 고스란히 받아들일 줄 아는 아이였다고, 엄마의 기억이 그랬다. 엄마와 떨어지는 일이 두려웠을 텐데 인아는 늘 웃는 얼굴로 손을 흔들어주었다. 엄마, 빠이빠이. 이따 만나. 밤에 만나.

밤이 되어서야 겨우 만날 수 있는 엄마로, 그런 엄마로 인아를 키웠다. 그 어린 인아에게 아침은 지옥 같았을 것이다. 엄마와 헤어져야 하는 아침이 얼마나 외로웠을지… 때 아닌 추억에 서글퍼졌다. 밤이 되어서야 만날 수 있는 엄마의 품이 그리워 인아는 때때로 갈증을 느꼈을 테지. 주인 할머니 곁에서 웅크리고 잠든 어린것을 품에 안고 돌아서던, 그래야 했던 쓰린 밤들이 어제의 일처럼 고스란했다.

"일 꼭 해야 해? 너도 아이도 둘 다 고단할 텐데 욕심내지 말고 그냥 일 그만두면 안 되는 거야? 성 서방 혼자 버는 걸로 안 되는 거야?"

"엄마, 나 안 고단해. 좋아서 하는 일인데 뭘. 게다가 이제 이렇게 엄마가 곁에 있으니까 부러울 거 하나 없네요."

내가 여기로 와서 너희 둘 곁에 머물 수도 있겠으나 나마저 짐이 되기는 싫구나. 엄마의 마음이 그랬다. 살다 보니 사람처럼 무거운 짐이 없더라고, 그 사람만 아니면 되겠는데, 그 사람만 아니면 한결 가벼워질 수도 있겠는데….

"우리 열심히 벌어서 엄마한테 집 사줄 거야. 엄마 허락도 없이 이렇게 그냥 엄마 집에 눌러앉아 있는 거 미안하니까 우리가 엄마한테 그렇게 해야지. 빨리빨리 고생 다 하고, 나중에 편안하지, 뭐. 지금 좀 힘들어도 그게 맞지. 나중에, 사는 일에 떳떳해질 때, 그때 우리가 엄마를 편안하게 모실 거야. 조금만 기다려줘, 엄마. 알았지?"

지금껏 줄곧 나중에, 라고 말하며 살았다. 하루하루의 서글픈 고생들이 나중으로 이어지면, 나중에는 다 좋을 거라고 생각하며 버텨온 사람이 바로 엄마였다. 그러나 엄마의 그 '나중'은 결국 인아였다. 돈 벌면, 잘 살게 되면, 나중에 편안하겠노라고 말하는 인아였다. 엄마와 똑같이 나중에, 라고 말하는 그런 인아.

"그래. 살다 보면 좋은 끝이 오기는 할 거다. 우리 다 착한 마음으로 살았으니까 좋은 끝이 올 거야. 성 서방하고 둘이 서로 돕고 마음 다독여주면서 살면 되지. 그러면 내 몸 고단한 것쯤은 다 잊어지지. 나중에 너희 둘이 나 불러주면 그때 와서 다리 쭉 펴고 있자."

어린 민서를 품에 안은 엄마가 말했다. 나중에 우리, 그렇게 살자고.

⋮

"어때? 아이 떼어놓고 나오는 엄마 마음이? 견딜 만했니?"

최선주의 활짝 웃는 얼굴이 인아를 반겼다. 다시 돌아와 앉은 책상 앞은 고향집처럼 편안했다.

"아니, 지옥 같았어요. 내가 이 어린 녀석한테 너무 못할 짓을 하는구나, 싶어서 얼마나 애가 타던지. 지금도 그래요. 캄캄해요."

"그러면서 세상을 배우는 거다. 세상에 어디 그렇게 만만한 일이 있는 줄 아니? 하나부터 열까지 모든 게 다 그런 거야. 어긋나고, 삐걱거리고, 자꾸 돌아가게 만들고, 너무 늦게 깨닫게 하고. 산다는 게 원래 그렇게 생겨먹은 거라니까."

"엄마 되고 보니까 세상에서 젤 어려운 일이 아이를 떼어놓는 일 같아요. 겨우 한나절일 텐데… 잠시 떨어져 있는 것도 이렇게 어렵잖아요."

"그러니 애 떼어놓고 못 살겠다 도망치는 여자들을 이해할 수 없단 거지? 어린애 놔두고, 몹쓸 병 얻어 세상 떠나는 여자들 마음이 얼마나 찢어질 건지, 다 알겠단 거잖아. 그 말이 하고 싶은 거잖아."

"선배, 귀신이네."

"출근하느라 애 맡기는 여자들 세상에 쌔고 쌨어. 그렇게 소중한 민서를 이 세상에 홀홀 던져놓고 너 혼자 도망치는 일 같은 거, 절대로 생길 리 만무하니까 괜한 신파 드라마 쓰지 말고 일이나 열심히 하셔. 일해서 돈 벌어야지. 그래야 네 귀한 아들, 이 나라 기둥으로 키울 거 아니니."

"돈 있어야 아이를 잘 키울 수 있는 세상인 것도 너무 불공평해요."

"어이구, 첩첩산중이네! 돈 있으면 애만 잘 키우는 게 아니고, 온 가족이 다 행복한 거야. 왜 이래? 새삼스럽게? 너 여태 그거 몰랐어?"

"아니에요. 그냥 괜히 그러는 거야. 갑자기 모든 게 달라 보여요. 엄마란 게 이런 건가? 아이를 위해선 못할 일이 없을 것 같고, 그 생각 하다 보니 엄마 짐이 너무 무겁구나, 이 세상이 엄마들한테 너무 가혹하구나, 뭐 그런 마음이 되기도 하고."

"어머머, 애! 너 정치해라. 문제의식 대단해서 만약에 니가 장관 되면 우리 여자들 살 만하겠다."

"후훗, 선배도 참! 알았어요, 알았어. 그만할게. 그냥 마음이 그렇게 복잡하단 거야."

"하기는 말이야. 요즘은 육아책이 된다더라. 그런 거 있잖아. 아이를 제대로 키운 엄마의 경험담 같은 거. 어떻게 하면 훌륭하게 키울 수 있나, 고민하는 엄마들한테 먹히는 거지. 그러지 말고 너, 지금부터 써라. 애 키우는 얘기들을 묶어보는 것도 좋을 것 같아. 여자들 마음 쏙쏙 짚어주는 거, 후련하게 해주는 거, 그런 얘기들을 담는 거지. 틈틈이 써서 나중에 민서 멋지게 자라면 그거 모아서 책 내자. 네 이름 석 자 담긴 책을 내고 싶은 게 꿈이라며?"

"당근이야, 채찍이야? 일해요, 그냥. 엉뚱한 소리 하지 말고. 선배 지금 너무 오버한 거라니까."

"애가 왜 이래? 너 두고 봐라. 내가 네 책 만들어줄 거다. 책은 뭐 작가들만 내는 건 줄 아니?"

"그래요. 나중에, 나중에 정말 선배가 내 책 만들어줘요. 약속하는 거죠? 도장 쾅 찍는다."

최선주는 늘 웃음과 희망을 품게 해주었다. 사는 무거움에 발이 저려도 살다 보면 그럴 수도 있는 거지, 하면서 적당한 순간에 훌훌 털고 일어서게 해주는 사람.

"그나저나 우리 큰일 났다, 인아야. 엄청 바빠지게 생겼어. 너 없는 동안 새로운 일이 생겼거든. 우리 사장이 잡지를 만들겠단다."

"잡지를? 왜 갑자기? 무슨 잡지를 만든다는 거예요?"

"회사를 확장하고 싶은가 봐. 단행본 출판만으로는 회사를 키우기 어렵다, 싶은 거겠지. 요즘 왜 그런 잡지가 줄줄이 생겨나잖니. 그냥 사람 사는 얘기가 묶여지는 잡지 말이야. 판형도 작고, 값도 싸고, 그저 우리 이웃들 살아가는 얘기 나눠 읽으면서 공감하게 만드는 그런 책. 우리 출판사 이미지와도 잘 맞고, 대외적인 평가도 좋을 것 같다고 장담하네. 마침 그런 잡지로 성공한 사례도 있고….."

"그럼 사람 뽑을 거 아녜요. 설마 우리 둘이 하란 말은 아닐 테지."

"화보성 잡지가 아니니까, 어차피 원고 받아서 단행본 만들듯이 추려야 하는 책이니까 잡지팀을 따로 구성하지 않겠단다. 그냥 기자 두어 명 더 뽑아서 너랑 나랑 만들라는 지시야. 처음부터 무리수를 두지 않겠다는 거지. 책이 되어가는 모양새를 보면서 인원 구성을 하고 싶은 모양이야. 그러니 어쩌니? 너도나도 무지 바빠질 텐데. 월급 올라 좋기는 하지만 당장 너 아이 문제도 있고."

정말이었다. 사람 냄새 나는 잡지라면 한번쯤 만들어보고 싶다는 마음이 없지 않지만 그녀의 말대로 당장 아이 문제가 걸려 있어 근심이었다. 어린아이를 남의 손에 맡겨두고, 무작정 한없이 바쁠 수만은 없었다.

"그냥 어떻게 버텨보자. 나도 모르겠다. 어떻게 되겠지 않겠냐? 이대로 죽기야 하겠냐고. 절대 안 된다고 생각했던 순간들도 어떻게든 버텨지더라. 지나고 보니 그렇더라구. 너랑 나랑 잘할 수 있을 거야. 내가 너, 특별히 많이 봐줄게."

시작이구나, 싶은 마음. 엄마가 그랬었지. 사는 일이란 정말이지 단 한순간도 만만하게 스쳐가지 않더라고. 한숨과 눈물, 근심 걱정이 뭉치고 뭉쳐져서 반죽처럼 단단해지는 게 사는 일이라고.

민서를 안고 허둥댈 일들이 저절로 그려졌다. 엄마 품이 그리운 아이로 자랄 민서가 마음에 밟혀 인아는 벌써부터 한숨이었다.

· · ·

하루하루는 어떻게든 버텨지고 있었다. 위태롭게, 아슬아슬하게, 하루가 지나고, 한 달이 지나고, 한 해가 지나고, 그렇게 단편의 세월들이 흐르고 있었다. 먹고 자는 일 외에는 할 줄 아는 일이 없던 어린 민서도 이젠 아장아장 걷고, 어눌하게 말하고, 마음 안에서 싹트는 감정을 겉으로 표현할 줄 알게 되었다. 해가 뜨기 전부터 아침을 준비하는 인아의 고단함이 마음에 걸렸으나, 매일 아침 허둥지둥 놀이방으로 넘겨지는 민서를 보는 게 아팠으나, 그조차도 그런대로 익숙해지고 있었다.

언제나 매사에 열심인 인아는 달리기 선수처럼 살고 있었다. 일주일의 절반 이상이 야근이었고, 한 달에 한두 번은 철야도 마다할 수 없는 고된 업무를 견뎌내고 있었다. 일한 만큼 월급이 늘어났지만 세 식구가 온전히 기대기에는 부족한 게 많은 액수였다. 그도 그럴 것이 준희는 아이가 생기고 얼마 지나지 않아 직장을 그만 두었다. 그토록 하고 싶었던 그림을 포기한 채 절인 배추처럼 살고 있는 남편을 두고 볼 수 없어서 인아가 그를 종용했었다.

"아무리 생각해도 안 되겠어. 사람이 하루살이도 아니고 어떻게 그렇게 사니? 꿈도 없이 돈만 버는 건 죽은 거나 다름없잖아. 그럼, 다시 시작해. 너 성공할 때까지 내가 벌어 먹여 살릴 거야. 다른 생각 같은 거하지 말고, 열심히 그림만 그려. 그래서 하루 빨리 성공하는 게 나나 민서를 위하는 길이야. 알겠지?"

인아가 처음으로 그 말을 했을 때 준희는 말도 안 되는 일이라고 했었다. 갓난아기까지 있는데 혼자서 애쓰게 할 수는 없다고 펄쩍 뛰었던 그였다. 하지만 아내는 단호했다. 꿈도 없이 사는 건 죽은 거나 마찬가지라고… 그 말에 결국 백기를 들었던 준희였다. 한없이 바보 같은 아내가한없이 고마워서 한동안 그는 고개를 들지도 못할 정도였다.

하지만 익숙해진다는 것은 얼마나 잔인한 일인가. 준희는 가끔 생각해보곤 한다. 익숙해진다는 것, 길들여진다는 것. 할 수 없는 일이라 여겨져 아팠던 마음인데 익숙해지니 덤덤하다. 대수롭지 않은 일이라고, 누구나 그렇게 사는 거라고…. 내 마음이 익숙해진다는 것 때문에 누군가는 상처를 받기도 하겠지. 그러니 익숙함이란 더러 편안하고, 더러는 사람을 아프게도 한다. 돈을 벌지 않는 일이 익숙해진 준희 때문에 인아는 하루하루 안간힘 쓰듯 살고 있었다.

"준희야, 어떻게 하지? 바쁘니? 많이 바빠?"

허둥대는 인아의 목소리가 수화기를 타고 건너왔다. 무슨 일인가.

"민서가 아픈가 봐. 놀이방에서 전화가 왔네. 열이 많이 오른대. 병원에 다녀오기는 했다는데 그래도 일찍 데려가주었으면 하는데… 어떻게 하지? 난 지금 딱 묶였거든. 어떻게 하지?"

오늘은 그림 하는 동창들이 모처럼 스승으로 모시던 교수 몇 분과 함께 모일 수 있는 자리를 만든 날이었다. 준희를 위해 만든 모임이었다. 어떻게든 준희를 다시 그림 곁으로 돌아오게 해야 한다며 발 벗고 나선 친구들이 만든 약속이었다.

"마냥 그림만 그리고 있다고 뭐가 되는 줄 알아? 교수님들 인맥, 그거 무시 못 한다. 당장 어디 시간 강사 자리라도 얻어서 움직여야 길이 생기는 거야. 그러니까 나와라. 일단 만나서 얘기하자."

가까운 친구들의 목소리가 준희를 한없이 흔들어놓았다. 오늘이 바로 그날이었다. 이유 없이 기다려지던 날. 하필이면 이런 날… 아내의 다급한 마음을 알면서도 준희의 목소리가 곱지 않았다.

"병원에서는 뭐라고 한대? 도대체 어디가 아파서 열이 난다는 거야?"

"감기겠지. 감기일 거야. 어젯밤부터 기침을 조금씩 하길래 시럽을 먹였거든."

"감기겠지, 라니. 그럼 어디가 아픈 건지도 안 물어봤단 거야?"

"그러게. 전화 끊고 나서 생각해보니까 그것도 안 물었더라. 나 지금, 좀 정신이 없거든. 미안해. 미안하다, 진짜."

인아가 준희에게 미안해할 일이 아니라는 걸 알면서도 마음이 순순해지지 않았다. 쌀쌀맞게 알았어, 그 한마디로 전화를 끊고 일어서는데 철 없는 아이처럼 부아가 치밀었다.

약속 장소에 나갈 수가 없겠다고 친구들에게 일일이 전화를 걸어 사정 설명을 한 뒤 수화기를 내려놓는데 마음이 그대로 무너졌다. 그 혹독한 마음을 하나도 걸러내지 못한 채 찾아간 민서의 곁.

서너 시간 간격으로 해열제를 먹였다고 했지만 품에 안은 민서는 여전히 미열이 남아 있는 상태였다. 고열에 지쳤는지 전에 없이 축 늘어져 있는 모습이 칼날처럼 아프게, 준희의 마음을 훑어 내렸다. 집으로 돌아온 후에도 민서는 줄곧 잠만 잤다. 깨어 있어도 그저 눈을 뜨고 있는 것일 뿐 웃지도 않고, 조잘거리지도 않고, 그저 쌕쌕거리는 숨소리만 들려주고 있었다. 미음을 먹고는 한 번, 먹은 것을 모두 토해낸 후로 기운이 빠지는지 기어이 다시 잠이 들었다.

잠이 들었나. 어느 틈엔가 아이 곁에서 들었던 짧은 잠이 딸깍, 대문이 열리는 소리에 다시 말짱하게 깨었다. 하지만 아내의 얼굴을 보고 싶지 않아 준희는 다시 눈을 감았다. 인아는 조심조심 민서의 곁으로 와 이마를 짚어보고는 이불을 끌어다 준희에게 덮어주었다.

"왜 여기서 자고 있어? 침대로 가서 편하게 자. 민서는 내가 볼게."

"…."

"화났니? 미안해. 어쩔 수가 없었어. 전화도 받지 않고… 나 얼마나 불안했는지 몰라. 그래도 좀 봐주라."

불안했으리란 걸 모를까. 그런데도 왜 그런지 준희의 마음은 미안하
다는 인아의 말에 더 화가 치밀어 아무 말도 할 수 없게 만들었다. 뭐가
미안하냐고, 정말 미안한 건 네가 아니라 나라고 소리치고 싶어져서 그
냥 그대로 눈을 감은 채 오지 않는 잠을 청하고 있을 뿐이었다.

민서야, 엄마 밉지?

"민서야! 너 정말 왜 그래? 빨리 안 일어날래? 엄마, 맴매한다!"

"엄마, 미워! 엄마 미워!"

아침은 늘 그렇게 전쟁처럼 시작되었다. 잠이 부족한 인아는 그 부족한 잠을 어디에서도 보충하지 못해 아침이면 턱없이 예민해졌다. 엄마 아빠의 리듬에 맞춰 덩달아, 출근하듯 채비를 하고는 놀이방으로 보내져야 하는 민서 역시 아침이면 떠지지 않는 눈을 비비며 엄마, 미워! 우는 목소리를 내곤 했다. 그래서 아침이면 온 가족의 얼굴이 화난 사람처럼 일그러져 있었다.

인아가 변했다. 더는 그럴 수 없을 만큼 밝고 명랑하던 인아가 점점 말수 적은 사람으로 변해가기 시작했다. 준희는 표정 없는 사람이 되어가는 아내를 견디는 일이 어려웠다. 신경 쓰지 마, 잠 못 자서 그래. 인아는 늘 같은 목소리로 말했다.

그 말은 사실이었다. 쉴 새 없이 이어지는 야근을 견디며 인아는 겨우 네댓 시간을, 그것도 뒤척이는 아이를 보살피느라 드문드문 잠들 수 있을 뿐이었으니까. 이젠 정말 그만두게 하자, 마음먹었던 적이 얼마나 많았는지. 이젠 정말 아내를 좀 쉬게 해주자, 욕심 버리고 살자고 말해보자, 얼마나 여러 번 마음먹었나. 그러나 그럴 때마다 늘 고달픈 삶이 준희의 말을 막았다.

전셋값을 올려 달라 해서, 하나밖에 없는 여동생이 결혼을 한다고 해서, 인아의 어머니가 허리 수술을 받게 되었다고 해서… 사는 일들에 밀려 여기까지 왔다. 불쑥불쑥 밀어닥치는 일상의 무게 때문에 잠시 채워졌던 통장의 잔고는 늘 밑바닥을 허덕이게 되곤 했으므로.

일주일에 두 번, 이름도 알려지지 않은 신설 대학에서 교수도 아닌 시간 강사로 일하게 된 준희로서는 감히 그만두라는 말 같은 것은 담을 수 없게 되고 말았다. 겨우 몇 십만 원의 강사료를 가지고는 아이를 키우고, 생활을 하고, 집을 늘려가고, 사람 도리를 하면서, 그렇게는 살 수 없다는 것을 잘 알고 있었다.

오늘 아침, 민서는 유독 엄마의 신경을 자극하고 있었다. 결국 인아는 떼를 쓰는 민서의 엉덩이를 손바닥으로 몇 차례, 세차게 두들겨주고는 그대로 돌아선 채 울기 시작했으니까. 엄마가 눈물을 보이니 어린 민서는 눈치를 보며 울먹였다. 엄마, 가자. 응?

"오늘 하루, 그냥 쉬면 안 되는 거니? 하루쯤 쉬면서 민서랑 놀아주면 안 되는 거야?"

할 수 있는 말이 그것뿐이었다. 아까부터 현관에 서서 두 사람의 실랑이를 바라보고 있던 준희가 언짢은 목소리를 내자 인아의 얼굴이 곧 달궈졌다.

"너까지 왜 그러니? 너까지 나한테 왜 그래? 민서 하나만으로도 미칠 것 같은데, 속상해서 미치겠는데… 나 오늘 쉴 수 없는 거 너도 잘 알잖아. 알면서 그렇게 말하지 마!"

주저앉아 울던 인아가 준희를 향해 날카로운 목소리를 쏟아 부었다. "그래, 다 같이 미치면 되겠구나. 그럼 되겠어. 미치겠는 건 인아 너뿐만이 아니니까 다 같이 미치자. 너도, 나도, 민서도 다 같이!"

그렇게 쏟아 부을 생각은 아니었다. 한 달에 한 번씩 돌아오는 기획 회의가 있는 날이라고, 지난밤 내내 잠 못 이루며 아이템을 정리하던 아내를 보았으므로 쉴 수 없다는 말을 얼마든지 이해할 수 있었으니까. 그런데도 말은, 마음을 태우지 않고 빗나간 말은, 엉뚱한 화살이 되어 인아의 가슴을 향해 가 꽂혔다. 다 같이 미치자니.

민서야, 가자! 우는 아내를 뒤로한 채 아이 손을 잡고 집을 나서려는데 민서가 준희의 손을 밀치며 말했다.

"아빠 미워! 엄마랑 갈 거야!"

⋮
⋮

강의 시간까지는 아직 한참의 여유가 있었다. 준희는 여전히 속이 쓰렸다. 오늘 아침은 모두 엉망이 되어버렸다. 인아와 민서를, 그렇게 만든 책임이 결국 자신에게 있다는 것을 모르는 것도 아니면서 오히려 화풀이를 하다니. 준희는 벌써 석 잔째의 자판기 커피를 마시는 중이었다. 설탕과 크림의 비율이 맞지 않아 도무지 제맛이 나지 않는 그 커피는 텁텁하기만 해서 입안이 이내 까칠해졌다.

이렇게 텁텁할 줄 몰랐던 것도 아니었다. 인아와 살기 시작하면서 그 삶이 개운하기만 할 것이라고 기대했던 적은 한 번도 없었다. 어긋날 수 있다고, 고단할 것이라고, 이렇게 무겁고 거북할 수 있다는 것도 사는 첫날 벌써 마음에 두었던 일이었다.

하지만 살기 시작한 것이 불과 얼마라고… 찻물이 끓는 것처럼 평화롭던 마음은 이제 부글부글 끓어 넘치는 소리를 내고 있었다. 이렇게 빨리 너와 내가, 이렇게 빨리 지친 얼굴이 될 줄은 몰랐다. 준희는 들고 있던 종이컵을 아무렇게나 구겨 쓰레기통 속에 던졌다.

"성준희 교수님? 자살 기도야? 웬 커피를 그렇게 마셔?"

강의실 앞 창가 쪽으로 드문드문 놓인 나무 의자에 벌써 얼마 동안을 그렇게 같은 자세로 앉아 있던 준희는 익숙한 목소리에 고개를 들었다. 오영주였다. 시간 강사 자리를 얻어 처음 이 학교로 왔을 때, 그가 온다는 것을 알고 굳이 먼저 찾아와 반겨주었던 여자. 대학 3년 선배인 오영주는 이미 교수 자리를 꿰차고 앉은 당찬 인물이었다.

"죽을 때까지 마셔볼 작정이니? 그런데 말이야. 정말 커피로 죽으려면 대체 몇 잔이나 마셔야 될까?"

"선배도 참… 간단하게 끝내는 방법도 많은데 굳이 그렇게 할 거 뭐 있어요?"

"왜? 뭐 속 시끄러운 일 있니? 얼굴이 왜 그래?"

"아뇨. 오늘은 괜히 기분이 좀 그러네요. 신 날 일이 있어야지. 그런데 선배는 좋아 보이네요."

"좋을 게 뭐 있니? 나야 항상 적적하지. 하긴 속 썩이는 남편도 없고, 딸린 애도 없는 천하태평이니 그렇게 보일 만도 하겠다."

"사는 게 참, 마음처럼 안 되네요. 나만 유독 그런 건가? 요즘 난 선배가 부러워요."

"너 요즘 힘들구나. 그래도 나 같은 여자를 부러워하다니… 욕이다, 그거. 난 뭐 걱정이 없는 줄 아니? 하긴 요즘은 다들 그렇더라. 모여 앉기만 하면 앓는 소리야. 왜들 그러니? 사는 게. 그럼 내가 좋은 방법 하나 일러줄까?"

"속 시원해지는 방법 있어요?"

"침 뱉어. 에라, 퉤퉤! 그렇게 해봐. 그냥 욕도 막 하고. 왜 그런 거 있잖니. 하지 마라, 해선 안 된다, 그런 사소한 도리 같은 것들 말이야. 우리 같은 보통 사람들은 사실, 그런 것들이 이젠 지킨다기보다 습관처럼 자연스럽게 몸에 뱄거든. 난 가끔 살맛 안 날 때 그렇게 한다. 침 뱉고,

욕하고… 가끔 강의도 빼먹어. 무단이탈 같은 거지. 생각해봐라. 우습지 않니? 대학 강단에 있다는 여자가 침이나 뱉고, 펑펑 욕이나 해대는 거 그거 엽기다, 너! 그냥, 가끔, 일상의 법칙으로부터 벗어나보는 거야. 그런 게 무슨 도움이 될까 싶겠지만 그래도 한결 숨통이 트인다니까. 내 마음대로, 내 배짱대로, 에라! 내 마음이다, 그러는 거지."

"그런 건 쉬운가, 어디. 난 그것도 못할 것 같아요."

"그럴 용기도 없으면 그냥 살아. 괜히 속 시끄럽게 볶지 말고. 툭툭 털고, 잊어버리고, 모른 척하고. 그럼 되지."

"누가 걱정거리 좀 다 지워주면 좋겠어요. 공부 머리는 별론데 골칫거리 같은 건 죽어라고 기억나거든요."

"쓸데없는 소리 말고 내 연구실로 가자. 내가 신선 같은 녹차 한잔 줄게. 아직 시간 여유 있지?"

기분 좋은 걸음으로 탁탁 앞서가는 그녀를 따라 준희는 오래 앉아 있던 자리에서 일어났다. 참 산뜻한 저 여자. 맑은 녹차 한잔이면 마음 안의 텁텁함이 가실 것도 같았다. 가슴을 짓누르던 인아의 고단한 얼굴이 슬그머니 지워져 발걸음이 한결 가벼워진 것도 같았다. 가지런한 보도블록을 내려다보며 걷던 준희는 침이나 뱉어볼까, 생각하면서 혼자 피식, 웃고 있는 중이었다.

⋮

오후 2시에 시작된 기획 회의는 시종일관 유쾌한 분위기였다. 한동안 부진하던 판매율이 최근 들어 급상승하면서 잡지의 인지도는 물론, 광고 수익도 높아진 덕분이었다. 게다가 몇 개월 전에 출간된 소프트한 터치의 애정소설 하나가 대박을 터뜨리면서 한동안 부진한 기운을 딛고 있던 출판사는 완벽한 흑자 경영으로 돌아선 상태였다. 잡지와 단행본, 두 마리 토끼를 적당히 움켜쥐게 된 사장으로서는 말 그대로 최상의 컨디션을 유지하고 있는 중이었다. 덕분에 회의를 하는 내내 아낌없는 칭찬이 이어졌다.

"회의도 기분 좋게 끝났겠다, 우리 잠깐 나갈까? 기막히게 예쁜 찻집을 발견했거든. 인아 네가 보면 정말 좋아할 거야. 가보자. 가서 우리 맛있는 차 마시면서 수다 떨자. 차 한 잔씩 마시고, 거기서 너 그냥 퇴근해라. 그거 좋겠지?"

최선주의 손에 이끌려 찾아간 곳은 하얗고 아담한 작은 찻집이었다. 찻집 '비 온 뒤.' 하얀 나무 간판에 마치 손으로 적어 넣은 듯 이름을 새긴 그곳이 벌써 한눈에 마음에 들었다. 비 온 뒤, 그 이름만큼이나 차분한 실내. 별다른 장식도 없는데 잘 차려진 아늑함이 배어들어 저절로 평화로운 공간이었다. 맛있는 커피 냄새와 따뜻한 음악이 다정했다. 앉아 있으면 마음이 한없이 차분해져서 무슨 말이든 가만가만 모두 털어놓게 만드는 그런 자리였다.

제대로 볶아 준비한 윤기 나는 원두를 알맞게 갈아서 내린 커피가 일

품이었다. 커피 한 잔이 모두 비워질 때쯤이면 말없이 다가와 묻지도 않고, 다시 한 잔을 가득 채워주는 주인 남자의 손길도 이 집을 찾게 하는 중요한 이유라고, 최선주의 소곤소곤한 목소리가 이어졌다.

"우린 둘 다 변했어요."

푹신한 소파 등받이에 머리를 기대고, 마치 없는 사람처럼 앉아 있던 인아가 하얀 잔에 담긴 커피 한 모금을 입에 대고 난 뒤, 그 찻잔을 다시 제자리로 내려놓으며 느닷없이 꺼낸 말이었다. 무슨 소리야? 최선주의 눈이 말없이 묻고 있었다.

"우리 둘한테는 무슨 말이 따로 필요 없었거든요, 아무리 멀리 있어도 마음이 늘 닿아 있었어요. 준희와 난."

천천히 기우는 오후. 식은 햇빛이 커다란 유리창을 가득 물들이고 있었다. 그 적당한 햇빛을 받은 나무가, 이웃한 식당의 낡은 지붕이, 걷고 있는 사람들이, 한결같이 평화롭게 느껴졌다. 이렇게 한 걸음 물러나 바라보면 모든 것이 순조롭게 느껴지는 거라고, 한 걸음만 뒤로 물러서서 바라보면 세상이 한없이 평화로운 거라고 말해주는 듯했다. 유리창 너머의 그 햇빛 닿은 풍경들이.

"내가 세상살이를 너무 만만하게 생각했던 것 같아요. 준희, 다시 그림 시작하게 하고 싶어서 큰소리를 쳤었거든요. 나 혼자서도 얼마든지 벌어먹여 살릴 수 있다고 그랬다니까."

창밖을 가만히 내다보던 최선주의 얼굴에 가벼운 웃음이 일었다. 그래, 사람들은 변하지. 다 알고 있다는 웃음이었다. 그 짧은 웃음을 거두며 그녀가 나직한 목소리로 물었다.

"그런데 뭐? 땅을 치면서 후회하는 거냐? 그때 왜 그랬나, 싶어?"

"후홋! 뭐… 거기까지는 아니고. 그냥 좀 힘드네요."

"남편한테 상처 받는 거니? 준희 씨가 속 썩여?"

상처. 그 말이 가시처럼 인아의 목울대를 타고 넘었다. 상처, 상처라…. 어느 한때, 준희가 모든 것을 알아주어 좋았던 때가 있었다. 일일이 마음을 다 헤집어놓고 말하지 않아도 서로가 서로를 먼저 헤아려주었던 때가 분명 있었다.

그러나 어느 순간, 서로에게로 건너가는 그 마음의 문이 어느 쪽에선가 먼저 닫혀버렸다고 인아는 생각했다. 이젠 말하지 않으면 알려고 하지 않는다. 아니, 말을 해도 그 말을 말 그대로 받아들이지 않게 된다. 서로가 서로에게 그렇게 하고 있다, 우리는.

"사느라 그래, 사느라. 막상 살아보니 사랑 같은 거 먼저 챙겨지지 않지? 언젠가 네가 사랑 하나면 된다고 할 때 그래서 내 마음이 아팠던 거야, 알아? 세상이 사랑 하나로 되는 게 아니거든. 너도 준희 씨도 그리고 나도… 우린 모두 밑천 없는 인생이라 남들보다 몇 배 애써야 되는데 그러다 보면 서로 지치는 거야. 못하는 사람은 못하는 대로 지치고, 애쓰는 사람은 애쓰는 그만큼 몸이 지치고, 마음 알아주지 않는 그 사람한테 괜한 화를 내게 되고. 사랑하지 않는 거 아니면서 괜히 그러는 거지. 사랑하니까, 믿으니까 그 사람이 미운 거야."

준희는 늘 어떻게 하냐고 했다. 인아야, 너 고단해서 어떻게 하니, 잠 못 자서 어떻게 하니, 민서를 어떻게 하니. 그러나 그저 그렇게 말할 뿐 이었다. 어떻게 하느냐고 말할 뿐, 어떻게 해주지는 않았다. 그래서 어 떻게든 해야 하는 건 늘 인아 쪽이었다. 그 책임이 무거워 인아는 때때 로 울고 싶었다.

"민서만 아니면 괜찮겠어요. 제일 미칠 것 같은 게 민서한테 겨우 이 렇게밖에 할 수 없는 거예요. 준희가 뭘 어떻게 해줄 수는 없다는 걸 모 르는 것도 아니면서 아이를 매일매일 이렇게 내동댕이치듯 어딘가로 보 내야 하는 게… 미치겠어요, 난."

요즘 들어 인아의 얼굴이 너무 지쳐 보인다고 생각했다. 얼굴에 피곤 한 기색이 가시지 않는 게 자꾸 보여 안타까웠다.

"몸 좀 챙겨라, 인아야. 요즘 너, 안 좋아 보여. 몸이 힘들 땐 사소한 일에도 마음이 지치더라. 건강하면 그래도 견디는 힘이 생기는 법이거 든. 너부터 챙겨야 네가 그렇게 아끼는 가족들도 챙겨줄 수 있는 거야. 널 잃으면 다 잃는 거다."

민서는 오늘 아침, 유난히 엄마에게서 떨어지지 않으려고 했다. 무엇 이 아이를 그렇게 불안하게 했던 것일까. 갑자기 민서의 얼굴이 가슴 안 으로 와 사무치게, 마음을 온통 흔들어놓았다. 가야지, 민서한테 가야 한다. 맛있는 그 커피를 다 비우기도 전에 인아는 자리에서 일어났다.

．
．
．

"민서가 계속 토했어요. 설사도 심하고, 열도 많고. 그런데 오늘은 하필 선생님 한 분이 결근이라 병원에도 못 데리고 갔거든요. 전화를 드렸지만 두 분 다 휴대폰 연락이 안 되고, 사무실에도 안 계시고. 민서, 많이 울었어요. 울다가 지금은 겨우 잠이 들었네요."

회의 때문에 꺼놓았던 휴대폰인데 그 이후로 까맣게 잊고 있었다. 강의 때문에 준희 역시 그랬을 것이다. 그랬구나. 우리 민서, 아파서 그렇게 엄마 곁에 남고 싶어 했던 거였구나. 하루 종일 무거웠던 마음의 정체가 이것 때문이었구나, 싶었다.

민서는 웅크린 채 가만히 잠들어 있었다. 미안해서 어떻게 하니, 민서야. 네 마음도 모르고 널 때려주었던 엄마의 어리석은 손을 어떻게 하면 좋으니. 그대로 주저앉아 아이의 작은 가슴에 머리를 대고 안는 얼마 동안을 그렇게 기도하듯 뉘우치듯 앉아 있었다.

"장염입니다. 뭘 잘못 먹어서 그럴 수도 있지만, 아이들이 많은 집단에서 전염되었을 수도 있어요. 요즘 바이러스성 장염이 돌고 있어서… 되도록 한동안은 집에서 보살펴주는 게 좋을 것 같네요. 흰죽을 미음처럼 묽게 쑤어 먹이시구요. 그래도 계속 토하거나 설사를 하면 식사를 중단하는 게 좋습니다. 약은 하루 네 번 먹이고, 탈수 증세가 올 수도 있으니까 따뜻한 보리차나 이온 음료 같은 것을 자주 먹여주세요."

아이를 안고 찾아간 병원. 마치 준비라도 해놓았던 것처럼 의사는 필요한 말들만 단정하게 골라 전해주었다. 청진기 몇 번 대어보고, 아이 입속 한 번 들여다보고 어떻게 그렇게도 내 아이의 상태를 잘 골라 추려 주는지. 나도 그럴 수 있었다면 아파서 칭얼대는 아이의 엉덩이를 때려 주는 일 같은 것은 하지 않았을 테지.

"민서야, 엄마가 업어줄게."

등에 업힌 민서는 팔다리를 축 늘어뜨린 채 작은 얼굴을 엄마의 등에 가만히 대고 있었다. 지쳤나. 서러웠나.

"민서야, 많이 아팠어?"

"아니."

"엄마, 밉지?"

"아니."

"정말?"

"응! 나는 엄마 이뻐."

"우리 민서, 엄마 이뻐해줘서 고마워."

"응. 근데 있잖아. 엄마… 나, 내일 놀이방 갈 거야. 날마다 놀이방 갈 거야."

"… 민서야…."

"…."

"놀이방 안 가도 돼. 내일은 가지 말고 엄마랑 놀자."

"진짜야? 엄마 내일 회사 안 가도 돼?"

"응. 엄마, 내일 회사 안 가도 돼."

"아이, 좋아. 진짜다, 엄마. 약속이다!"

"그래, 민서야. 약속이야."

납작하게 엎드려 있던 민서가 움찔움찔 몸을 움직이고 있었다. 내일 하루, 엄마가 곁에 있어 준다는 것이 좋아서 기운 없던 하루를 다 잊은 모양이었다. 그럴 수 있다면 내일 하루가 아니라 오래오래, 회사 가지 않고 민서 곁에서, 엄마 품이 그립지 않도록 모든 걸 다 주고 싶었다.

먹은 것을 모두 토해내고 나서야 민서는 겨우 잠이 들었다. 잠든 아이 곁에 웅크리고 누워보니 쌕쌕 고른 숨소리가 물방울처럼, 하나하나씩 인아 가슴으로 와 눈물로 맺혔다. 그때 정적을 깨고 울리는 전화벨 소리에 놀라 황급히 수화기를 들었다. 엄마였다.

"엄마, 좀 어때? 허리는 괜찮아? 바빠서 연락도 못했네."

"엄마가 너 바쁜 거 몰라? 뭐 하러 그런 말을 해?"

"허리는? 수술한 자리는 괜찮아?"

"그럼. 괜찮지. 펄펄 날아. 얼마나 좋은지 몰라. 너무 가뿐해."

"다행이다, 엄마. 허리는 수술해도 잘 낫지 않는다고 해서 얼마나 걱정했는데. 수술 받고 더 나빠진 사람들도 있다고 해서 걱정했거든."

"걱정 마. 엄마는 다 좋아. 민서는? 민서는 잘 있지? 아프지 않지?"

"그럼! 잘 있지. 아프긴, 아주 건강해."

"아이구, 그 녀석! 얼마나 보고 싶은지. 한번 가봐야 할 텐데. 민서만 생각하면 미치겠어. 보고 싶어서."

"그러게. 한번 와, 엄마. 왜 그렇게 통 안 와? 와서 며칠 쉬었다 가."

"그래. 그런데 성 서방은 어떻게 지내는 거야? 아직도 그냥 그 먼 데까지 왔다 갔다 그러고 있는 거야?"

"응. 그렇지, 뭐."

"인아야… 잘해주지? 성 서방, 너한테 잘하지? 마음 고단하게 만드는 거 아니지?"

마음 고단하게… 엄마의 그 말이 인아의 마음을 두드렸다. 그 사람이 나를 고단하게 하는 게 아니라고, 우리가 서로를 고단하게 하는 거라고, 아니 사는 일이 우리를 자꾸 고단하게 하더라고. 인아의 허탈한 웃음.

"좋아, 우린. 그러니까 엄마, 아무 걱정 마. 엄마 몸이나 잘 챙기세요."

수화기를 내려놓는 엄마의 마음이 왜 그런지 무거웠다. 몸은 벌써 무거워진 터였다. 한 짐의 그릇을 쟁반에 담아들고 걷다가 엎어진 것이 화근이 되어 가뜩이나 골치를 썩이던 허리가 사고를 내고야 말았다. 수술을 했으나 허리는 여전히 제대로 쓸 수 없는 상태였다.

제대로 움직이지 못해 줄곧 누워 있어야 하는 신세가 된 걸 인아에게 알릴 수는 없었다. 일도 할 수 없으니 말 그대로 동생에게 얹혀 지내게 된 신세라 엄마는 누구에게나 면목 없는 사람이었다. 나중에 엄마를 모시겠다고 했는데, 우리 인아가. 나중에 도란도란 살자고 했었는데. 나중에 다시 아무렇지 않게 나아서 인아 곁으로 씩씩하게 돌아갈 수 있을지 이젠 그조차도 자신이 없었다. 그 나중이 오지 않을까 봐, 혹시라도 그 나중을 누리게 되지 못할까 봐.

새벽녘, 민서는 기어코 탈수 증세를 보이기 시작했다. 구토로, 설사로 너무 많이 쏟아내어 탈진 상태에 빠져들었다. 아이를 둘러업고 응급실로 달려가면서, 민서를 업은 준희의 등을 바라보면서 인아는 기도했다. 하느님, 잘못했습니다. 모두 제 잘못입니다.

Ⅲ.
사느라 고단해서

사느라 그래, 사느라. 막상 살아보니 사랑 같은 거, 먼저 챙겨지지 않지? 너 언젠가,
사랑 하나면 된다고 말할 때, 그래서 내 마음이 아팠다. 세상이 사랑 하나로 되는 게
아니거든. 살다 보면 지치는 거야. 지쳐서 그 사람한테 괜한 화를 내는 거야.
사랑하지 않는 거 아니면서 괜히, 사랑하니까, 믿으니까, 그 사람이 미운 거야.

주말에 보자

지난밤의 폭풍 같은 기억을 잊었는지 링거를 꽂고서도 민서는 행복한 얼굴로 잠들어 있었다. 병실 안에는 모두 바이러스성 장염으로 입원한 아이들이었다. 다행히도 이튿날 오후가 되면서부터는 상태가 호전되어 그나마 견딜 만한 상황이 되었다.

"나, 취직됐어."

옆자리의 엄마에게 잠든 민서를 부탁하고 준희와 인아는 잠시 병원 지하에 있는 구내식당에 내려와 늦은 저녁 식사를 하고 있는 중이었다.

"취직이라니? 무슨 소리야? 어디에 취직이 되었다는 거야?"

"우리 대학 재단에서 운영하는 예술고등학교가 있거든. 미술 교사 한 사람이 갑자기 그만두게 되는 바람에 공석이 생겼나 봐. 어제 이사장이 날 부르더니 그 자리를 맡아줄 수 있겠냐고 묻더라."

"그럼 강사 자리는? 그건 어떻게 하구?"

"대학 강의는 일주일에 두어 번밖에 안 되니까 그냥 맡아도 된대. 두 가지 일을 다 하게 되는 거지. 그 정도는 얼마든지 배려해줄 수 있다고 하더라."

"잘됐다, 준희야. 정말 잘됐어. 그런데 넌 어떻게 그런 얘기를 이제야 하는 거니?"

"민서 때문에 그랬지. 이 녀석 아픈 바람에. 그리고 너 그렇게 좋아만 할 일이 아니거든."

"왜? 너 지금 내가 바라는 사람으로 착착 밟아 올라가고 있는데 좋아 할 일이 왜 아냐? 아이들 가르치고 싶어 했잖아. 근데 왜? 서울 학교가 아니라서? 서울에서 발령받는 건 하늘의 별 따기라는데 지방 학교에서 시작하는 것도 나쁘지 않잖아. 게다가 강사 자리도 그대로 맡을 수 있다 니 정말 잘된 일 아냐?"

"그렇게 되었다고 해서 날 특별히 알아줄 사람이 있는 것도 아니잖아. 더구나 이번 일은 오영주 선배의 입김도 좀 작용을 했던 것 같고. 이래 저래 줄 서서 얻은 자리 같아서 마음이 편치 않다."

"그렇게 눈치 볼 필요가 뭐 있니? 기회가 오면 무조건 잡는 거야. 그 렇다고 우리가 무슨 로비를 했던 것도 아니고. 우리가 어디 그럴 능력이 있기나 하고? 다 그만한 실력 갖췄으니까 추천도 받은 거라고 생각해. 난 너무 신 난다, 뭐."

"인아야. 문제는… 우리가 떨어져 있어야 한다는 거야."

거기까지는 생각하지 못했던 인아였다. 그렇게 즐거운 소식을 하나도 즐겁지 않은 얼굴로 말하는 준희를 앞에 두고는 참 알 수 없는 일이구나, 했는데 그 이유가 거기에 있었다.

"그 먼 거리를 매일 출퇴근할 수는 없는 노릇이고… 어디 학교 근처에서 하숙이라도 해야 할 거 아냐."

"그렇구나, 참. 떨어져 있어야 하겠구나."

나지막한 목소리로 중얼거리며 인아는 뚝배기 속의 멀건 설렁탕 국물을 들여다보았다. 너에게 그런 날이 오기를 얼마나 기다렸는데 이제 네게 그런 시간이 오자, 우리가 떨어져 있어야 하는구나.

"그냥 못 하겠다 그럴까? 지금처럼 시간 강사 하면서 다른 일을 좀 찾아볼까? 어디 조금 가까운 학교에 자리가 날 때를 기다려볼까 싶기도 하고. 아니면 입시 학원 같은 곳을 알아볼 수도 있고. 아니, 실은 그림도 그려야 하는데 학교에 너무 욕심내지 말고, 지금처럼 살면서 내 그림을 다시 시작해볼까 싶기도 해."

"너 왜 그래? 왜 그렇게 멍청한 거야? 그게 말이 되니? 다른 사람들은 그런 자리 갖고 싶어서 별거 별거 다 하는데 굴러들어온 복을 걷어차?"

"…."

"가. 당연히 그렇게 하는 거야. 뭘 생각하고 말고 할 게 어디 있니? 나랑 민서 때문에 그러나 본데 너 없음 난 더 편해. 가뜩이나 피곤한데 너까지 챙기려면 더 힘들단 말이야. 이제부터는 민서랑 둘이 날마다 다리

쭉 펴고 살 수 있겠다."

"인아야."

"그 대신 거기 가서 바람피우면 안 된다. 나 없다고 다른 여자 쳐다보
거나 한눈팔면 정말 큰코다칠 줄 알아. 그러면 나, 민서 데리고 너 몰래
다른 데로 시집가버린다."

"인아야…."

"왜 그래? 왜 자꾸 불러? 그러다 이름 다 닳겠다. 허튼 생각 말고 당장
짐 싸. 너 짐 안 싸면 내가 가서 억지로 쫓아낼 거야."

준희가 허겁지겁, 여태 한술도 뜨지 않고 있던 설렁탕을 무작정 퍼넣
기 시작했다. 그래, 열심히 먹고 힘내서 빨리 짐 싸라. 마음에도 없는 빈
소리를 내면서 인아는 속으로 말했다. 난 참… 내겐 한 번도… 순순한
시간이 오지 않는구나.

> ·
> ·
> ·

민서를 위해 며칠, 휴가를 내고 병원을 지키는 동안 준희는 정신없이
바쁜 날들을 살고 있었다. 강의 때문에 내려간 길에 혼자 쓰기 좋은 작
은 방을 구하고, 다시 돌아와 짐을 꾸리고, 사람들을 만나고…. 준희가
그렇게 혼자서 분주한 동안 인아는 아무것도 도울 수 없어 불안하고 초
조했다. 민서는 이제 링거를 꽂고 지내는 것을 거북해할 정도로 예전의
씩씩함을 되찾고 있는 중이었다.

"엄마, 회사 끊었어?"

묽게 쑤어진 병원 식사를 그 작은 입에 한 숟갈씩 떠넣어 주면 민서는 착하게도 잘 먹어주었다. 씹을 것도 없는 식사를, 간이 없는 그 밍밍한 죽을 한입 물고 오물오물하던 민서가 엄마를 향해 묻고 있었다.

"끊어? 회사를? 회사가 신문이야?"

"그런데 왜 회사 안 가?"

"엄마 회사 끊은 거 아니구, 우리 민서가 이렇게 아프니까 민서 다 나을 때까지 옆에 있어 주는 거야. 우리 민서 지켜주려구."

"에이, 그럼 나 날마다 아파야겠다. 엄마 회사 안 가게."

"저런! 아파서 그렇게 울어놓고 그런 소리를 해?"

"히히! 아파서 좋다. 엄마가 회사 안 가니까."

가만가만 민서의 머리를 쓰다듬어주는데 느닷없는 구토 증세가 느껴졌다. 스트레스 때문일까. 요즘 부쩍 소화가 되지 않고 이렇게 불쑥불쑥 당장이라도 토해내고 말 것 같은 구역질 증세가 찾아온다. 뭘 특별히 먹은 기억도 없는데 왜 그럴까. 게다가 오늘은 두통까지.

"왜 그래요? 어디가 안 좋으세요?"

병실에서 만난 옆자리의 엄마가 놀란 얼굴로 다가와 물었다. 정말 왜 이럴까.

"힘들어 보여요. 그러지 말고, 아래층에 내과가 있으니까 가서 진료 받고 약이라도 타서 드세요. 민서는 제가 잠깐 데리고 있을게요."

"아니에요. 체했나 봐요. 속이 좀 안 좋아서 그래요. 괜찮아질 거예요. 요 며칠 긴장했더니 머리도 아프고, 속이 영 거북하고…. 피곤해서 그런가 봐요."

"신경 써서 그럴 수도 있을 거예요. 애 아프면 차라리 내가 아픈 게 낫다 싶죠. 엄마로 사는 거, 참 힘들어요. 그렇죠?"

폭풍처럼 밀려왔던 통증은 이제 슬그머니 가라앉고 있는 중이었다.

"민서 엄마, 속은 좀 괜찮아졌어요?"

"네. 이제 좀 나아졌어요. 가끔씩 이렇게 구역질이 나네요. 그러다 괜찮아지고…."

"아이 둘 키우면서 정신없이 사느라 저도 이런저런 병이 많아졌어요. 그래도 내색 못해요. 아프다는 말 못해요. 남편은 알아주지도 않아요. 나 혼자 그냥 견디죠. 죽을병 아니면 견디자, 하게 되죠. 있잖아요. 언젠가 위경련이 일어나서 무지 고생한 적 있었거든요. 남편 붙들고 아프다고 얘기하니까 뭐라는 줄 알아요? 건성으로 병원에 가라고 하더니 출출한데 뭐 좀 먹을 거 없나? 그러더라니까. 참 야속하죠? 남자들은 모를 거예요. 우리가 그런 말들 때문에 얼마나 상처 받는지. 이 녀석 입원하고 나서 드는 생각인데 그럼 안 되겠어요. 남편이야 나 없음 시원할 수도 있겠지만 나 아니면 이 어린걸 누가 돌봐주겠어요. 엄마 없으면 애만 가엾죠. 근데 참, 내과에 안 가봐도 되겠어요?"

"괜찮아졌어요. 이젠 아무렇지도 않아요. 죽을병은 아닌 모양이에요."

그녀의 말을 듣고 나서 생각해보니 입원실에서 함께 지낸 지 며칠이 지났는데도 아직 그녀의 남편을 본 적이 없었다. 인아는 잠시 혼잣말을 했다. 남자들은 참, 아내에게 너무 많이 떠맡기는구나.

준희가 돌아온 것은 민서가 퇴원하던 날 아침이었다. 간밤에 술을 마셨는지 가까이 다가가니 아직도 시큼한 술 냄새가 묻어났다. 하루쯤 아이 곁을 지켜주었으면 좋았겠다고 생각했지만 말하지 않았다. 옆자리 아이의 엄마 이야기가 문득문득 생각나서였다. 남편은 알아주지도 않아요. 나 혼자 그냥 견디죠, 그 말.

⋮

"집은 어때? 견딜 만한 곳이니? 너무 형편없는 건 아냐?"

통장에 남아 있던 약간의 여윳돈을 모두 준희에게 넘겨준 상태였다. 열심히 일해 돈 모아서 번듯한 집을 사겠다고, 한때 엄마에게 당당한 목소리를 냈던 기억이 떠올라 쓴웃음이었지만 그래도 준희에게 줄 수 있는 얼마의 돈이 남아 있었다는 것에 감사했다. 또 벌면 되지. 벌어서 모으면 되지.

"아냐, 좋아. 할머니 혼자 계시는 주택인데 조용하고 깨끗해. 할머니가 식사까지 해결해주겠다고 하셔서 편할 것 같아. 먹는 상에 수저 한벌 더 놓자, 그러시는데 마음이 좋더라. 그냥 별로 부담 없이 내 집처럼 살 수 있겠어."

"다행이다. 젊은 여자 혼자 사는 집이 아니어서 더 다행이다."

준희가 머물게 될 집은 빨간 벽돌로 지은 허름한 구식 주택이었다. 하나뿐인 자식을 앞세웠다는 할머니는 혼자 사는 적적함을 잊고 싶어 사람을 들이는 것이라고 말했다. 준희가 사용할 방은 이미 할머니의 손이 여러 차례 다녀간 듯 깨끗하게 정리되어 있었다. 장롱도 있고 이불도 깨끗한 것으로 준비되어 있으니 책상 하나만 구입하면 되겠다고, 옷가지들을 꺼내 차곡차곡 정리해주며 인아는 말했다.

"인아야. 나 없다고 너, 일에만 매달릴까 겁난다. 적당히 일해. 밥 잘 챙겨 먹고. 매일 전화할게. 혹시라도 민서 아프면 전화해. 바로 올라갈 테니까."

다시 집으로 돌아가는 아내와 아이를 배웅하기 위해 기차역으로 따라 나온 준희가 말했다. 밥 잘 챙겨 먹으라고….

밥, 이라는 말에는 너무 많은 마음이 담겨 있지. 밥 챙겨 먹으라는 준희를 보며 인아는 잠시 웃어주었다. 보내야 할 사람 앞에서 도려내어지는 마음을, 불안한 마음을, 어떻게 말로 할 수 없을 때 우리는 그렇게 말한다. 밥 잘 챙겨 먹으라고. 처음 만난 날, 우리는 둘이 함께 밥을 지어 먹었다고, 인아는 문득 그때 일을 생각하며 웃음 지었다.

"민서야, 엄마랑 먼저 가. 며칠 있다가 아빠가 민서 보러 갈게."

"응. 아빠, 빠이빠이. 며칠 있다 만나."

"인아야, 주말에 보자."

주말에 보자, 준희가 그렇게 말했다. 주말에 보자고. 헤어지기 싫어서 너의 남편이 되고, 너의 아내가 된 우리는 이제 주말에 만나는 사람이 되었다. 손 흔드는 차창 밖의 준희 모습이 저만치 멀어질 때까지 인아는 계속해서 그 말을 입안 가득 담고 있었다. 주말에 보자, 그 말.

집에 도착한 것은 밤이 깊어서였다. 준희가 없다는 생각은 똑같은 집을 왠지 벌판처럼 만들어놓고 있었다. 한동안은 이렇게 살아야 할 것이다. 없는 채로, 비워진 채로. 깊이 잠든 민서를 준희가 잠들곤 하던 침대 위에 눕히고, 샤워를 마치고, TV를 켰다가 다시 끄고, 오디오의 볼륨을 키워보았다. 그렇게 부산하게 움직이는 동안에도 마음이 내내 헛헛했다. 그때 그 비워진 마음 안으로 휴대폰의 벨이 울렸다.

"혹시… 인아니?"

인아는 곧 그 목소리의 주인을 찾았다. 잊고 살았으나, 오래 잊고 살았음에도 여전히 익숙한 그 목소리.

"너 민혁이지? 민혁이 맞지?"

"와! 역시 맞았구나. 전화번호가 바뀐 건 아닌가 걱정했는데…."

"정말 반갑다. 반갑고, 보고 싶고."

아직도 나를 기억하고 있는 건지. 민혁의 기억 속에 아직도 내게 오는 번호가 남아 있는지. 인아는 가슴 안에서 잠자던 지난날들이 가만히 깨어나는 소리를 들었다.

"민혁이 너, 어쩜 그렇게 한 번도 연락을 안 하니? 궁금하지도 않았어? 내가 어떻게 살고 있는지."

"그냥, 어쩌다 보니 그렇게 됐다. 연락 안 하려고 했던 건 아니었는데. 내가 좀 게으르잖냐. 들어가서 연락하자, 그랬지 뭐. 생각보다 오래 나가 있게 되는 바람에…."

"아주 돌아온 거야? 언제 왔어?"

"돌아온 지 석 달쯤 되었지, 아마. 그동안 이것저것 처리하고 준비할 일들이 많아서 이제 연락한다."

"우리 만나자. 만나서 밥도 먹고, 밀린 얘기도 하고 그러자. 어디서 볼래? 언제 볼까?"

"내일 저녁 때 괜찮니?"

"저녁은 좀 곤란해. 아이 때문에… 우리 민서를 봐줄 사람이 없어서."

아이라고 했나. 인아가 아이를 낳았구나. 그의 아이를 낳았구나…. 그럴 거라고, 미리 짐작해두었던 일임에도 아이, 라는 말을 듣는 민혁의 마음이 소란하게 엉켰다. 아이를 낳았구나, 네가.

"그럼 점심 먹자, 인아야. 네 쪽으로 내가 갈게."

민혁은 추억의 한 부분 같다. 내 지나온 세월들을 열두 개쯤의 단편들로 쪼갠다면 그중 하나가 민혁이다. 좋은 기억, 미안한 기억이 마음 안으로 밀물처럼 저며 왔다 사라졌다. 네가 다시 돌아왔구나…. 인아의 가슴이 오래 전의 어느 날처럼 가볍게 떨려왔다.

민혁은 긴 밤 내내, 인아 생각으로 뒤척였다. 짐작하지 못한 일은 아니었다. 아니, 인아 곁을 떠나던 그 순간부터 인아를 지우기 위한 연습을 시작했던 그였다. 헤어지는 게 아니라고 했었지만 그도 알고 있었다. 그것이 헤어짐의 시작이라는 것을.

이제껏 혼자인 이유가 순전히 인아 때문만은 아니라고 생각했다. 그간 몇 차례, 친구들의 성화에 못 이겨 만난 여자들이 있었지만 마음을 다잡고 나간 그 자리에는 언제나 인아가 동행했었다. 마음 안에 가득 찬 인아를 떨쳐내지 못한 채 만나는 누군가는 언제나 번번이, 인아 생각만 더욱 간절하게 만들어 놓곤 했으니까.

그런 인아가 엄마가 되었다는 말을 들었을 때, 비로소 민혁은 이제 모든 게임은 끝났다는 것을 온몸으로 느낄 수 있게 되었다. 차마 연락을 할 수 없었던 것도 이런 이별이 올까 두려워서였다. 그런데 기어이… 이별이었다. 그럼에도 그 밤, 민혁은 내내 인아 생각에 뒤척였다. 내일은 인아를 볼 수 있겠구나, 그 생각 때문에.

⋮

저만치 민혁의 모습이 보였다. 하나도 변하지 않았구나, 멀리에서도 한눈에 알아볼 수 있었다. 늘 웃어서 아이 같은 그 밝은 웃음이 곁에 있는 사람에게까지 옮겨지게 만들던, 오래전 민혁의 모습을 천천히 떠올려보았다. 한 걸음, 한 걸음. 그에게 다가가는 길에 이젠 모두 추억이 되어 버려진 기억들이 우수수 쏟아졌다.

인아야, 부르며 민혁은 덥석 손을 잡았다. 그의 손은 따뜻하게 달궈진 냄비 같았다. 그의 손 안에 담긴 작은 손이 어색했지만 민혁은 한동안 잡은 손을 놓지 않고 있었다.

"인아야, 그동안 잘 지냈지?"

"잘 지내. 나야 늘 똑같지, 뭐."

"아직도 일해? 출판사?"

"응. 내가 좀 질긴 데가 있잖아. 예전 거기, 그대로 다니고 있어."

"저런! 그럼 이젠 직책도 꽤 높아졌겠는 걸."

"에이, 뭐… 직책이랄 게 뭐가 있겠니. 그냥 다 좋아. 사람들도 좋고, 일도 좋고."

민혁은 한눈에 알아보았다. 인아의 삶이 얼마나 고단한지를. 가뜩이나 작은 저 여자는 깡말라 더 작아졌구나, 라고 생각했지만 입 밖으로 그 말을 꺼내지는 않았다. 인아야, 어쩐지 나는 네가 너무 힘들어 보이는구나. 나 없이도 마냥 행복한 너를 보게 될까 두려웠지만 지금 이렇게, 지쳐 있는 네 모습을 보는 지금도, 나는 아프다…. 얼마를 그렇게 인아의 손을 잡은 채 민혁은 혼자 생각에 빠져 있는 중이었다.

"참! 아이가 있다고 했지? 민서라고 했나? 민서라면 아들이겠네."

"응. 딸 같은 아들이야. 네가 보면 정말 깜짝 놀랄걸. 우리 민서, 얼마나 이쁘다구."

"그럼, 너 닮았으면 이쁘겠지. 근데 참! 결혼식은 언제 한 거야? 결혼하면서 엄마한테 왜 연락도 안 했니? 우리 엄마, 네 소식 전혀 모르고 계시던데. 연락 한 번 안 한다고 은근히 삐지신 것 같던데."

결혼식, 이라는 말에 인아의 마음이 흐려졌다. 결혼식. 한동안 잊고 지낸 말이었다. 민혁으로 인해 새삼, 놓치고 지나온 우리들의 결혼식이 되새겨지다니.

"민혁아, 우리 이러지 말고 어디 가서 뭘 좀 먹자. 밥 먹으면서 얘기하자. 너, 뭐 먹을래? 내가 맛있는 거 사줄게. 가만 있자, 뭘 먹을까? 맞다. 너 두부 좋아하니까 우리 두부 먹으러 가자. 조금 걸어가면 맛있는 두부집이 있거든. 두부 먹고 홍차 마시면 되겠다."

내가 두부를 좋아하는 걸, 홍차를 즐기는 걸 잊지 않고 있구나. 민혁은 웃었다. 인아가 아직도 자신의 무엇을 기억해주고 있는 것이 반가웠으나 그 반가움이 오히려 마음 한구석에 흠집을 내기라도 하듯 아려서 잠시 허탈하게 웃고 말았다.

"그 사람은 어떻게 지내니?"

찻집에 마주 앉아 홍차를 주문하고, 포트에 담긴 그 홍차를 인아의 잔에 부어주며 민혁이 물었다. 모락모락 오르는 홍차의 뜨거운 김에서 향기가 맡아졌다. 언젠가 민혁이 그랬었지. 적당한 시간을 기다려주어야 제맛을 내는 게 홍차라고.

"어, 준희?"

"이름이 준희였구나."

"응. 준희야, 성준희. 그 사람 지방 학교에 있어. 대학에서 아이들 가르치느라 바빠."

"그렇구나. 지방 대학이라면 힘들겠네. 왔다 갔다 하느라 고생할 거 아냐."

"민혁아, 우리 떨어져 있어. 주말 부부야."

"아… 그래."

느닷없는 쓸쓸함이 밀려왔다. 저 여자, 내 한때를 가져갔던 여자. 어떻게든 해주고 싶었다고, 민혁의 기억이 생생하게 되살아나서였다. 자신을 밀쳐냈던 그녀가 미웠으나 그래도 인아가 외롭지 않기를 바란 민혁이었다. 떨어져 지내며, 혼자 아이를 키우며, 아직도 여전히 일하는 여자로 살고 있는… 말하지 않아도 인아의 고단한 생활이 읽혀져서 마음 언저리가 불편해졌다.

⋮

아직 이른 저녁. 구내식당에서 대충 먹고 말겠다는 준희를 끝내 학교 앞 한정식집으로 끌어낸 사람이 오영주였다. 제대로 차려진 음식들이 정갈해 보였다.

"너 혹시 그런 거 아냐? 과부 사정 홀아비가 안다는 거. 내가 혼자 산 지 벌써 얼마냐? 혼자 살다 보니까 젤 서글픈 건 밥상이더라. 혼자 밥 먹는 거, 그거 정말 구차한 일이거든. 준희 너야 이제 시작이니까 잘 모르겠지만… 챙겨줄 때 사양하지 말고 무조건 배불리 먹어둬라. 내 덕에 너희 하숙집 어르신도 밥 차리는 수고 한 번 덜었으니까 이래저래 고마운 일 아니니?"

오늘, 오영주는 유독 밝은 얼굴이었다. 평소의 두 배쯤 되는 말을 쏟아놓고 있었다. 우리 딱 한 잔씩만 할까? 기분 좋은 그녀의 말에 선뜻 고개를 끄덕였던 것도 그래서였다. 기분 좋은 그녀와 기분 좋게 한잔쯤 나누다 보면 낯선 생활로 인한 이즈음의 긴장이 풀릴 것도 같아서.

"오 선배는 왜 결혼 안 해요?"

"준혀 너, 정말 매너 없구나. 노처녀한테 그런 거 물어보는 게 얼마나 실례되는 일인지 모르는 모양이네. 안 하는 거냐? 못하는 거지."

"에이, 왜 그래요? 그 말을 누가 믿어? 나처럼 소질 없는 놈도 했는데 선배 같은 사람이 결혼을 못하는 거라는 게 말이 돼요?"

"성준희! 넌 결혼이 무슨 장기 자랑인 줄 아니? 소질 운운하게. 결혼이란 건 소질이나 노력이나 그런 걸로 되는 게 아니지. 그건 그냥… 운명 같은 거지."

운명. 준희는 그 말을 다시 한 번 새겨보았다. 인아를 만나야 했던 운명. 인아 곁에 살고 싶었던 거부할 수 없는 운명. 아내를 떠나온 지 얼마나 되었다고, 벌써 인아의 얼굴이 가물가물했다. 오늘은 전화를 해야지, 상 위에 놓인 마지막 술잔을 비우며 준희는 서둘러 돌아갈 준비를 하고 있었다.

"너 말이야. 그 잔 비우고 집에 갈 생각인가 본데… 미안하지만 오늘은 좀 참아줘야겠다. 왜냐하면 내가 지금 술이 무지 고프거든."

연거푸 술잔을 비워내던 오영주가 세 병째 술을 주문했을 때에야 준희는 그녀가 지금껏 아무것도 먹지 않은 채 술만 마시고 있다는 것을 알게 되었다.

"결혼을 왜 안 하냐고? 나한테 그걸 물었니?"

처음 보는 오영주의 술 취한 모습이 자꾸 마음에 걸렸다. 오래 알고 지냈지만 그간 단 한 번도 이렇게 엉망으로 취한 모습을 본 적이 없었다. 마치 작정이라도 한 사람처럼 그녀는 쉴 새 없이 독한 술을 털어넣었고, 결국 준희는 그녀를 집 앞까지 부축한 채 걸어야 했다. 비틀거리며 걷던 그녀가 준희의 눈을 똑바로 들여다보며 말했다.

"내가 왜 결혼을 안 하는지 그게 궁금하다 이거지? 왜 결혼을 안 하느냐… 이유는 간단하지. 내가 벌써 결혼이란 걸 해버린 남자를 찍었거든. 난 꼭 그 남자랑 결혼을 하고 싶거든. 딱 그 남자만 되는데 어떡하니? 그래서 못하는 거야. 별거 없어. 무지… 간단하지 않니?"

참 똑똑한 여자의 어디에 이토록 미련한 구석이 있었던 것일까. 똑똑한 척, 당당한 척, 늘 웃고 있었던 그 마음은 온통 멍투성이일 터였다. 돌아서 걷는 그녀를 보면서 준희는 괜한 서글픔에 젖어들었다. 오늘 애썼다, 가라! 인사까지 전하고 돌아서던 그녀가 다시 고개를 돌린 채 준희를 향해 소리쳤다.

"그런데 말이야. 그 남자가 이제 그만하잖다. 웃기지 않냐? 지가 아쉬울 게 뭐 있냐? 아니다, 아니야. 내가 미쳤지."

그녀는 처음 듣는 목소리로 깔깔 웃어대고 있는 중이었다.

⋮

민혁이 인아를 병원으로 데려간 것은 정말 예상하지 못했던 일이었다. 퇴근길에 그저 생각 없이 인아의 집 앞으로 차를 몰았던 민혁이 잠시 망설이다 돌아서는데 그 집 앞을 나서는 인아의 모습을 보게 되었을 뿐이었다. 어린 아들을 곁에 두고 느리게 걸어나오는 인아의 얼굴이 고통스러워 보였다. 깜짝 놀라 차문을 열고 내려서는데 땀에 젖은 인아가 민혁아, 부르며 그 자리에 맥없이 주저앉아버렸다.

"몸이 너무 쇠약해져 있어. 아까 보니까 계속 마른기침을 하던데… 얼굴빛도 그렇고, 혹시 결핵이 아닐까 싶기도 하고. 하여튼 뭐 지금은 너무 늦었으니까 일단 응급조치만 했다. 우선은 안정을 취하게 하고, 내일이라도 병원으로 다시 데려와라. 조금 진정되면 정밀 검사를 받아보는 것도 방법이지. 요즘은 워낙 예측할 수 없는 병이 많아서 말이야. 그런데 민혁이 너, 인아를 아직도 만나는 거냐?"

이미 병원이 문을 닫은 늦은 시각이라 궁리 끝에 내과를 개업한 고등학교 동창에게 전화를 걸었다. 마침, 귀국 후 만난 동창 모임에서 그가 병원을 개업했다고 내민 명함 한 장을 지갑 속에 넣고 다니던 터였다.

조금 먼 거리이긴 하지만 응급실에 데려가 불필요한 검사까지 받게 하는 것보다 친구 녀석의 신세를 지는 편이 낫겠다고 판단했던 까닭이었다. 전문의 김남진. 그가 물었다. 아직도 인아를 만나는 거냐고.

"너희 둘, 학교 때부터 그렇게 오누이처럼 붙어 다녀서 결혼이라도 할 줄 알았다. 근데 뭐야? 인아한테 차인 거야?"

"전문의다운 말 좀 물어라. 짜식, 예나 지금이나 엉뚱한 건 여전하네."

"혹시라도 네가 인아 때문에 지금껏 장가도 안 가고 그러는 건가, 걱정스러워서 그렇지."

"그러는 넌? 일찍부터 장가가니까 좋으냐?"

"아이구! 관두자. 장가가서 좋단 놈 있으면 나와 보라 그래. 장가가는 그날부터 골치 썩으면서 사는 거지."

"그러면서 무슨. 그나저나 인아, 괜찮을까?"

"일단 하루 이틀, 상태를 좀 지켜봐야 알겠지만 지금 생각으로는 뭐, 괜찮을 거야. 집에 데려다 주고 좀 쉬라 그래라. 그런데 인아 신랑은 어디 가고 니가 온 거냐?"

"지방 학교에 발령을 받았나 봐. 떨어져 있대."

"저런. 그냥 따라가 살지, 왜."

"무슨 사정이 있겠지. 자세한 건 나도 잘 모르겠고."

병실에 누워 있는 인아를 마치 보호자인 듯 지키고 있던 민서가 민혁의 곁으로 다가와 말했다. 아저씨, 우리 엄마 살아났어요…. 오랜 잠에서 깨어난 사람처럼 침대에서 몸을 일으키며 인아는 민혁을 향해 흐릿한 미소를 지어 보였다.

"괜찮니?"

민혁의 얼굴에 온통 걱정이 내려앉았다. 전에도 지금도 나는 언제나 민혁이 너의 걱정거리가 되고 있구나… 인아의 얼굴에 기운 없는 웃음이 스쳤다.

"이젠 괜찮아. 요 며칠, 일이 많아서 좀 힘들었거든. 너무 무리했었나 봐. 기침이 심해서 그랬나. 아니면 점심 먹은 게 체했는지도 모르겠는데 한참 토했거든. 이래저래 기운 빠져서 그런 거야. 놀랐지? 미안하다. 놀라게 해서."

"미안한 건 아는 거냐? 지금은 너무 늦어서 응급조치만 해놓은 상황이니까 내일 좀 큰 병원에 가서 정확한 검사를 해보자."

"괜찮다니까. 아무렇지도 않아. 피곤해서 그래. 검사는 무슨… 돈 아깝고 시간 아깝게."

"예나 지금이나 너는 참 어지간하게 말도 안 듣는다."

"그렇게 말하니까 너 진짜 오빠 같다. 참! 그런데 여기가 어디야? 이 시간까지 하는 병원이 있었나?"

"급해서 동창 녀석을 찾았지. 너도 알 거야. 김남진이라고, 고등학교 2학년 때 한반이었던…."

"아! 남진이! 그럼, 여기가 남진이 병원이란 말이야? 그 엉뚱한 남진이? 정말 반갑네."

엉뚱한 남진이 다가와 한바탕, 지난 시절 얘기가 무르익었다. 돌아갈 수 없는 시절, 가고 없는 시절, 버려진 기억들. 민혁이 다시 인아와 민서를 집으로 데려다주고 돌아간 것은 자정이 훨씬 지나서였다.

"어디 갔다 왔어? 왜 저녁 내내 전화를 안 받아?"

받지 않는 전화에 걱정을 했는지 준희의 목소리가 어두웠다. 아무 일도 아니라고, 민서랑 둘이 맛있는 것 먹고 돌아다니다 보니 시간 가는 줄 몰랐다고, 피곤해서 빨리 씻고 자야겠다고, 밝은 목소리로 전화를 끊으며 인아는 잠시 쓸쓸했다. 너에게 자꾸 거짓말을 한다. 널 걱정시키지 않기 위해 난 자꾸 숨기고 있다.

준희 없는 빈자리가 오늘따라 유난히 쓸쓸해서 인아는 잠든 민서를 한껏 끌어안은 채 자리에 누웠다.

믿을 수 없는 말

모처럼 만난 아빠가 반가웠는지 민서는 내내 아빠 주변을 맴돌았다. 준희가 집으로 온 주말 저녁은 비로소 가족의 온기가 집 안 가득 흘러넘쳐 행복이란 쉬운 거구나, 만만히 생각하게 만들었다. 서둘러 퇴근한 인아가 장을 보고, 집으로 돌아오자마자 청소를 시작하고, 아이와 함께 샤워를 하고 그리고 맛난 음식을 준비하고 있을 무렵, 기다리던 준희가 성큼 집 안으로 들어섰다. 아! 행복한 냄새. 이렇게 살면 되지, 뭘 더 바랄게 있나… 순해진 마음 안으로 감사의 말들이 겹겹이 쌓였다.

"아빠, 있잖아. 접때 접때 엄마 죽을 뻔했어. 우웩 그러면서 막 토하고 그랬어. 그래서 어떤 아저씨가 병원 데려갔어."

아빠가 사가지고 온 장난감 로봇을 들고, 아빠 무릎에 앉아 놀던 민서가 느닷없이 묻지도 않는 말을 꺼내놓았다. 고기를 볶던 인아는 그 말에 놀라 손을 멈춘 채 서 있었다. 무슨 소리냐고, 인아 쪽을 한 번 바라보던 준희가 다가와 물었다.

"민서 얘기가 뭐야?"

"… 어?"

"무슨 소리냐고. 어디 아팠어?"

"아무 것도 아냐. 지난번에 너 밤늦게 전화하던 날, 내가 좀 아팠어. 병원에 있었거든. 민서가 좀 놀랐던 모양이야."

"그런데 왜 말을 안 했어? 어디가 아팠는데."

"그냥. 요사이 좀 힘들었나 봐. 괜찮아 이젠."

"너 정말 이럴래? 도대체 왜 그런다는데? 병명이 뭐래?"

"아이고, 병명은 무슨… 과로였다니까. 안정제 맞고 좀 누워 있으니까 금세 괜찮아졌어."

"인아야."

"괜찮다니까. 이젠 정말 아무렇지도 않아."

"근데 누가 널 병원에 데려갔다는 거야? 아저씨라니?"

"응? 아! 그게…."

"누가 왔었냐고 묻잖아."

"어… 민혁이…."

준희의 눈이 커졌다. 민혁. 오랜 기억 때문에 잠깐 현기증을 느꼈지만 그는 이내 불편한 그 마음을 접었다. 유학을 떠났다던 그 사람이 돌아온 것인지.

"병원에 가려고 집 앞으로 나갔는데 마침 민혁이가 막 차에서 내리더라구. 돌아온 지 몇 달이 지났다고… 그냥 혹시나 하고 들렀다는데… 내가 그 앞에서 주저앉아버렸어. 별것도 아닌데 멀리서 괜히 걱정할까 봐 너한테 일부러 말 안 했어."

준희가 우물쭈물 말하는 인아를 가만히 당겨 안았다. 바보 같은 여자, 그런 말을 왜 숨기나. 얼마나 아팠으면 아이를 앞세우고 병원에 갈 마음을 다 먹었을까.

"인아야, 민서 데리고 내려올래?"

"무슨 소리야?"

"생각해봤는데 그냥 나 있는 곳에 작은 아파트 하나 얻어서 함께 살면 어떨까 해. 아무래도 서울보다 집값도 싸고, 너나 민서나 외롭지 않을 거고. 실은 나도 혼자 너무 쓸쓸하거든. 게다가 불안해서 안 되겠다. 나 걱정할까 봐 뭐든 자꾸 숨기고, 혼자 해결하려고 하고… 아무래도 마음 쓰여서 안 되겠어."

"…."

"왜 아무 말 안 하니? 싫어?"

"아니, 그냥 좀… 너무 갑자기 물으니까 생각하느라…."

"많지는 않아도 이젠 고정적인 월급도 있으니까 굳이 너 그렇게 힘들여 일하지 않아도 우리 셋, 그냥 살 수 있어. 욕심내지 말고, 처음부터 다시 시작하는 것처럼 해보자. 민서 아직 어리니까 시골 생활 해보는 것도 좋을 거고. 응?"

준희가 전에 없는 목소리로 마치 보채는 아이처럼 인아를 향해 묻고 있었다. 그렇게 하자고, 함께 살자고.

"그래. 그러자, 뭐. 실은 나도 그 생각 많이 했어. 우리 이렇게 사는 거 정말 아닌 것 같아서. 그런데 나 시간이 좀 필요해. 지금 당장 내려가자고 하면 그건 안 된다. 지금 준비하고 있는 책 마무리도 해야 하고, 나 대신 누군가 사람을 뽑을 수 있도록 회사 쪽에도 말해야 하고. 어쨌든 선주 선배가 젤 마음에 걸린다."

인아의 목소리가 작아졌다. 함께 살자고는 했으나 이런저런 일들이 마음에 걸렸던 까닭이었다. 준희는 인아의 등을 가만히 쓸어주었다. 괜찮아, 염려하지 마. 다 잘될 거야, 라고.

"둘이 마음 맞췄어? 이미 결정된 일이라는 거야?"

준희를 보내고도 사흘이 지나도록 그만두겠다는 말을 꺼내지 못한 채 최선주의 곁을 서성거리던 인아가 끝내 그 마음을 털어놓았을 때, 예상 대로 최선주는 섭섭한 얼굴이었다.

"그래, 나도 생각은 하고 있었다. 너도 준희 씨도 둘 다 너무 힘들어 보여서 언젠가는 가겠구나, 생각하고 있었어. 그런데 좀 빠르다. 이렇게 빨리 그런 결정을 할 줄 몰랐거든."

"미안해요, 선배. 준희도 나도 선배 때문에 마음이 편치 않아요."

한동안 말없이 창밖을 내다보고 있던 최선주가 애써 밝은 얼굴을 보이며 인아를 향해 활짝 웃어주었다.

"애인 떠나보내는 심정이네. 왜 이러니, 촌스럽게. 알았다. 나 좋자고 언제까지 너를 내 옆에만 둘 수는 없지. 하지만 당장은 안 된다. 적당한 사람 구할 때까지는 너 그냥, 그 자리 지켜줘야 한다. 알았지?"

"당연하지. 걱정 마세요, 선배. 그리고 고마워요."

인아를 향해 찡긋, 한쪽 눈을 감아 보이며 돌아서는 그녀였지만 뒷모습이 쓸쓸해 보였다. 인아가 있어 마음이 의지된다고, 인아가 있어 돈 벌러 나오는 아침이 덜 무겁다고… 언젠가 그녀가 했던 말이 떠올랐다.

"정말 말했어? 보내주겠대?"

수화기 너머 준희의 목소리가 보채고 있었다. 인아의 이야기를 듣고는 전에 없이 목소리가 밝아져서 인아의 마음도 덩달아 햇빛이었다.

"잘했다. 지금까지 네가 한 일 중에 제일 잘한 일 같다. 그럼 언제쯤 내려올 수 있는데?"

"좀 걸릴 거야. 한 달, 아니 두 달쯤?"

"뭐어? 왜 그렇게 오래 걸려?"

"지금 준비하는 책이 시리즈물이거든. 여행 가이드북이라서 한꺼번에 모두 털어주고 가야 해. 안 그러면 선주 선배가 너무 힘들 거야. 그나저나 이번 주에 올 수 있어?"

"아니, 못 갈 것 같아. 시험도 있고, 이것저것 해야 할 일들도 밀려 있고. 모르긴 해도 어쩌면 다음 주에도 못 갈지 몰라."

"알았어. 화 안 낼 테니까 신경 쓰지 말고 일해."

부여잡고 있던 욕심을 놓은 순간부터 마음이 한없이 가벼워졌다. 욕심내지 말자. 준희 곁에서, 민서 가까이서, 내 마음 다 주며 그렇게 사는 거다. 집착을 버리니 마음이 날아갈 듯 가벼웠다.

.
.
.

"목욕 갈까? 민서야, 우리 목욕하러 갈까?"

"정말? 아이 좋아. 가서 수영할래, 엄마."

오랜만에 민서를 데리고 목욕탕으로 향했다. 요즘 왠지 온몸이 뻐근하고 나른하고 유난히 피로가 느껴지는 게 컨디션이 엉망이었다. 식욕도 떨어지고, 감기약을 먹어도 잦은 기침이 좀처럼 멈추지 않는 것을 보면 아무래도 몸살 기운이 있는 모양이었다.

무려 열두 권짜리 시리즈물을 한꺼번에 준비하느라 몸을 너무 혹사했던 결과라고 생각했다. 민서와 목욕을 다녀와서 일찌감치 자야겠다고 마음먹으며 목욕 가방을 챙겼다. 오늘은 준희도 오지 못하는 주말이니 차라리 다행이었다.

물을 만난 민서는 예쁜 물고기 같았다. 토실토실한 몸이 물속에서 첨벙첨벙 잘도 뛰어놀았으니까. 아이 예뻐… 보들보들한 아이의 맨살에 얼굴을 대고 말했다. 이제 엄마가 매일매일 이렇게 놀아줄게. 다른 사람에게 보내지 않고 엄마가 있어 줄게, 그 마음. 준희 곁으로 가면 그동안 못다 했던 엄마 노릇을 다 해줄 참이었다. 먹고 싶어 하는 것, 가고 싶어 하는 곳, 놀고 싶어 하는 것도… 뭐든 다 민서의 뜻대로 해주면서 보란 듯이 키워볼 생각에 벌써부터 마음이 뿌듯해졌다.

모처럼 엄마와 둘이 찾은 목욕탕. 민서는 뜨거운 물이 싫지도 않은지 엄마 품에 안긴 채 한참이나 탕 속에서 콧노래를 부르는 중이었다. 한동안 그렇게, 뜨거운 탕 속에 앉아 있다가 일어서는데 현기증이 느껴졌다. 금방이라도 주저앉게 될 것처럼 눈앞이 부옇게 흐려졌다.

"민서야, 어디 가지 마. 여기 있어. 엄마 옆에 있어야 돼. 알았지?"

"엄마, 나는 이거 가지고 놀고 있을게."

민서는 커다란 대야에 찬물을 가득 담아놓고 집에서부터 가져온 물놀이 장난감을 띄워놓은 채 놀기 시작했다. 인아는 잠시 목욕탕 안에 있는 딱딱한 침대에 몸을 눕혔다. 두통이 너무 심해 앉아 있기조차 힘든 상황이었다.

그때, 언제인가처럼 다시 구역질이 나기 시작했다. 하수도 앞으로 달려가 쭈그린 채 앉았다. 마땅히 뭘 먹은 것도 없어 멀건 물만 위를 타고 넘어왔다. 인아는 두려움을 느꼈다. 왜 이럴까. 식은땀이 흐르기 시작했다. 참기 힘든 시간을 버티며 어떻게든 다시 일어나 집으로 가자, 애쓰고 있을 때였다.

몸을 웅크린 채 그렇게 얼마를 버티고 있는데 목욕탕 안에 있던 여자들의 낮은 비명 소리가 들렸다. 그리곤 이어지던 아이의 울음소리. 금방이라도 숨이 넘어갈 듯 울면서 엄마를 부르던 아이의 목소리는 다름 아닌 민서였다.

"어린애를 이렇게 혼자 두면 어떻게 해요. 욕조 있는 데 올라가서 놀다가 물속으로 떨어졌어요. 다치지는 않은 것 같은데 물을 좀 먹었을지도 모르겠네요."

누군가의 품에 안긴 민서를 받아 안았다. 놀란 민서는 숨을 헐떡이면서 아직도 넘어갈 듯한 소리로 엄마를 부르며 울고 있었다. 울지 마, 엄마 있으니까 괜찮아. 이젠 됐어 민서야···. 그러나 또 다시 한바탕, 견딜 수 없는 두통과 구토가 밀려왔다. 머리가 금방이라도 부서져버릴 것처럼 아팠다. 인아는 서둘러서 짐을 챙겼다. 울기를 그친 민서는 더 놀고 싶다고 떼를 썼지만 그런 아이를 달래 집으로 돌아온 터였다.

다음날 아침, 출근을 하자마자 인아는 병원을 찾았다. 목욕을 다녀온 이후로 줄곧 불안한 마음을 감추지 못한 채 서성거려야 했다. 예감이 좋지 않았다. 김남진 내과. 저만치 간판이 보였다.

"아무래도 큰 병원을 찾아가보는 게 좋겠다. 지속적으로 같은 증상이 반복된다는 건 별로 반가운 일이 아니니까. 이것저것 구체적인 검사를 받아봐야 정확한 병명이 나올 거고, 그래야 제대로 치료를 할 수 있을 테니까."

인아가 그간 계속 느껴온 자신의 상태를 낱낱이 말했을 때, 마주 앉은 그가 고개를 갸웃하며 걱정스러운 얼굴로 말했다.

"왜? 무슨 안 좋은 병이라도 있는 것 같아?"

"최인아! 너 왜 그렇게 소심해졌냐? 옛날의 그 강단 있던 최인아가 아니네."

"농담하지 말구. 솔직히 말해봐. 많이 안 좋아 보여? 나 정말 걱정 많이 했단 말이야."

"그런 거 아냐, 임마. 아무리 작은 병이라도 방치해두면 불씨가 될 수 있으니까 미리미리 점검하자는 거다. 기침도 그렇고, 너 안색도 안 좋고, 혹시 결핵이 아닐까 싶기도 하고. 하여튼 뭐, 괜찮을 거야. 별일 없을 테니까 걱정 말고 여기로 가봐라. 나처럼 동네 장사 하는 병원에서는 정밀 검사가 어렵거든. 엄청 어려운 선배지만 부탁하면 받아줄 거야."

남진이 내민 명함을 받아든 인아의 마음이 흐려졌다. 무슨 일일까. 종합병원의 내과 과장에게 직접 전화를 걸어 이런저런 너스레를 떨던 김남진이 인아에 대한 이야기를 전했고, 오늘은 마침 오전 진료가 있는 날이니 서둘러 찾아오라는 답변이었다.

"이래서 줄이 필요한 거다. 예약 없이는 어려운 유명한 선생이니까 빨리 가봐라. 그냥 곧바로 찾아가면 될 거야."

웃는 얼굴로 인아를 보냈지만 그로서도 왠지 불안한 마음을 지울 수 없었다. 인아는 나빠 보였다. 얼굴에 병색이 완연해서 아직 경험 부족한 젊은 의사라 해도 직감적으로 알 수 있었다. 무언가, 안 좋은 일이 인아 안에서 일어나고 있다는 것을.

    :
    :

"특별히 불편한 곳이 있으면 말씀해보시겠어요?"

"기침을 자주 해요. 기침 때문에 그런지 가슴 쪽이 뻐근하기도 하구요. 몸살 기운이 있는지 식욕도 없고, 구토를 느끼기도 하고. 그래도 이렇게 심한 통증은 별로 없었는데 최근 들어 두통이 너무 심해졌어요."

"체중은 어때요? 변화가 있나요?"

어제 목욕탕 안으로 들어가기 전 저울 위에서 잠시 놀랐던 기억이 살아났다. 두어 달 사이에 체중이 무려 5㎏ 가까이 줄어 있었다.

"체중이 많이 줄었어요. 일이 힘들기도 한 데다 식욕이 떨어져서 밥을 잘 못 먹거든요."

문진을 하고, 가벼운 진찰을 마친 담당 의사가 검사실에 직접 전화를 넣어 이런저런 부탁을 하고 있었다. 어떤 검사를 어떻게 해야 하는 걸까. 알 수 없는 전문 용어들이 오가는 까닭에 알아들을 수 있는 말이 거의 없었다.

"검사를 받으려면 기본적인 검사라고 해도 예약을 하고, 날짜를 잡아야 하는데… 내가 힘을 좀 썼어요. 자, 이걸 가지고 수납을 한 뒤에 검사실로 올라가서 시키는 대로만 하면 될 거예요. 검사 결과는 사나흘 후쯤 나올 테니까 그때 봅시다. 결과가 일찍 나오면 간호사가 연락을 할 겁니다. 별일 없을 테니까 너무 걱정하지 말고 기다리세요."

몇 가지 검사를 마치고 병원을 나서는데 왜 그런지 마음이 한없이 착잡하기만 했다. 제발 아무 일도 일어나지 않기를. 그 마음으로는 도무지 아무 일도 손에 잡히지 않을 것 같아 인아는 그대로 돌아와 침대 위에 몸을 눕혔다. 걱정스러운 최선주의 목소리를 들으며 괜찮다고, 그저 몸살 기운이 있을 뿐이라고 말할 때 울컥, 눈물이 쏟아졌었다. 조금만 자고 민서를 데려와야지… 생각했는데 그만, 놀이방 원장의 전화를 받고서야 잠에서 깨어날 수 있었다. 이미 8시가 가까운 늦은 시각이었다.

"최인아 씨? 최인아 씨 되세요?"

불안하던 며칠이 지난 후, 병원에서 걸려온 전화를 받았다. 일단 병원으로 나와 달라는 전화를 준 것은 간호사가 아닌, 인아를 진찰했던 의사였다. 보호자와 함께 오셨으면 좋겠다고 했다. 애써 잠재웠던 마음 안에 또다시 폭풍이 일었다. 병원까지 어떻게 찾아갔는지 아무것도 기억할 수가 없었다.

"혼자 오셨어요?"

"네, 혼자 왔어요. 무슨… 안 좋은 결과라도…."

"남편은 뭐 하세요? 남진이한테 얼핏, 지방 학교에 근무한다는 말은 들었는데 멀리 계신가요?"

"그냥 좀… 남편한테는 안 좋은 말 같은 거 안 하고 싶어요. 모르게 하고 싶어요. 괜찮아요, 선생님. 저한테 솔직하게 말씀해주세요."

무언가 있다, 분명 무슨 일인가 일어나고 있는 거다. 괜찮다고, 솔직하게 말해달라고 했지만 인아는 두려웠다.

"음… 자세한 검사를 해봐야 알겠지만… 지난번 검사 결과로 봐서는 썩 좋은 상태가 아닌 것 같아요. 지금으로서는 병명이 뭐다, 말하기 어렵고 좀 더 검사를 해봅시다. 보호자가 있어야 구체적인 검사 일정이며 자세한 검사 방법 같은 걸 상의할 수 있을 텐데…. 남편 되시는 분과 함께 오세요. 아! 그렇다고 지레 겁부터 먹을 필요는 없습니다. 생각 외로 가벼울 수도 있으니까요."

아니기를, 아무 일도 아니기를, 아무렇지 않게 웃으며 병원 문을 돌아나올 수 있기를 얼마나 기도했었는지. 하지만 무슨 일인가 일어나고 있는 것이 분명해서 인아의 마음은 자꾸 어두워졌다.

너, 정말 왜 그러니?

민혁의 휴대폰이 아침 일찍부터 요란하게 울려대기 시작했다. 무슨 일이지? 짜증스러운 얼굴로 전화를 받았을 때 놀랍게도 김남진의 목소리가 다급했다.

"너 지금 그럴 때 아냐. 당장 병원으로 와라."

"왜 그래? 무슨 일인데? 나 출근해야 해."

"출근이 문제가 아니다, 임마! 인아가…."

인아, 라는 말에 가물가물했던 민혁의 눈이 커졌다. 마치 찬물을 끼얹은 듯 온몸의 세포가 한꺼번에 깨어나는 느낌이었다. 무슨 일인가. 인아에게 나쁜 일이라도 생긴 걸까.

"인아가 왜? 인아한테 무슨 일이 있는 거니?"

"하여튼 와. 만나서 얘기하자."

미처 대답을 하기도 전에 전화가 끊겼다. 불길한 느낌. 서둘러 병원을 찾았을 때, 김남진은 의자를 돌려 창밖을 내다보고 있었다. 그의 뒷모습이 너무 무거워 분명 무언가 나쁜 일이 일어나고 있다는 것을 직감할 수 있었다.

"며칠 전에 인아가 다녀갔었어."

그 한마디를 던진 후 자리에서 벌떡 일어난 그가 커피 두 잔을 손에 들고 걸어와 책상 위에 올려놓았다.

"마셔라. 나도 너무 놀라서… 일단 진정 좀 하자."

"왜 그래 너? 왜 그렇게 뜸을 들이는 거야? 무슨 일인데 그래?"

목소리가 높아졌다. 그럼에도 한동안 그는 아무 말도 하지 않은 채 멀리, 닿지 않는 곳으로 눈길을 주고 있을 뿐이었다. 김남진, 너 뭐야? 왜 그래? 참지 못한 민혁이 끝내 소리를 지른 후에야 그는 천천히 이야기를 시작했다.

"몸이 너무 안 좋다고 찾아왔는데 그냥 언뜻 보기에도 심상치 않더라. 혹시나 하는 마음에 큰 병원으로 보냈어. 이런저런 검사를 받은 모양인데… 그게 폐암이란다. 그것도 손쓰기 어려운 말기래. 뇌에서 암세포가 발견되었는데… 그게… 폐에서 시작해서 이미 임파선이며 뇌까지 다 전이된 모양이더라."

찻잔을 든 손이 떨리기 시작했다. 암이라니, 믿을 수 없는 일이었다.

"폐암이라고? 인아가 왜? 폐암이라면 남자한테나, 담배를 피우는 사람한테나 생기는 게 아니었나? 말이 돼?"

"그게 꼭 그렇지가 않거든. 그건 그냥 일반적인 상식일 뿐이지. 담배와 아무 상관없는 여자라고 해도 폐암에 걸릴 확률이 있는 거야. 물론, 10퍼센트 정도의 아주 낮은 확률에 불과하지만."

"믿을 수 없다, 난."

"상태가 아주 나쁜 모양이더라. 구체적인 검사 결과가 어제 나온 모양이야. 간밤에 선배한테 전화가 걸려왔더라. 암 덩어리가 또 다른 곳으로 전이되었을 확률도 적지 않아서 이래저래 어려운 모양이더라고."

"어떻게 해야 하니? 대체 뭘 어떻게 할 수 있다는 거야?"

"모르겠다, 나도. 뭐가 뭔지 도대체… 왜 이런 일이 일어나는 건지… 남편이라는 사람한테 연락해주어야 하는 거 아닌가, 해서. 아침에 인아가 병원으로 갈 텐데. 그 선배, 그러더라. 지난번에 인아가 남편한테는 알리지 않았으면 하는 눈치였나 봐. 대체 뭘 어떻게 해야 되냐? 이대로 이렇게 가만히 손 놓고 있어도 되는 건지…."

아무것도 생각나지 않았다. 아무 말도 할 수 없었다. 인아에게 그런 일이 일어나리라고는, 단 한 번도 생각해본 적이 없었으므로. 인아에게 닥친 불행을 어떻게도 해줄 수 없어 미칠 것 같았다.

"우선 너라도 함께 가주어야 하는 게 아닌가, 해서 말이야. 누구든 옆에 있어 주어야 할 것 같아서 일찍부터 널 깨웠다."

이미 10시가 가까운 시각이었다. 인아는 어쩌면 벌써 병원에 도착했을지도 모를 일이었다. 어떻게 해야 인아의 아픔을 덜어줄 수 있을까,

민혁의 마음속에는 온통 그 생각뿐이었다.

:
:

병원으로 오는 길. 인아는 두려웠다. 냉정하자고 애썼지만 그럴 수 없었다. 보호자와 함께 와달라던 의사의 말은 무엇이었을까. 굳이 혼자서 싸우듯 버티며 그 많은 검사를 모두 마쳤지만 인아는 두려웠다. 무언가 좋지 않은 일이 일어나고 있는 것이 분명했다.

"또 혼자 왔어요? 최인아 씨, 고집쟁이네요."

활짝 웃는 담당 의사의 얼굴이 오히려 인아를 불안하게 했다. 어디까지일까. 내가 겪어야 할 불행은 어디까지 가야 끝이 날까.

"돌리지 말고 솔직하게 말씀해주세요. 괜찮다거나, 희망을 가지라거나 그런 말보다 제가 지금 어떤 상황인지 구체적으로 알고 싶습니다."

"남편과 함께 오시지 그랬어요? 다른 보호자라도…."

"아뇨. 전 보호자 없습니다. 제가 알아야 해요. 어떤 말도 괜찮아요. 자신 있습니다. 그냥 저한테 말씀해주세요. 부탁입니다."

"그럽시다. 최인아 씨, 음… 안 좋아요. 생각보다 많이 안 좋아요. 폐에서 시작된 암이 임파선은 물론이고, 뇌까지 전이되어 있는 상태라서 견뎌내기가 좀 어려울 거예요. 폐암 말기입니다."

의사는 단호하게 말했다. 아무것도 보태지 않고, 감추지 않고, 단호한 목소리로 말해주었다. 폐암 말기. 최종적으로 인아에게 내려진 검사 결과였다. 폐암 말기. 마치 남의 일인 듯 되뇌었을 뿐, 실은 아무것도 실감할 수 없었다.

"폐암 중에서도 최인아 씨는 비소세포성 선암종으로 분류할 수 있어요. 남자들에게 주로 생기는 암이 폐의 중심부 쪽에서 발생하는 거라면 선암은 폐의 주변부에서 나타나고, 여자들이나 담배를 피우지 않는 사람들에게서도 곧잘 발생합니다. 문제는 이렇게 폐의 끝부분에서 시작되는 암이라 다른 장기로 전이될 확률도 높다는 거죠. 두통이며 구토 같은 건 암세포가 이미 뇌로 전이되어 있었기 때문이죠."

무릎 위에 가만히 올려놓은 두 손이 떨리기 시작했다. 무릎이, 두 손이, 온몸이, 몸 안의 모든 세포가 함께 떨고 있었다. 머릿속이 백지처럼 하얘졌다. 눈물. 울지 않기 위해 고개를 높이고, 인아는 몇 번이나 그렇게 입술을 힘주어 물었다.

"그럼… 저는 뭘 할 수 있나요? 아무 것도 할 수 없나요?"

"지금으로서는 수술도 어려운 상황입니다. 항암제를 투여하고, 방사선 치료를 병행하면서 암이 진행되는 상황을 지켜봐야 할 것 같아요."

"선생님… 저 살 수 있을까요?"

살 수 있을까. 살 수는 있을까. 인아는 남의 일인 듯 묻고 있었다.

"암이라는 진단을 받으면 누구나 똑같이 묻습니다. 그런데 암이라는 것은 장담할 수가 없어요. 어디에 숨어 있는지도 알 수 없고, 어디로 튀어 또 어느 쪽으로 달아날지도 예측 불허입니다. 석 달밖에 살 수 없다고 생각했던 말기 암 환자가 10년 넘게 정상적으로 살아가는 경우가 있는가 하면, 그래도 2~3년은 버틸 수 있을 거라고 생각했던 환자가 한 달 만에 세상을 뜨는 경우도 허다하니까요. 문제는 환자의 투병 의지라고 생각해요. 의료인으로서 이렇게 말하는 거, 참 우스운 일이지만 그동안 수많은 암 환자들을 지켜보면서 느낀 건 세상에는 믿을 수 없는 기적이란 게 있구나, 하는 거죠. 희망을 버리지 마세요. 힘든 치료 과정이지만 최인아 씨는 할 수 있겠어요. 내가 오히려 믿음이 생깁니다."

사람들은 이럴 때 운명을 말하는 것이리라. 운명이라고, 모든 것이 하늘의 뜻이라고, 그저 받아들이라고. 약해지지 않기 위해 인아는 몇 번이고 두 손을 맞잡았다.

"제가 살 수 있는 방법을 말해주세요. 다 할 수 있습니다. 뭐든 할 수 있어요. 저, 어떻게 해야 하죠?"

끝내 눈물 한 방울 보이지 않고 일어서는 인아를 향해 마주 앉은 담당 의사가 편안한 목소리로 말했었다.

"이제부터 시작이다, 생각하세요. 이길 수 있을 겁니다. 같이 해보죠. 하루라도 빨리 치료를 시작합시다."

  ⋮

어디로 가야 할지 알 수 없는 발길을 천천히 이끌고 걸었다. 복도를 지나 병원 정문을 향해 가는 길이 멀고 멀어서 몇 번이나 주저앉아 어지럼증을 진정시켜야 했다. 생각했던 것보다 병이 깊었다. 암이라니. 이렇게까지, 수술조차 할 수 없을 만큼 깊어진 상태일 거라고는 생각지 못했는데. 왜 여기까지 오도록 나는 아무것도 눈치채지 못하고 있었을까.

비틀거리는 몸을 천천히 이끌고 정문을 나섰을 때, 햇빛이었다. 어제와 똑같은 햇빛이 참 순하게도 세상을 향해 두 팔을 벌리고 있었다. 정문 옆 화단가에 잠시 기댄 채 서 있자니 저절로 고개가 숙여졌다. 그때 불쑥, 숙여진 고개 밑으로 꽃다발 하나 다가왔다.

고개를 들어보니 민혁이었다. 인아가 좋아하는 장미를 한 아름 안고 성큼 다가와 서 있는 민혁의 얼굴이 환했다. 너, 알고 왔구나. 그를 보자 금방이라도 눈물이 쏟아질 것 같아 인아는 와락, 꽃다발을 받아들었다.

"와! 안 잊어버렸네. 내가 장미 좋아하는 걸 아직도 기억하고 있었단 말이야? 놀랐는걸. 너 정말 감동이다."

꽃을 주고 싶었다. 너에게 꽃을 안기며 하고 싶은 말이 있었다. 그런 날이 내게 올 줄 알았다. 내 곁에 너를 두고, 내 팔에 너를 눕히고, 그렇게 살고 싶었다. 너 대신 내가 무엇이든 다 해주고 싶었다. 고단했던 네 삶이 나로 인해 다 지워지기를 바랐다. 나는 그렇게 너의 남자로 살게 될 줄 알았다. 그러나 결국 이렇게 되고 말았다…. 민혁의 그 마음을 헤집듯 너풀, 바람 한 자락이 스쳤다.

민혁은 아무 말도 하지 않았다. 아무런 말도 없이 인아의 얼굴을 쳐다보고 있을 뿐이었다. 그의 얼굴에 착한 웃음이 담겨 있었다. 고개를 숙인 채 인아는 아이처럼 발장난을 하면서 발등으로 떨어져 내리는 자신의 눈물을 한참이나 그렇게 바라보고 있었다.

"민혁아, 우리 밥 먹으러 갈까? 나 배고파. 어제부터 아무것도 못 먹었거든. 나 맛있는 거 사줄래? 뭐 먹지, 우리?"

인아는 그의 팔을 잡아끌고 무작정 어딘가로 걷기 시작했다. 따라 걷던 민혁이 가만히 인아의 작은 손을 잡아주었다. 민혁은 떨고 있었다. 아니, 그의 손은 울고 있는 것 같았다. 슬픔에 젖은 그 손은 괜찮아, 괜찮을 거야. 인아야, 다 잘 될 거야… 끊임없이 말해주고 있었다.

"어어! 너! 유부녀 손을 이렇게 함부로 잡고 그래도 되는 거야?"

오래전의 인아로, 그때의 그 개구쟁이 같던 목소리로 되돌아간 인아가 어깨를 으쓱하며 웃어 보였다. 인아가 웃어서… 민혁은 똑같이 웃어주었다.

"그 사람, 준희 씨한테…."

국밥 한 그릇을 뚝딱 먹어치우는 인아를 말없이 바라보고 있던 민혁이 준희 씨, 라고 말하자 인아는 들고 있던 숟가락을 내려놓으며 그 말을 막았다. 이미 식어버린 한 그릇의 국밥이 숟가락도 대지 않은 그대로, 민혁 앞에 놓여 있었다.

"아무 말도 하지 마. 내 일이야. 내가 할 거야. 어떻게 하든 내가 알아서 할 거야. 괜히 나서서 어떻게 해주어야 한다, 그런 생각 하지 마. 그러는 게 나를 도와주는 거라고 생각한다면 너, 유치해. 다시 말하지만 내 일이다. 내가 할 수 있게 해줘. 내 생각과 상관없이 마음대로 판단하고, 행동하고, 말하는 거, 용서 안 해. 그러면 정말로 너를 용서하지 않을 거야."

인아의 목소리가 단호했다. 인아는 그런 사람이다, 인아는 그런 여자였다. 민혁은 새삼 먼 기억들을 하나씩 되짚으며 가고 없는 지난날의 인아, 그리운 인아를 한 편 한 편 가슴속에 펼쳐보았다.

·
·
·

"너 요즘 왜 그래? 왜 이렇게 불성실한 거야?"

최선주의 목소리에 짜증이 묻어 있었다. 마감은 코앞인데, 일은 산더미처럼 쌓여 있는데, 하나도 제대로 처리되는 것 없이 늦어지고 있는 터라 예민할 대로 예민해진 상황이었다. 몸이 안 좋아서 사무실로 돌아갈 수 없겠다는 전화를 걸었을 때 쌓여 있던 그녀의 짜증이 인아를 향해 한꺼번에 폭발했다.

"그만두겠다 말했으니까 아무렇게나 해도 된다, 그거니? 이쪽 생리 모르는 것도 아니면서 여기 이렇게 팽개쳐놓고 아프다고 핑계 대는 게 말이 되냐구! 아파도 마감 끝내고 아파. 죽어도 마감 다 끝내놓고 죽으라구. 지금 당장 안 들어올 거면 아예 사표 써라! 다른 사람 뽑을 때까지 기다리고 말고 할 것도 없이 당장 사표 써!"

이렇게, 인아를 향해 이렇게 퍼부어본 적 없는 그녀였다. 너 정말 왜 그러니? 죽어도 마감하고 죽어라. 거칠게 끊어진 그녀와의 통화.

나도 그렇게 하고 싶어요, 선배. 마감 다 하고, 아이 다 키워놓고, 준희 성공하는 거 다 보고, 우리 엄마 편안하게 해드리고, 그러고 나서 내 삶, 길지 않은 내 인생을 골고루 예쁘게 다 마감하고 나서 그때 죽고 싶어요…. 인아는 씁쓸하게 웃었다.

"엄마! 엄마다!"

일찌감치 데리러 온 엄마를 보자 민서는 곧 들고 있던 장난감도 던져버리고, 인아의 품으로 달려와 안겼다. 민서의 냄새, 향긋한 로션 냄새. 엄마, 나 데리러 온 거지? 빨리 왔다. 오늘 회사 끊었어? 아이 좋아, 아이 좋아….

민서의 손, 탁구공처럼 작고 동그란 민서의 손을 잡고 천천히 걸었다. 용머리슈퍼, 제일세탁소, 형제약국. 익숙한 골목과 익숙한 간판을 하나씩 하나씩 천천히 살피며 걷는 길이 어제와 달랐다.

"엄마, 나 오늘 말 잘 들었다. 선생님이 말 잘 들어서 상 줬어."

"그랬어?"

"어떤 애는 친구랑 싸우고, 어떤 애는 까불다가 다쳤거든. 근데 나는 말 잘 들어서 선생님이 착하다 그랬어."

"그랬구나."

"엄마 빨리 오니까 진짜 좋다. 집에 가서도 진짜 말 잘 들어야지."

"엄마 있어서… 좋아? 좋으니, 민서야?"

"엄마 있으면 완전 좋아. 나는 장난감보다 엄마가 더 좋아. 접때 아빠가 사준 로봇도 좋은데 사실은 걔보다 엄마가 훨씬 좋아. 세상에서 엄마가 젤 좋아."

"민서야… 민서야?"

"응?"

"엄마 있으면 좋은데… 엄마 없으면?… 만약에… 엄마 없으면?"

"엄마 없으면 슬퍼. 진짜야, 엄마."

"그럼 안 되지. 엄마 없다고 슬프면 안 되지."

"그래도 엄마, 그래도 엄마가 없으면 너무 슬프더라. 밥도 먹기 싫고, 놀기도 싫고."

발걸음이 더뎌졌다. 참았던 눈물, 꾸역꾸역 안으로 삭였던 서러운 눈물이 민서 앞에서 한꺼번에 쏟아져 내렸다.

"근데 엄마, 어디 가? 어디 갈 거야?"

집으로 돌아드는 골목 귀퉁이. 집이 바로 저만치 있었지만 거기까지 갈 수 없었다. 무릎을 꺾고 그 자리에 꿇어앉은 인아는 생각 없이 걷던 민서의 발걸음을 멈춰 세웠다. 엄마, 어디 가? 민서가 물었나. 민서를 안고, 민서의 작은 두 볼을 자꾸 쓸어내리고, 영문을 몰라 멍한 눈으로 건너다보고 있는 아이를 힘껏 안은 채 인아는 혼자서 말했다. 널 어떻게 하니. 너를… 어떻게 하면 좋으니.

"엄마 안 가, 민서야. 엄마는 아무 데도 안 가. 민서 좋으라고 민서 옆에 있을 거야. 우리 민서 슬프지 않게 엄마가 아무 데도 안 가고, 매일매일 민서 옆에서 지켜줄게. 안 갈게. 아무 데도… 안 갈 거야."

⋮

최선주가 찾아왔다. 카레라이스를 좋아하는 민서를 위해 애써 만든 음식 냄새가 집 안 가득 흘러넘칠 때였다. 아이가 좋아하는 걸 만들어주고 싶었다. 그렇게 살고 싶었다. 그런 엄마로 살고 싶었으나 그렇게 하지 못했다. 한 접시의 카레라이스를 모두 비운 뒤 뽀얗게 씻은 민서는 엄마가 불러주는 자장가에, 토닥토닥 손장단에 곧 잠이 들었다. 무릎 위에서 잠든 민서를 방 안에 데려다 눕히고 거실로 나오는데 현관의 벨이 울렸다.

거실로 들어와 앉는 최선주의 발걸음이 거칠었다. 화가 난 듯 보였으나 실은 걱정이 앞서고 있다는 것을 모를 인아가 아니었다. 그녀를 어떻게 모를까. 많은 날들을 늘 가까운 자리에서 그토록 애쓰고 걱정하며 아껴주던 그녀가 아니었나.

"저녁 먹었어요? 카레라이스 만들었는데…."

"너 왜 그러니? 정말 왜 그러는 거야?"

밥 대신 차 한 잔을, 그녀가 좋아하는 맑은 커피 한 잔을 테이블 위에 올려주었다. 그녀가 물었다. 왜 그러냐고, 정말 왜 그러는 거냐고. 실은 인아가 묻고 싶은 말이었다. 나한테 왜 그러냐고, 나한테 대체 왜 이런 일이 생기는 거냐고.

"선배… 나 좀, 아파요."

"어디가? 어디가 아픈 건데?"

"그냥, 좀 그렇게 됐어요. 여기저기… 그렇게 됐어요."

"너 지금, 나랑 장난하는 거니? 나는 오늘 하루 종일 머리가 꼭지까지 다 돌아서 미칠 것 같았다구. 아무도 나를 도와주지 않는 거야. 나 혼자 어떻게 다 하니? 아프다는 애가 카레라이스 만들어놓고… 그동안 못했던 엄마 노릇이 그렇게 미치게 하고 싶었니? 너 정말 왜 그러는 건데? 회사 그만두겠다, 생각하니까 당장 귀찮아지니?"

"선배, 나요. 회사 안 그만둬요. 그냥 일할게요. 나 지금 그만둘 수 없어요. 생각해봤는데… 아무래도 안 되겠어요."

최선주의 놀란 얼굴이 보였다. 그녀가 묻고 있었다. 무슨 일이니? 무슨 일이 있는 거니?

"그냥 잠깐, 잘못 생각했던 것 같아요. 우리 처지가 어떤지 생각도 하지 않고 덜컥 결정했었던 것 같아요. 아주 잠깐, 사는 게 너무 고단하다는 생각이 들어서… 힘들 게 사는 게 괜히 억울해서 그랬어. 내가 미쳤었나 봐요. 착각한 거죠. 그냥 일할게요. 얼마가 될지는 모르지만 선배 곁에서 일하고 싶어요. 나 그래도 되죠?"

"너, 무슨 일 있니? 준희 씨랑 안 좋은 거야?"

"…."

"인아야…."

"…."

아무 말도 없이 고개만 숙인 채 앉아 있는 인아를 가만히 바라보던 최선주의 마음 안이 흐려졌다.

"인아야, 너답지 않게 왜 그러니? 무슨 일이 있는 거야? 응?"

숱하게 묻고 또 물었지만, 인아는 끝내 아무 말도 하지 않았다.

서글픈 오해

주말 오후. 오랜만에 집으로 갈 채비를 마친 준희가 막 학교를 나섰을 때, 교문 앞에 오영주가 서 있었다. 술 취한 그녀를 바래다주고 돌아왔던 그날 이후, 오영주는 한동안 데면데면한 표정을 지어 보였다. 그런 그녀가 마음에 걸렸지만 준희는 아무 내색도 하지 않았다. 오늘 그녀는 모처럼 다시 맑게 갠 얼굴이었다.

"너, 오늘 서울 가는 날이라는 거 아는데 아무리 바빠도 내가 사는 밥은 먹고 가라. 떼쓰러 왔다, 내가."

"선배는 밥 사면서도 떼를 써요?"

"그러게. 나 어쩌다가 이렇게 됐냐? 천하의 오영주가 정말 형편없게 돼버렸네."

얼마를 달렸을까. 밥을 사겠다던 그녀는 자신의 차에 준희를 태운 뒤 자꾸 달리고 있었다. 나, 오늘 좀 쓸쓸하거든. 말동무가 필요해서… 앞만 보며 달리던 그녀가 웃지 않는 얼굴로 말했다.

"너한테까지 그럴 건 없었는데, 미안했다. 이해해줄 거지? 살다 보면, 그렇게 하고 싶을 때가 더러 있거든. 우기고 떼쓰고 그러는 거지. 그게 하필 너였다는 게 좀 미안하지만."

한잔 할래요? 딱 한 잔씩만 할까요? 끓고 있는 찌개를 보면서 준희가 말했을 때 그 여자, 오영주는 웃는 얼굴로 대답했다. 나 이제 정말 너랑은 술 안 마신다고.

"잘못하는 일이라는 거 모르는 게 아니었어. 처음부터 그랬었거든. 시작하는 게 아니라고 계속 생각했지. 그런데 잘 안 되더라. 오늘까지만, 딱 오늘까지만, 그러다가 3년이 지나고 5년이 지나고… 그렇게 됐다."

그녀의 눈이 다른 곳을 보고 있었다. 늘 당당한 그 여자가 그렇게 하고 있는 것이 준희를 조금 서글프게 했다. 여자였구나, 아무리 당당한 척했어도 저 사람도 어쩔 수 없는 여자였구나, 그 생각에 씁쓸한 웃음이 지어졌다.

"어차피 너한테 모두 쏟아버렸으니까 이젠 더 부끄러울 것도 없다 싶고…. 성준희, 나 이제 정말 깨끗하게 정리했다. 그러니까 지난번 말이야. 그날 본 나를 싹 지워주라."

뭘요? 내가 뭘 봤나? 준희가 아무렇지도 않은 얼굴로 말했을 때 그녀의 얼굴은 다시 전처럼 푸른 잎을 틔우고 있었다. 그 마음 안의 구름을 걷어주고 싶다고, 구름을 안고 살아본 준희가 잠시 생각했나. 이제 그만 집으로 가라고, 애써 등 떠미는 그녀와 차를 마시고, 강물을 함께 보았던 것도 그 때문이었다. 터미널까지 준희를 데려다 놓은 그녀가 버스에 오르는 준희를 보면서 농담처럼 말했다.

"성준희, 나한테 너무 잘하지 마라. 그러다 또 좋아질라. 다시는 실수하고 싶지 않거든."

    :
    :

오겠다던 준희는 늦도록 오지 않고 있었다. 저녁 식사도 미룬 채 기다리던 인아가 겨우 민서에게만 늦은 저녁밥을 먹여 재운 뒤에도 준희에게는 아무런 연락이 없었다. 준희 대신 전화를 걸어온 것은 민혁이었다. 잠깐만 나올래? 민혁의 목소리가 가까운 곳에 있었다.

전화를 받은 인아가 집 앞으로 걸어 나왔을 때, 놀이터 한옆에 차를 세운 채 서 있던 민혁이 활짝 웃는 얼굴로 차문을 열어주었다. 밤이라 쌀쌀하다, 타라⋯. 차 안은 알맞은 온도로 따뜻하게 덥혀져 있었다.

"웬일이야? 이렇게 늦은 시간에 무슨 일인데? 우리 신랑 있었으면 너 진짜 몰매 맞았다."

"맞을 때 맞더라도 데이트는 좀 해야겠다. 큰 용기 냈다니까. 차 마실래? 너랑 마시고 싶어서 완벽한 준비를 갖췄지."

민혁이 보온병을 열고 따라 준 차향이 다정했다. 민혁이 건네는 맑은 차를 한 모금 마시자 인아의 마음 안에 따뜻한 온기가 스몄다.

"인아야, 이 노래 기억하니? 너한테 들려주려고 열심히 만들었다. 예전에 우리 매일 만날 때… 그때 듣던 노래만 쭉 골랐거든. 괜찮지? 내 솜씨 쓸 만하지?"

민혁의 차에서 한 곡, 또 한 곡, 익숙한 노래가 흘러나왔다. 인아는 잠깐, 그 어느 날의 민혁을 떠올렸다. 넌 참 정다웠다고, 돌이킬 수 없는 그 시간처럼 인아의 웃음도 쓸쓸했다.

"인아야, 내 말 잘 들어. 너 어떤 성격인지 모르는 거 아니면서 이런 말 하는 거 나도 쉽지 않았으니까. 그래, 너도 알 거다. 내가 너를 얼마나 잘 아는지."

자신도 모르는 사이 흥얼흥얼, 차 안을 가득 채우는 그 노래들을 따라 부르던 인아가 어색한 마음에 부르기를 멈추었을 때, 민혁은 기다렸다는 듯이 말했다.

"미국에 아주 유명한 암 센터가 있어. 나 거기 있을 때 어려운 병 고친 사람들 많이 봤다. 너랑 같은 병을 앓고 있던 사람들, 건강해져서 전보다 더 건강하게 지내는 모습도 봤고. 가자, 인아야. 그렇게 해. 다시 건강해질 수 있어. 마침 그곳과 소통되는 분이 계셔서 너 갈 수 있게 어려운 부탁을 드렸다. 그러니까 가서…."

"민혁아, 그러지 마."

"인아야."

"네가 그렇게 안 해도 나 얼마든지 건강해질 수 있어. 두고 봐라. 보란 듯이 살 거야."

"인아야, 쉬운 병 아니야. 그냥 버티다가 혹시 잘못되기라도 하면 어떡할래? 죽도록 사랑하는 그 남자랑 네 아들 민서를 어떻게 할 거냐구. 아무것도 모르시는 어머니는 또 어떻게 할 거야?"

"…."

"가자, 인아야. 해봐야지."

"민혁아, 이제 됐어. 그동안 나한테 할 만큼 했어. 아니, 너는 넘쳤지. 나한테 너무 넘치는 사람이어서 내가 그렇게 너한테 모질었는지도 모르겠다. 됐어, 이제. 충분해. 충분히 고맙다. 그러니까 부탁해. 애쓰지 마."

"인아야…."

인아의 얼굴을 피해 앞만 보던 민혁을 인아는 고개를 돌려 쳐다보았다. 그의 얼굴을 굳이 쳐다봐주던 인아의 눈은 우물처럼 깊었다. 그렇게 한 번 보고, 웃어주고, 우물 같은 인아가 차에서 내렸을 때 저만치 멀어지는 작은 여자를 쳐다보던 민혁은 말했다. 최인아, 널 그렇게 보낼 수가 없다. 널 그렇게 다 잃을 수 없어. 인아야, 내… 인아야.

보지 말았어야 했다고, 준희는 내내 같은 말을 되풀이했다. 그를 보지 않았어야 했다. 그와 나란히 앉은 인아를 보지 말았어야 했다. 인아가 그 낯선 차에서 내릴 때, 차문을 열 때, 잠시 켜진 자동차 실내등 때문에 준희는 그의 얼굴을 보고 말았다. 오래전 어느 날, 골목길에서 마주쳤던 성난 그의 얼굴도 함께 떠올랐다.

"왜 이렇게 늦었어? 술 마셨나 보네."

자정이 넘어서야 집으로 돌아온 준희는 왜 그런지 착잡한 얼굴이었다. 술 냄새가 물씬 풍겼다. 인아는 자꾸 그의 눈치를 보았다. 옷도 갈아입지 않고, 소파 위에 그대로 앉아서 멍하니 바닥만 내려다보고 있는 준희가 마음에 걸렸다.

"왜 그래? 무슨 일 있었어? 무슨 안 좋은 일 있었던 거니?"

"너는 자고 있냐?"

"무슨 일 있었냐니까 엉뚱한 소리는. 잤지. 민서 옆에 누우면 그냥 잠이 쏟아지거든."

"좋겠다, 넌. 잘 수 있어서."

"무슨 소리야? 취했니?"

고개를 들어 인아의 얼굴을 가만히 바라보던 준희가 픽, 코웃음을 치며 불쾌한 손놀림으로 머리를 쓸어 올렸다. 무언가 쿵 내려앉는 느낌. 벌컥벌컥 인아가 가져다 놓은 한 잔의 물을 다 마셔버린 준희가 느닷없이 물었다.

"나랑 사는 거 후회되니?"

대체 무슨 일인가. 지금껏 아무리 힘들어도 서로 한 번도 내뱉지 않았던 말이다. 그의 곁으로 다가가 앉으니 술 냄새였다. 아니, 술 냄새보다 더 지독한 슬픔의 냄새가 묻어났다. 준희의 손을 잡았으나 그는 이내, 그 손을 거칠게 내치면서 소리쳤다.

"내가 모를 줄 알았니? 나 없는 새에 그놈 만나보니까 새록새록하데? 아, 잘못했다. 그때 그냥 민혁이랑 살았어야 하는 건데… 후회되어 미치 겠지? 떡 벌어지게 성공해서 돌아온 그놈을 보니까 나 같은 놈이 한심해 서 미치겠더냐구!"

그랬구나. 우리를 보았구나. 인아는 눈을 감았다.

"최인아, 넌 좋겠다. 아직도 널 못 잊어서 너만 생각하고 가슴 치는 남 자 있어서 정말 좋겠다구!"

못질을 하듯 쿵쿵, 인아 가슴에 상처를 내고 준희는 민서의 방으로 들 어가 버렸다. 거칠게 닫아걸던 방문이, 그 마음의 차가운 빗장이 인아를 울게 했다.

"준희야, 나한테 그러지 마라."

인아는 그렇게 한동안 무릎을 꿇은 채 죄인처럼 앉아 있었다.

· · ·

아침. 민서의 좁은 침대에서 잠을 깬 준희는 무거운 두통에 잠시 휘청 거렸다. 인아는 소파에 누운 채로, 이불도 없이 웅크린 채 잠들어 있었 다. 안방으로 들어가 보니 민서는 민서대로, 그 넓은 침대 위에서 혼자 자고 있었다. 덩그러니 누워 있는 아이를 보니 갑자기 마음 저 끝에서부 터 커다란 슬픔 한 덩어리 치밀어 올랐다.

이불을 모두 걷어차고 잠들어 있는 아이를 가만히 안아보았다. 민서에게서는 인아의 냄새가 난다. 인아의 그 착한 냄새. 이불을 끌어다 덮어주고, 조용조용 방문을 열고 거실로 나와 인아 곁에 앉아보았다. 인아의 잠든 얼굴이 슬퍼 보였다. 바삭하게 말라버린 인아의 얼굴.

어제는 모든 것이 잘못되었다. 못난 마음이 치솟아 질투를 만들고, 분노하게 하고. 포장마차에 혼자 앉아 소주 세 병을 비웠던 기억까지는 살아 있는데 그 이후로는 아무것도 기억나지 않았다.

준희는 인아의 손을 끌어다 잡아보았다. 나뭇잎 같은 손, 메마른 손. 언젠가, 이 손을 처음 잡았던 날. 너의 손으로 인해 나는 비로소 세상을 다시 살아갈 수 있게 되었다고 생각했지. 언제든 날 잡아줄 손이 있어 더는 외롭지 않구나 생각했다.

"준희야, 언제 일어난 거야? 왜 이러고 있어. 날 깨우지."

"그냥 있어, 인아야. 조금 더 자."

"왜 그래. 자는 사람 손 붙들고. 뭐야? 고백하는 거야?"

"응. 고백하는 거야. 아니다, 기도하는 거야."

"무슨 기도?"

"다른 욕심은 부리지 않을 테니 그저 우리 세 사람, 건강하고 행복하게 오래오래, 끝까지 함께 아끼면서 살게 해달라고. 내가 너한테 이제부터 정말 잘하겠다고."

그 말에 인아의 마음이 베었다. 세상 끝까지 오래오래 셋이서 행복하자는 그 말이 날카로운 칼끝이 되어 인아의 마음을 베이게 했다. 인아는 자리에서 벌떡 일어나 주방 쪽으로 걸어갔다. 아침 먹어야지, 짧은 한마디. 쌀을 씻어 안치면서, 찌개를 끓이면서, 상을 차리는 동안에도, 그 말은 내내 인아의 가슴을 파고들었다. 우리 함께 오래오래.

"아빠 있으니까 좋다. 엄마만 있을 때도 좋은데 아빠까지 다 있으니까 진짜 좋다!"

"그래? 아빠 있으니까 좋아? 오케이. 이제부턴 계속 같이 있자. 엄마랑 아빠랑 민서랑 셋이 같이 살자."

"정말? 우리 같이 살 거야? 그래 엄마?"

"민서야, 밥 먹어. 밥이 그대로 있네. 밥 안 먹고 뭐 해?"

퉁명스러운 한마디를 던지고 인아는 그대로 의자에서 일어나 저만치 걸어갔다. 이상하다, 인아가. 불안해진 준희는 방으로 들어가 가방 속에 담겨 있던 영양제를 들고 나왔다.

"인아야, 영양제야. 너 요즘 너무 힘들어 보여서 샀다. 잊지 말고 꼬박꼬박 챙겨 먹어라."

그러나 인아는 고개 한 번 돌리지 않고 싱크대 앞에서 수돗물을 콸콸 틀어놓은 채로 설거지만 하고 있었다. 준희가 다시 한 번 조심스럽게 불렀지만 인아는 여전히 같은 자세로 서서 들리지도 않을 만큼 작은 목소리로 말했다. 그런 건 뭐 하러 사니? 돈 아깝게. 그거 먹으면 천년만년 살 수 있다니?

"민서야, 우리 오늘 놀이공원 갈까? 엄마랑 아빠랑 같이 가서 놀까?"

"추운데 어떻게 가?"

"추우면 어때? 안에서 노는 데 있어. 거기 가면 되지."

"진짜야, 아빠? 정말? 우와, 신난다!"

민서는 놀이공원이라는 말에 펄쩍펄쩍 뛰면서 기뻐했다. 그동안 우리 민서, 놀이공원 한번 제대로 데려가 본 적 없었구나. 새삼 미친 듯이 살아온 지난 시간들이 후회가 되어 준희의 가슴으로 되돌아왔다.

"인아야, 빨리 준비하자. 민서 데리고 나가자."

"…."

"참! 언제쯤 여기 정리하고 내려올 거니?"

"…."

"언제쯤 올 수 있어?"

"…."

"인아야!"

"나 못 가. 생각해봤는데 우리가 잠시 잘못 판단했던 것 같아. 지금 당장 편하자고 그렇게 하면 나중에 후회할 거야. 게다가 선주 선배, 아직도 사람 못 구하고 있는 눈치고. 좀 더 있다가, 조금 더 버티다가…."

"무슨 소리야?"

"못 알아들었니? 민서랑 나, 너한테 못 간다구."

"인아야, 너 정말 왜 그래? 대체 뭐가 문제야?"

"너 우리 문제를 모르니? 지금 우리가 어떤 문제 때문에 이렇게 살고 있는지 몰라? 그걸 몰라서 지금 나한테 묻는 거야?"

"너는 날 참 비참하게 만드는구나."

"무슨 소리야? 내가 널 비참하게 한다구? 비참하게 만드는 건 내가 아니라 너야. 나한테 뭐라고 했었는지 기억하니? 이렇게 사는 걸 후회하냐구? 나한테 그렇게 물었지?"

"…."

"그래, 후회해. 후회하면 다시 다 돌려줄래? 그럴 수 있어? 다시 처음으로, 맨 처음으로… 그럴 수 있냐구!"

"그랬구나. 몰라서 미안하다. 후회하고 있는 거 정말 몰랐다. 그것도 모르고 나는 미친놈처럼…."

"…."

"너를 다시 받아주겠다고 하든? 언제든 니가 돌아오기만 하면 다시 받아주겠대?"

"준희 너 그게 무슨 소리야?"

"이상하다고 생각했지. 이상하게 돌아가고 있구나 생각했다."

"너 어떻게 그런… 말도 안 되는 소리를…."

"민혁인지, 그 사람이 나타나면서부터 이상해졌어. 알아? 자꾸 숨기고, 거짓말하고, 우울해지고. 그래, 내가 못마땅한 거겠지. 그놈 보고 나니까 내가 꼴도 보기 싫어진 거 아니겠어?"

"그만해, 그만하라고!"

인아는 소리쳤다. 돌아선 채 분을 토하던 준희는 가방을 챙겨든 채 무서운 걸음으로 돌아갔다. 다시 오지 않을 것처럼, 다시는 돌아오지 않을 사람처럼.

:
:

"이모? 인아예요. 잘 지내죠? 못 가봐서 미안해요. 엄마는 어때요? 엄마도 잘 지내고 있어요?"

그렇게 준희가 가고 난 후 인아는 온종일 집 안을 쓸고 닦았다. 뭐든 자꾸 정리를 하게 된다는 걸 그제야 알게 되었다. 정리를 하고 있구나, 내가. 치우고 닦아내는 것은 집 안이 아니라 마음이었다.

억울해서… 이렇게 살다 가려고 여태 많은 날들을 애쓰며 살았나. 너무 억울해서 마음이 자꾸 소용돌이치고 있으므로 어떻게든 다친 마음을 닦아주고 싶었다.

준희를 그렇게 보내는 게 아니었다. 그렇게 하려던 마음 같은 건 가져보지 않았다. 아무 일도 일어나지 않았던 것처럼 활짝 웃으며 셋이서 하루를 보내고 싶었다.

놀이공원에 가서 지금껏 한 번도 누리게 해주지 못한 행복한 사치를 우리 민서에게 주려고 했다. 세월 흘러, 이다음에, 나 떠나고 없는 어느 날. 엄마와 함께 목마 타던 기억이 두고두고 민서 가슴에 남겨지게 해주고 싶었다. 그러나 모든 것은 이미 어긋나 있었다. 너무 많이 어긋나버렸다.

"인아, 너 몰랐구나. 엄마, 여기 못 나와. 가게 못 나온 지 한참 됐어."

"무슨 소리야? 가게를 못 나오다니? 그게 무슨 소리예요, 이모?"

"지난번에 허리 다친 거, 그게 후유증이 너무 심해서…."

"그게 무슨 소리냐니까? 수술 받은 뒤로 괜찮다고, 다 나았다고… 엄마 말은 그럼…."

"내가 그럴 줄 알았다. 그럴 줄 알았어. 그러지 말고 니 옆으로 가서 병원도 좀 좋은 데로 골라 다니면서 치료 받고 그렇게 하라고, 내가 그렇게 일렀건만. 말을 들어야 말이지. 내 언니지만, 참 독하다. 너 걱정 끼칠까 봐 말도 안 했구먼. 집에 누워 있어. 어찌어찌 일어났다 앉았다, 가만가만 움직이는 건 하는데 활동은 못해. 바보 됐지, 뭐."

모든 것은 어긋난다. 보이는 길로, 눈앞에 펼쳐진 이 길만 따라 가면 우리 모두 편안한 날이 오기도 하련만. 믿었던 마음이, 기대했던 마음이, 희망이 그리고 사랑마저도 이렇게 하나씩 어긋난 길을 향해 간다.

"인아야, 엄마 마음이라도 편하게 해주자. 어쩌겠니. 그렇게 하는 게 마음 편한 모양인데. 그냥 모른 척해. 다 나았다고 하면 그냥 그렇겠거니 생각해."

폐암입니다, 의사가 말했을 때 인아는 마음으로 불렀다. 엄마, 나 어떡하지? 어릴 때부터 늘 그랬다. 힘들 때마다 엄마를 부르면서 울었다. 부를 수 있는 사람, 부르면 와주는 사람이 엄마뿐이었다. 텅 비어 외로웠던 마음이 엄마 하나면 다 채워졌었다.

부르면 달려와 주던 엄마, 아프면 달려와 안아주던 엄마가 올 수 없는
사람이 되었다. 내가 지금 얼마나 아픈데, 얼마나 엄마가 그리운데, 엄
마 품에 나를 다 묻고 살려달라고, 엄마가 날 살게 해달라고 말하고 싶
은데. 올 수 없는 엄마에게 가고 싶지만 이제 그럴 수 없게 되었다.

"엄마? 나 인아야."

"그래, 우리 딸."

"잘 지냈어?"

"잘 지냈지. 너는 어때? 하도 바빠서 통 연락도 못 했네."

"우리는 다 잘 지내. 준희는 요즘 엄청 바쁘고, 민서도 쑥쑥 잘 커요.
말도 얼마나 잘 듣는지 몰라. 근데, 왜 가게 안 나갔어? 어디 아파?"

"아프긴. 요즘 엄청 바빴거든. 밤늦게까지 너무 무리했더니 몸살 기운
이 좀 있는 것 같아서 이모랑 나랑 번갈아가면서 하루씩 쉬자, 그랬어.
아픈 거 아냐, 걱정하지 마."

"엄마, 나… 안 보고 싶어?"

"….."

"응?"

"보고 싶지. 우리 민서도 보고 싶고."

"엄마… 나 말이야. 엄마는 이제 내가 안 보고 싶은가, 괜히 떼가 나더
라구. 나 점점 애처럼 왜 이러나 몰라."

"왜 그러지? 애 키우는 거 힘들어서 그런가?"

"아니, 괜히 심통 부리는 거지, 뭐."

"아이구, 심통은 무슨! 너는 어릴 때도 심통 한 번 안 부렸어."

"엄마, 근데 말이야. 거기… 외롭지 않아?"

"외롭기는, 그럴 틈이 어디 있어."

"울 엄마, 시집보내야 할 텐데. 좋은 아저씨 만나서 시집갔으면 좋겠다. 우리 엄마, 아직도 고운데."

"갑자기 무슨 소리야? 왜 그렇게 엉뚱한 소리를 해?"

"혼자 누워서 이런저런 생각하다 보니까 그냥 엄마 생각이 났어. 울엄마 불쌍해서 어떡하나 그랬지."

"엄마가 왜 불쌍해? 너 있는데. 니가 이다음에 엄마 편하게 해주겠다고 그랬는데. 엄만 그 생각만 하면 노래가 나온다. 신이 나서."

"엄마는! 그러다가 내가 먼저 죽기라도 하면 어떻게 하려고 그래? 나죽으면 따라 죽을 거유?"

"아서! 무슨 그런 흉한 소리를 해. 니가 왜 죽어? 죽어도 이 엄마가 먼저 죽지. 걱정 마. 엄마, 오래 살면서 우리 딸 잘 사는 거랑 우리 사위 유명해지는 거 보고 우리 민서 장가가는 것도 다 볼 거야. 죽어도 그 다음에 죽어야지."

"…."

"인아야."

"응?"

"아픈 데 없지? 아프면 안 돼. 아프면 사는 데 기운 빠지고, 고단해서 안 돼. 일만 하지 말고 몸도 좀 챙겨. 알았지?"

"그럼. 걱정 마, 엄마."

"…."

"엄마도 아프지 마. 엄마도 아프면 안 돼."

"그래."

우리는 언제쯤 예전처럼 그렇게 다시 만날 수 있을까. 전화를 끊고도 한참이나 눈물이 그치지 않았다. 엄마, 보고 싶어… 인아는 엄마를 기다리던 다섯 살 그 어린 날처럼… 울었다.

IV.
나, 먼저 떠나서

먼저 가는 나를 용서해줄래? 우리 민서, 아직 너무 어린데… 엄마 없으면 안 되는데.
엄마만 찾는 어린 민서를 너에게 안기고, 이렇게 훌쩍 나 혼자 떠나게 되는 걸
용서할 수 있겠니? 나는 네 아내로 사는 동안 행복했다. 너를 만나 살면서 행복했고,
너의 아이를 낳아 키우며 행복했다. 이제, 너의 아내로 살다 가는 지금도
나는 행복하다.

어긋나는 사람

    기댈 곳 없이 살아온 나날이었다. 아내와 아이에게서 등을 돌린 채 다시 이곳으로 내려오는 차 안에서 준희는 불현듯 지난날을 되돌려보았다. 기댈 곳이 없었다. 늘 외로웠고, 눈치를 보았고, 대상도 없이 막연하게 원망을 키우며 자란 세월이었다.

    인아를 만나고 처음으로 그는 기댈 수 있게 되었다. 그 여자. 나무 그늘 같았고, 낮은 언덕 같아서 등을 대고 누워 쉬고 싶었고, 때로 그 작은 가슴에 안겨 울고 싶었던 때가 있었지. 준희에게 인아는 그런 사람이었다. 사람으로 인해 사람이 변할 수 있다는 것을 인아로 인해 조금씩 변해가는 동안 알게 된 그였다.

    인아는 준희가 처음 만난 따뜻한 세상이었다. 그런 인아에게 상처를 주었다고, 그 자책에 마음이 내내 가시밭이었다. 무엇 때문에 우리가 이렇게 되었는지. 민혁, 그 해묵은 이름이 그의 마음을 흔들었다. 다시 돌아온 민혁이, 인아를 사랑했던 민혁이, 그 빛바랜 기억들이, 그리고 자꾸 변해가는 인아가…. 그 모든 생각들이 뒤엉켜 여전히 마음이 어수선했다.

"오 선배? 뭐 해요?"

혼자 사는 집이 오늘따라 유독 낯설어 준희는 괜히 걷고 있는 중이었다. 터미널에서 집까지, 차를 타고도 20분은 족히 가야 할 그 먼 거리를 그냥 걷고 있었다. 후회된다고 했다, 인아는. 모든 걸 처음으로 되돌려 달라고 했다. 인아가 했던 말을 몇 번이나 곱씹으며 걷는 길이었다. 걷다가 문득, 준희는 그 여자를 생각했다. 오영주, 괜히 안식을 주는 여자. 오늘은 왠지 그 여자가 쉼터 같다고.

"준희 네가 웬일이냐? 네가 나한테 전화를 다 해주고."

"뭐 해요? 술 안 할래요? 오늘은 내가 한잔 살까, 해서."

"저런! 살다 보니 이런 일도 있구나. 그런데 어떡하지? 지금은 못 나가. 손님이 있어."

"그렇군요. 그래요. 그럼 나중에 만나요. 또 전화할게요."

혼자 마시는 술은 혼자임을 잔인하게 일깨워준다. 너 혼자다, 혼자뿐이다, 마음을 아우성치게 한다. 취기가 더해갈수록 준희 안의 '혼자'가 점점 더 선명해졌다. 혼자인 채 살겠다고 생각했었다. 누굴 곁에 두고 다치게 하거나, 곁에 둔 누구 때문에 다치고 싶지 않았다. 혼자인 채의 시간들을 뒤엎게 한 사람이 인아였다. 너는 나를 견딜 수 있다고 말했어, 준희는 괜히 혼자서 말하고 있었다. 날 견딜 수 있겠어요? 물었을 때 인아가 그렇게 했었다고. 준희의 눈을 들여다보며 그렇게 말했던 인아였다. 같이 견뎌요, 우리….

견디기 어려운 취기. 빈속에 마신 술 때문에 준희는 이미 눈을 뜰 수 없을 정도였다. 눈을 뜰 수도, 숨을 쉴 수도, 살아갈 수도 없다, 나는. 너 없이 나는…. 술에 젖은 마음 안으로 어떤 날, 인아가 처음 차려주었던 꽁치 조림이 생각났다.

왜 이렇게 되어버린 것인지. 준희는 후회하느냐고 물었던 그 물음을 후회하고 있는 중이었다. 인아는 지금 울고 있을지도 몰랐다.

"성준희, 너? 왜 이래?"

왜 이러는지, 왜 그 여자의 집으로 가게 되었는지, 준희는 정말 알 수 없었다. 형편없이 취한 채로 무엇 때문에 오영주의 집을 향해 걸었는지, 손님이 있다는 여자의 대문을 왜 두드렸는지, 왜 이 여자의 가슴으로 쓰러졌는지, 그리고 어쩌려고… 지난밤 이 여자를 안았는지, 그녀는 왜 나를 밀쳐내지 않았는지.

밤과 아침이 만나는 하늘. 오영주의 침대 위에서 눈을 떴을 때 창밖으로 새벽이 오는 소리가 들렸다. 잠들어 있는 여자를 두고 침대를 빠져나와 구겨진 바지 속에 못난 두 다리를 구겨 넣을 때, 인아의 얼굴이 떠올랐다. 무슨 짓을 했는가.

조용히 문을 열고 그 낯선 방을 나설 때쯤, 자는 줄만 알았던 그녀는 모로 누운 몸을 뒤척이지도 않은 채 가만히 말했다.

"신경 쓰지 마. 아무것도 기억 안 난다."

    ⋮
    ⋮

"인아 너, 정말 무슨 일인지 말해주지 않을래? 그만두겠다더니 이렇게 갑자기 마음 바꾼 건 뭐고, 아프다는 건 또 뭐야?"

"선주 선배는 나 있는 게 싫은가 보다. 나 있는 게 별로예요? 뭘 그렇게 꼬치꼬치 물어요?"

"내가 널 모르니? 널 아니까 이러는 거 아냐. 별일 아니라면 벌써 말했지. 뭔가 복잡한 일이 있는 거야."

"별일 아냐. 사실은 준희랑 좀 다퉜어요. 내가 말했잖아. 우린 변했다고. 그래서 지금 복수하는 거예요. 길들이는 거야. 나 없음 얼마나 쓸쓸한지 당해봐라, 알게 해주려구요. 그래서 작전 쓰는 거예요."

"참, 별일이다. 니가 어디 작전 같은 거 쓰던 애니? 그런 걸 쓸 줄이나 아는 애야? 하여튼 나야 뭐 너 있으면 좋은 사람이니까. 그렇지만 나한테는 작전 같은 거, 쓰지 마라."

하루라도 빨리 치료를 시작해야 한다는 것을 알고 있었다. 얼마를 살 수 있을지, 앞으로 얼마의 날들을 더 살 수 있을지 알 수 없으니 단 하루라도 더 견디기 위해서는 서둘러 치료를 시작해야만 한다는 것을. 그러나 자신이 없었다. 무서워서, 두려워서 용기가 나지 않았다.

그저 아무 일도 일어나지 않은 것처럼 똑같은 날들을 살고 있을 뿐이었다. 아침이면 민서를 깨워 놀이방으로 보내고, 출근을 하고, 책상에 앉아 분주한 하루를 보내고, 집으로 돌아가 짧은 엄마 노릇에 매달리고.

두통, 구토, 하루에도 몇 번씩 금방이라도 쓰러질 것만 같은 두려운 공포가 밀려왔지만 그때마다 간신히 버티며 걷는 날들이었다. 차라리 이대로, 가족들이 모르는 채로, 소리 소문도 없이 세상을 떠날 수 있다면… 그렇게 바랄 만큼 거센 통증을 만날 때도 있었다.

버티고 있다. 믿을 수 없어 복받치던 마음이 어느 틈엔가 모두 받아들여져 이젠 냉정해진 상태였다. 죽을 수도 있다. 언제 죽을지 모른다. 주문을 외우듯 받아들이니 차라리 마음이 편안해졌다.

아무것도 달라진 것은 없었다. 준희가 오지 않고 있다는 것 말고는, 전화조차 하지 않는다는 것 말고는. 준희 대신 매일매일 인아에게 전화를 걸어 안부를 묻고 살펴주는 것은 민혁이었다.

"인아야, 너 정말… 이젠 안 돼. 치료를 시작해야 해. 너 알잖아. 얼마나 위급한 병인지 모르는 거 아니잖아. 그런데 왜 그렇게 손 놓고 있는 거야? 너 자꾸 그러면 준희 씨 찾아갈 거다. 너랑 했던 약속 못 지킨다. 가서 다 말할 거야."

민혁은 결국 업무마저 제쳐둔 채 인아에게 달려오고 말았다.

"인아, 병원 가야 해. 억지로 끌고라도 가야 해. 그냥 두면 당장 어떻게 될지 알 수 없는 상황이라구. 그런데 왜 그렇게 보고만 있는 거냐?"

다그치던 남진의 목소리가 너무 심각해서였다. 맥없이 하루하루 흘려보내고 있는 인아를 더 이상 그대로 보고만 있을 수는 없었으니까.

"인아야, 언제까지 준희 씨한테 숨길 작정이니? 언제까지 그럴 수 있다고 생각해? 이게 피하고 숨긴다고 해결될 일이야?"

"피하는 거 아냐."

"그럼 뭐야? 피하는 게 아님 뭐야? 너, 준희 씨한테 그렇게 하면 안 되는 거다. 잘못하는 거야. 그 사람이 어떻게든 널 위해서 뭘 해줄 수 있게 다 말해줘야 하는 거야. 니가 그 사람을 정말 생각한다면."

피하려는 게 아니다. 어떻게 말해야 할지 몰라 그러는 거다. 어떻게 말해야 준희가 덜 아플까, 그걸 몰라 그러는 거다. 내가 어떻게 해야 준희가 잘 견딜 수 있을지, 그걸 몰라서 그러는 거다. 인아의 감은 두 눈으로 눈물이 흘러내렸다.

"말할게. 말할 거야. 그런데 나 좀 봐줄래? 바보 같아도 그냥 좀 봐주지 않을래? 민혁아, 나… 무서워. 무서워서 그래. 모든 게 다 무서워. 살고 싶은데 살 수 없을까 무서워. 너무 살고 싶은데 살 수 없다니까 그게 무서워. 준희가 아플까 봐, 준희 마음 얼마나 아플지 그걸 알아서 무섭고, 우리 민서… 아직 너무 어린데… 엄마 없으면 안 되는데… 그 어린 걸 두고 어떻게 떠나니. 너, 알아? 민서 두고 혼자 가게 될까 봐 난 그게 무섭다구. 엄마는… 엄마한테는 또 어떻게 하니? 우리 엄마 어떡하지? 우리 엄마, 나 때문에 사는 우리 엄마…. 민혁아, 나 어떻게 하니?

날 좀… 날 어떻게 해줄 수 없니? 니가 날 좀 살게 해줄래? 그럴래? 그럴 수 있지? 그렇게 해줄 수 있지?"

인아의 나직하던 흐느낌이 거센 울음으로 바뀌어 있었다. 날 좀 어떻게 해줄 수 없니, 날 살게 해줄 수는 없니… 아이처럼 울고 있는 인아를 당겨 안은 민혁의 눈에서도 눈물이 흘러내렸다. 이 가엾은 여자를 위해서 해줄 수 있는 일이 아무 것도 없다는 사실 때문에 그는 울었다. 울어주는 것밖에 다른 아무 것도 해줄 수가 없다는 게 아파서였다.

．
．
．

"민서 걱정은 하지 마라. 내가 데려다 재울게. 무슨 일인지 모르지만 가서 잘 해결하고 와. 작전 같은 거 쓰지 마. 너한테 그런 거 안 어울려. 그냥 말해. 마음 다 보이고 말해라, 알았지?"

준희에게 데려다 주겠다는 민혁을 사정하듯 돌려보낸 뒤 인아는 최선주를 찾아가 민서를 부탁하고, 곧바로 고속버스에 몸을 실었다. 그녀의 위로를 받으며 떠나는 길이었다. 작전 같은 거 쓰지 말라고, 그녀가 인아의 등 뒤에 대고 말했다.

얼마 만인지. 혼자서 이렇게 준희를 만나러 가는 길이 낯설어 인아는 잠시 숨을 가다듬었다. 함께 살면서는 모든 일이 마음처럼 되지 않았다. 사는 일이, 생활이, 너에게 가는 발길을 막아 세워서였다.

창밖으로 가는 눈발이 날리고 있었다. 두런거리는 사람들의 낮은 탄

성. 첫눈인가. 차는 벌써 종착지로 접어들고 있었다.

"아니, 왜 그렇게 통 안 왔어? 남편 떼어놓고 불안하지도 않았는가 보네. 내가 다 기다려지더구먼. 추운데 어서 들어와."

연락도 없이 들어선 발길을 주인 할머니의 밝은 얼굴이 맞아주었다. 주말이지만 준희는 아직도 돌아오지 않았다. 따뜻하게 불 지펴진 빈방에 앉아 그를 기다리는 시간. 오랜 그리움이 마음 안으로 녹아들었다. 준희의 그 익숙한 향기에, 방 안의 따뜻한 온기에, 지친 몸과 마음이 어느새 스르르 잠 속으로 빠져들었다.

인아가 준희 없는 빈방에 혼자 누워 저절로 잠에 빠져들던 그때, 준희는 질펀해진 마음을 안고 기어이 오영주를 찾아갔다. 간다고 해서 달라질 것은 없다는 걸 알고 있었지만, 가지 않고 버틴다고 해서 잊힐 일도 아니었다. 그 여자를 안았던 그 밤의 무책임은 이제, 어떻게도 돌이킬 수 없는 일이 되고 말았으므로.

"너 왜 이러니? 촌스럽다, 진짜. 난 상관없어. 하룻밤쯤 같이 잤다고 해서 그런 일에 마음 둘 만큼 어리지 않다. 말했잖아. 우린 아무것도 모른다고."

준희가 미안해요, 라고 했을 때 오영주의 얼굴은 그녀의 집에서 보았던 새벽녘의 하늘처럼 푸른색을 띠고 있었다. 하지 말았어야 할 일을, 하면 안 되는 일을 하고야 말았다. 그렇게 하리란 마음을 먹어본 적은 단 한 번도 없었으면서.

"차라리 선배가 욕이라도 해주었으면 좋겠다고 생각하면서 왔어요. 그렇게 해주면 마음이 좀 편해질 것도 같아요. 그것도 아니면 어떻게든… 해달라고 말해주든가."

"어떻게 해달라고 하면 어떻게든 해주겠다는 뜻이니?"

"…"

"날 책임져라, 그러면 책임지겠단 뜻이야?"

책임, 이라는 말을 뱉은 오영주가 그 말의 터무니없음 때문에 웃고 있었다. 그 웃음이 안개 속 같았다.

"성준희, 난 가끔 무슨 생각을 하는지 아니? 사랑만 아니면 어떤 짓을 해도 상관없는 것 같다고 생각해. 사랑만 하지 않으면 된다고 믿게 된 거지. 서글픈 일이지만 내가 아는 한 그게 사는 정답이더라. 사람한테 묶이는 거… 이젠 안 한다, 난."

"…"

"너 나를 사랑하는 거 아니잖아. 나도 너를 사랑해본 적 없고. 그럼 된 거 아냐?"

말없는 준희를 바라보던 오영주는 먼지를 털듯, 툭툭 털어지는 목소리로 말했다. 그녀가 인사도 없이 저만치 가버린 후에도 그녀의 그 말은 준희의 발끝에 붙들린 듯 남아 있었다. 돌아서 가는 그 여자의 등이 쓸쓸해 보였다. 모든 것은 어긋난다고, 한번 어긋나자 삶은 송두리째 어긋나고 있다고, 돌아오는 길 위에서 준희는 내내 그 생각에 빠져 있었다.

다시 학교로 돌아와 늦도록 미술실에 남아 있던 준희가 허기를 느끼고 시계를 본 것은 밤 11시가 가까워서였다. 어느새 이렇게 되었나. 문득 창밖을 내다보니 눈이었다. 가느다란 눈발이 펄펄 날리고 있었다. 너른 운동장 주변을 따라 줄 세워 켜진 나트륨 등 아래로 하얀 눈발이 팔랑팔랑 부서지고 있었다.

첫눈이구나. 준희는 인아를 떠올렸다. 서울로 가지 않았던 게 잘못이었다. 첫눈을 인아와 함께, 민서와 함께 보지 못하게 만든 못난 마음이 자꾸 돌이켜졌다. 인아를 생각하자, 느닷없이 오영주의 굽은 어깨가 생각났다. 왜 이렇게 되고 말았을까.

그만 집으로 가자던 마음을 접고 오랜만에 캔버스를 펼쳐보았다. 액자 같은 창밖의 풍경을 담아보고 싶어서였다. 함께 볼 수 없었던 첫눈을 인아에게 선물해주고 싶었다. 미안하다, 인아야. 준희는 혼잣말을 했다. 운동장 한가운데 우뚝 선, 잎이 모두 떨어져 굵은 둥치뿐인 은행나무. 그 아래 동그랗게 둘러진 나무 벤치 위에도 눈이 쌓이고 있었다.

얼마의 시간이 흘렀을까. 느닷없는 휴대폰 벨 소리가 준희의 손길을 멈추게 했다. 인아인가. 익숙한 목소리가 가만가만, 준희의 마음으로 흘러들었다.

"인아 너 이 시간에… 무슨 일 있니?"

"아니, 일은 무슨. 그냥 눈이 와서."

왜 이럴까. 미안하다고, 난 너에게 돌이킬 수 없는 잘못을 저질렀다고, 인아 생각에 내내 마음을 쓸어내렸으면서도 정작 목소리를 들으니 다시 마음이 굳어버렸다. 후회한다고 했지. 나와 살게 된 일을 후회한다고, 다시 처음으로 돌아가고 싶다고 말했었다. 매몰차던 인아의 그 목소리가 귓전에서 다시 살아나고 있었다.

"준희야. 어디야?"

"학교."

"아직도? 일이 많다더니 정말이구나. 안 추워?"

"난로 있다. 안 추워."

"다행이다."

"…."

"아직도 화났니? 그런 거야?"

"그런 거 아니다."

"그래. 난 니가 아직도 화내고 있을까 걱정했거든. 준희야, 그러지 말자, 우리."

네 말처럼 나도 그러지 말기를 바란다. 내가 너에게 이렇게 하지 않기를 바란다. 널 아프게 하는 동안 나 역시 마음 둘 데 없어 갈팡질팡하고 있으니 내가 너에게 이렇게 하지 않기를 바란다. 그러나 나는 널 다시 보는 게 두렵다, 인아야.

"준희야, 눈이 쌓였어. 첫눈이야."

"…."

"첫눈, 너랑 같이 보고 싶었는데⋯."

살아서 너와 함께 보는 마지막 첫눈일지도 모른다고, 저 눈을 보는 인아의 생각이 간절했다. 마지막이 될지도 모를 이 첫눈을 함께 맞고 싶었다. 얼마가 될지 모를 내 남은 날들을 하루도 빼놓지 않고 네 곁에서 채우고 싶었다. 지금 이렇게 너의 방에 앉아 네 목소리를 듣고 있는데 우린 왜 가까이 가지 못하고 있는지. 서글픈 목소리가 인아의 마음 안에 고였다.

"나중에 방학하거든 집에 와서 민서랑 눈사람 만들어줄래? 민서가 좋아할 거야."

"늦었어. 자라. 나중에 연락할게."

준희의 차가운 목소리. 이제 다시는 되돌릴 수 없다고 경고하는 듯 그는 줄곧 차디차게 말했다.

새벽길. 굵어진 눈발을 천천히 맞으면서 걷고 또 걸어 준희가 있는 학교 앞으로 갔으나 인아는 그저 굳게 닫힌 정문 너머로 보이는 미술실의 아득한 불빛만 바라보다 돌아섰다.

그래, 날 잊어라. 그럴 수 있다면, 네 마음이 내게서 돌아설 수 있다면 그렇게 해라. 얼마를 그렇게 서 있었는지. 저 불빛을 따라가면 그가 있다고 얼마나 사무쳤는지.

인아는 천천히 터미널을 향해 발길을 돌렸다.

:
.

　지난밤, 인아의 전화를 그렇게 끊어버린 뒤 준희는 못난 자신에 대한 자책 때문에 무거웠다. 미안하다, 난 왜 이렇게 못난 사람인지. 인아의 진심을 거두지 못한 어리석음이 미워 그 밤을 어떻게 보냈는지조차 알 수 없었다. 다음 날, 허탈한 마음을 안고 집으로 돌아왔을 때 주인 할머니가 준희에게 물었다.

　"애 엄마는 잘 만났수? 밥도 못 먹여서 보냈네."

　"애 엄마라니… 저희 집 사람 말씀이세요? 그 사람이 왔었나요?"

　"저런! 못 만났는가 보네. 아침에 일어나보니 방에 없길래 둘이 나갔구나 했는데. 그럼 어딜 갔을까?"

　"그 사람이 정말로 여기 왔었다는 말씀이세요? 언제 왔어요?"

　"어제 오후 무렵에 왔었지. 추웠나. 눈을 다 맞고 왔길래 들어가 몸을 좀 녹이라고 했더니 저녁도 안 먹고 그냥 잠이 들었더라구. 그랬는데 아침에 보니 없잖아. 그래서 난 둘이 어딜 나갔는가 했지."

　그렇다면 인아의 전화는…. 준희는 그 자리에 주저앉은 채 한참이나 천장만 올려다보고 있었다. 날 찾아왔었구나. 그런 너를 그렇게 돌려보냈구나. 간밤에 내린 눈이 소복하게 쌓여 마당은 온통 눈밭이었다. 이 눈길을 어떻게 돌아갔을까.

　전화를 하기 위해 주머니를 뒤졌으나 휴대폰을 찾을 수 없었다. 인아의 전화를 끊고 나서 어딘가 던져버린 뒤 그대로 잊고 있었다. 허둥지둥 인아의 휴대폰으로, 집으로 전화를 걸어보았으나 받지 않았다. 어디로 갔는지, 그 텅 빈 마음으로 어디를 향해 가고 있는 건지.

터미널로, 기차역으로 달려가 보았으나 인아는 어디에도 없었다. 어느새 눈은 그쳐 모든 것이 평온한 풍경으로 펼쳐져 있었다. 집으로 가야 해, 인아를 보러 가자…. 준희는 눈 쌓인 거리를 서둘러 걷기 시작했다.

⋮

휴일 아침, 민혁은 낯선 전화에 잠을 깼다. 최인아 씨를 아느냐고 전화를 걸어온 곳은 터미널 부근에 있는 병원이었다. 터미널에 쓰러져 있는 인아를 누군가 병원으로 데려왔다고 했다.

최선주 역시 병원 측의 전화를 받고 달려온 참이었다. 준희를 만나러 갔던 인아가 그 이른 아침에 터미널에 쓰러져 있었다니, 도무지 알 수 없는 일이었다. 가느다란 팔목에 링거를 꽂은 채 인아는 잠들어 있었다. 대체 무슨 일이 일어나고 있는 것일까.

민혁이 아니었다면… 들어서기가 무섭게 인아를 흔들어 깨우고, 구급차를 준비시키고, 아이처럼 눈물 흘리는 민혁이 아니었다면 최선주 역시 아무것도 몰랐을 터였다. 인아에게 일어나고 있는 일, 인아에게 일어난 그 엄청난 일을 알 수 없었을 것이다.

처음 얼마 동안은 물을 수조차 없었다. 대체 무슨 일이냐고 차마 물을 수도 없을 만큼 민혁은 발 빠르게 움직이고 있었다. 민혁이 나타난 후로 병원 쪽의 대응도 분주해졌다. 손 놓고 있던 의사들이 이리저리 뛰어다니고, 민혁은 계속 어딘가 전화를 걸어 상황을 설명하고 있었다. 결국 인아가 옮겨진 것은 암 센터였다.

"왜 여길… 인아가 무엇 때문에…."

최선주의 그 물음에 듣고 싶지 않았던 대답이 이어졌다. 넋이 나간 사람처럼, 아무 일도 아닌 것처럼, 민혁은 줄줄 인아의 상태에 대해 쏟아놓기 시작했다. 폐암이랍니다. 인아, 폐암 말기예요. 얼마나 살지 모른대요. 수술도 할 수 없대요. 뇌에도 암 세포가 가득 찼답니다. 죽을지도 몰라요. 인아를 어떻게 살려야 하는지, 어떻게 살릴 수 있는지 아무도, 누구도 모른답니다….

믿을 수 없다. 그럴 리가 없다. 아프다고 했지만, 인아가 아프다고 말했지만 화를 냈다. 마감 끝내고 아프라고, 죽어도 마감 끝내고 죽으라고 말했다. 입술이 덜덜 떨렸다. 어쩌자고, 바보 같은 최인아. 병원 복도에 꿇어앉은 그녀가 숨죽여 울기 시작했다.

다시 집으로 돌아온 준희가 서울로 가기 위해 가방을 꾸리고 있을 무렵, 민혁의 전화를 받았다. 준희는 갑자기 머릿속이 하얘졌다. 인아가 민혁을 찾아갔나.

"성준희 씨, 기억하실지 모르겠지만… 인아 친구 오민혁입니다."

"인아, 거기 있습니까?"

묻고 싶지 않았으나 묻게 되었다. 되돌아올 민혁의 대답이 두려워 마음이 소용돌이치고 있었다.

"자세한 것은 만나서 얘기하죠. 일단 빨리 와주셔야겠습니다."

"인아가 그쪽에 있느냐고 물었습니다."

"인아, 병원에 있습니다. 인아가 아파요. 와주세요, 지금 빨리…."

아프다니. 민혁이 울고 있다고 생각했다. 왜 울고 있나. 그는 왜 울고 있는 것일까. 인아가 아프다는 말은 무엇인가. 준희는 영문도 모른 채 떨고 있었다.

가지 마, 아무 데도 가지 마

준희가 병원에 도착한 것은 어둠이 내려앉은 시각이었다. 그 캄캄한 마음 안으로 우뚝 솟은 병원 건물이 들어왔다. 점점이 켜진 병실마다의 불빛들이 별빛, 같았다. 저기, 저 어디에 인아가 있다. 밤 별 같은 그 불빛을 비집고 들어선 이름 하나에 그의 몸이 굳어지고 말았다. 암 병동이었다. 혼미해진 마음을 일으켜 세운 것은 최선주의 목소리였다.

"준희 씨, 왔군요."

울었을까. 최선주의 얼굴이 잔뜩 부어 있었다. 준희를 보자 왔군요, 한숨처럼 그 말을 뱉어내며 다시 눈물을 쏟기 시작하는 여자. 여기가 어디인지, 사람들은 왜 울고 있는지.

"우리 인아, 어디 있나요?"

"병실로 가보세요. 병실에 있어요."

그녀의 눈물. 도대체 왜 울고 있는 것일까. 준희의 어리둥절한 얼굴을 애써 외면하며 한참을 앉아 울던 최선주가 몸을 일으켰다.

"준희 씨, 난 가야 해요. 애들한테 가봐야죠. 민서, 우리 딸이랑 같이 있어요. 민서 걱정은 하지 마세요."

"무슨 일입니까? 우리 인아, 무슨 일이죠?"

차마 대답을 할 수 없어 최선주는 고개를 돌렸다. 저 남자를 어떻게 하나. 그의 얼굴은 이미 반쯤 넋이 나간 상태였다. 남의 일인 듯 묻고 있는 저 무심한 목소리. 고개 돌린 최선주의 곁을 빠르게 지나쳐 그는 병실을 향해 가고 있었다.

병실에 다다랐을 때, 그 복도에서 만난 것은 민혁의 처참한 얼굴이었다. 복도 끝 긴 의자 위에 앉아 있는 민혁의 얼굴. 인아에게 무슨 일인가 일어나고 있다고 말해주는 그의 얼굴.

"인아는 어디 있습니까?"

"잠들었습니다. 그런데 인아를 만나기 전에 아셔야 할 게 있습니다. 준희 씨가 모르는 게 있어요."

"인아한테 듣겠습니다. 그쪽한테 아무 말도 듣고 싶지 않아요."

차갑게 돌아서는 준희를 멈춰 서게 한 것은 민혁의 한마디 말이었다.

"암이랍니다, 인아."

저 사람은 대체 무슨 말을 하고 있는 것인지. 암이라니, 누구 이야기를 하고 있는 것일까. 등을 돌린 채 굳은 표정으로 서 있는 준희의 몸이 떨리기 시작했다.

"밖으로 나가시죠. 잠깐 나가서 얘기하는 게 좋겠어요."

"무슨 말입니까, 그게?"

"…."

"너, 이 자식! 그게 무슨 말이야? 도대체 지금 무슨 말을 하고 있는 거
냐고!"

민혁의 멱살을 잡은 준희의 손이 떨리고 있었다. 그의 손이, 목소리
가, 두 눈이 떨고 있었다. 휴일이지만 인아 때문에 병원으로 달려왔다는
주치의를 만난 것은 얼마의 시간이 흐른 뒤였다. 그 사이 준희는 넋을
놓은 채 서성거렸다. 인아는 여전히 깨어나지 않은 채였다.

"남편 되시는군요. 진작부터 뵙고 싶었습니다만, 환자가 워낙 완강하
게 고집을 부려서요. 보호자가 아셨어야 했는데 그만 환자가 먼저 알게
되었습니다."

"환자라뇨? 누가 환자라는 겁니까?"

준희의 거친 목소리를 마주 대할 수 없어 민혁은 등을 돌려 진료실의
하얀 벽만 바라보고 있었다. 준희는 화를 내고 있다. 두려운 것이라고,
민혁은 알 수 있었다. 이 어수선한 침묵.

"믿을 수 없으시겠지만 환자의 상태를 아셔야 그에 준하는 치료도 할
수 있습니다. 좀 더 정확하게 말하면 최인아 씨는 치료 그 자체가 불확
실합니다. 너무 많이 진행되어 있어서 장담할 수가 없어요. 폐암처럼
오랜 시간 동안 진행되는 암의 경우, 더구나 그것이 지금 같은 말기 암

일 때는 수술은 물론 방사선이나 항암 치료조차 기대만큼의 효과를 보기 어려워요. 그것도 암이 이미 임파선이며 뇌까지 퍼져 있는 상황이라 치료라는 말 자체가 어려운 지경입니다. 버티는 거죠. 좀 더 버티게 해줄 뿐이죠. 3개월이 될 수도 있고, 3년이 될 수도 있지만, 명확하게 말씀드릴 수 있는 것은 아무것도 없습니다. 폐암이라는 것이 워낙 증상 없이 진행되는 것이긴 하지만 그래도 뭔가, 병이 이만큼 깊어지는 동안 징후가 있었을 텐데….”

민혁은 더 이상 그 자리를 지키고 있을 수 없어 문을 열고 밖으로 나왔다. 인아를 사랑해본 그였으므로 준희의 마음을 다 알 수 있었다. 이미 오래전, 그 여자로 인해 사무쳤던 그였으므로 준희의 무너지는 마음을 속속들이 읽어낼 수 있었다.

“믿을 수 없습니다. 우리 인아가 그럴 리가 없어요.”

“….”

“방법이 없습니까?”

“….”

“말씀해주세요, 선생님.”

“침착하셔야 합니다. 보호자가 먼저 마음을 다잡아야 이 어려운 싸움을 시작할 수 있습니다.”

“살게 해주세요. 보낼 수가… 없습니다. 그 여자가 얼마나 착한지 몰라서 그렇게 말할 수 있는 겁니다. 그 여자한테… 그렇게 할 수 없습니다. 여태 아무것도 못했는데… 우리 인아, 얼마나 힘들었는데… 그렇게 보낼 수 없습니다."

울음소리에 놀라 다시 진료실 안으로 들어섰을 때 민혁은 무릎을 꿇고 고개를 숙인 채, 울고 있는 준희를 보았다. 짐승의 울음처럼, 장대비처럼, 준희가 소리 내어 울고 있었다. 어깨를 들썩이며 아이처럼 울고 있는 준희 앞으로 몸을 숙인 담당 의사가 그저 그 가엾은 어깨를 쓸어주고 있을 뿐이었다. 꺽꺽 울음 섞인 그의 목소리가 차가운 바닥으로 흩어져 나부꼈다.

⋮

어제 내린 눈은 병원 앞마당을 솜이불처럼 하얗게 덮고 있었다. 첫눈을 함께 보고 싶다고 했었다. 손 내밀면 닿을 만큼의 거리에 서서 인아가 그를 향해 말했었다. 너랑 같이 첫눈을 보고 싶다고… 인아의 그 간절한 손을 준희가 뿌리쳤던가.

"알려야 한다고 생각했습니다만, 인아가 워낙 완강했습니다. 여기까지 오기 전에 알려드려야 했습니다만…."

"…."

"죄송합니다."

"처음… 그쪽을 처음 봤을 때만 해도 우리가 여기까지 올 수 있을 거라는 생각은 할 수 없었어요. 기억나는군요. 그때, 집 앞 골목길에서 민혁 씨를 처음 만나던 날이."

"…."

"세월이 참 많이 흘렀습니다."

"…."

"민혁 씨."

"…."

"난 말입니다."

"…."

"지금 나는… 민혁 씨를 원망하고 있습니다."

"…."

"그때 왜 우리 둘을 그렇게 내버려두었습니까? 왜 말려주지 못했습니까? 사랑? 그 따위가 뭐라고… 민혁 씨가 인아의 마음을 돌이키지 못하고 그렇게 가버렸던 게 이렇게도 원망스럽군요."

"…."

"그때 당신이 인아를 데려가지 않았던 걸… 그때 당신이 인아를 데려갔더라면…."

"…."

"그랬으면… 만약에 민혁 씨였다면… 지금 인아를 이렇게 만들지는 않았을 테지요."

"…."

"내가 그랬습니다. 내가 인아를 이렇게 만든 겁니다. 인아를 힘들게 했습니다. 나와 사는 동안 인아는 너무 고단했어요. 당신이었다면 우리 인아를 이렇게 만들지는 않았을 겁니다."

"…."

"철없이 인아를 고집했던 나를 죽이고 싶은 심정입니다. 뭘 어쩌자고 그 착한 여자를…."

"…."

"너무 늦었습니까? 이젠 안 되겠습니까? 지금이라도 인아를 당신한테 돌려보낼 수 있어요. 당신한테 가서 인아가 살 수만 있다면 저는 얼마든지 보내줄 수 있습니다."

"…."

"민혁 씨, 제발 우리 인아를 데려가서… 살게 해줄 수 없겠어요?"

저 멀리 옷 벗은 나무, 눈 쌓인 나무 위에 울고 있는 달빛 하나 걸려 있었다.

⋮

인아가 눈을 떴을 때, 가까이 앉아서 미동도 하지 않은 채 바라보고 있는 사람은 준희였다. 준희니? 물었지만 대답이 없었다. 손을 찾아 쥐어보았음에도 그는 그대로였다. 깊은 두 눈, 퀭해진 그의 두 눈이 어둠 속의 인아를 한없이 들여다보고 있을 뿐.

알게 되었구나. 잡았던 손을 놓고 고개를 돌린 채 인아는 눈을 감았다. 이제 모든 것이 끝났다. 게임은 끝이 났다. 준희가 모르는 채로 모든 것을 조용하게 끝내고 싶었다. 어리석은 바람이었으나 그렇게 하고 싶은 인아였다. 하지만 그 바람은 물거품이 되었다. 준희는 마치 누군가 억지로 이 자리에 데려다 놓은 것처럼 한동안 말이 없었다.

"인아야, 너한테 화를 내고 있는 거냐고 물었지?"

"응. 그랬어. 난 니가 화를 내고 있는 것 같아."

"그래. 화가 났다. 너한테."

"그랬구나."

"왔으면 말하지. 너랑 옛날처럼 눈 맞으면서 걷고 싶었는데 그렇게 가버린 거, 잘못한 거다."

"알아. 잘못한 거야."

"또 있어. 너한테 화내는 거 아니라는 거 다 알면서, 옹졸한 내 성격 다 알면서 날 혼내지 않았던 것도 잘못한 거야."

"그래, 그렇구나. 내가 잘못했어."

"인아야. 하지만 그런 건 다 괜찮은데 정말 화가 나는 건 니가 이렇게 아픈 거다."

"그래. 미안해. 잘못했어."

"미안하거든 아프지 마. 나한테 정말 미안하면 다시 일어나라. 그럴 수 있지?"

"그럼. 그럴 수 있지. 걱정 마. 다시 일어날 수 있어. 그러니까 화내지 마라. 난 아픈 것보다, 네가 화를 낼까 봐 그게 더 무서웠어."

인아는 몸을 일으켰다. 준희의 다정한 얼굴을 보고 싶었다. 등 밑으로 깊게 손을 넣어 일으켜 앉히던 준희의 손이 인아의 어깨 위에 머물렀다.

형편없이 말랐구나. 나뭇잎 같은 인아의 어깨. 내 여자가 이렇게 되도록 몰랐다니. 곁에 두고도 이렇게 앙상해지고 있다는 것을 눈치채지 못했다, 나는.

준희의 손이 어깨 위에 내려앉자 마치 기다리고 있었던 것처럼 주르르, 인아의 눈물이 뺨을 타고 흘러내렸다. 떨고 있는 그의 두 손에 너무 많은 이야기가 담겨 있어 그 아픈 무게를 이기지 못하고 인아는 결국 울게 되었다.

억울한 건 암 때문이 아니었다. 이 사람에게 얼마나 잘하고 싶었는데, 이 남자를 위해 뭐든 할 수 있다고 생각했는데, 얼마나 꿈이 많았는데, 둘이 함께 키우고 싶었던 꿈이 얼마나 무성했는데…. 결국 주고 갈 수 있는 것이 슬픔밖에 없다는 게, 준희에게 품었던 착한 마음 같은 것은 아랑곳하지 않은 채 결국 이렇게 되고 말았다는 게 억울했다.

살 수 없다는 사실보다 더 미칠 것 같은 건 두고 갈 사람들이었다. 두고 가야 할 저 사람들. 준희를 만나지 말았을 것을, 민서를 만들지 말았을 것을, 엄마의 딸로 이 세상에 오지 말았을 것을.

．
．
．

"말씀드렸지만 완치에 대한 희망을 갖기는 어려운 상황입니다. 방사선이나 항암제로도 이미 상당 부분 진행된 암을 완전 소멸시킨다는 것은 불가능하다고 판단됩니다. 저로서는 최선을 다하겠다는 말씀밖에는 드릴 수가 없습니다. 보호자로서 마음이 어떨지 모르는 바는 아니지만 최인아 씨 상태는 솔직히 말씀드려 길게 보기 어렵습니다. 더구나 환자가 포기하게 되면 그 시간은 더 단축될 수도 있어요. 힘드시겠지만 곁에서 힘을 주셔야 합니다."

지난밤, 인아의 곁에서 뜬눈으로 보내는 그 시간 동안 준희는 끊임없이 주문을 외웠다. 할 수 있다. 인아는 견딜 수 있다. 세상에는 기적이라는 것이 얼마든지 존재한다고.

비교적 차분해진 마음으로 주치의와 상담을 마쳤다. 완치를 목적으로 하는 치료가 아니라고 했다. 그저 견딜 수 있게 하는 것뿐이라고. 완치가 불가능하다는 말은 살 수 없다는 것과 같은 뜻이라는 것을 알고 있었다. 그러나 상관없다. 어떻게 해서든 인아를 살려내야 한다. 완치되지 않더라도, 암 덩어리와 함께 살더라도.

"우리 민서구나. 엄마야."

잘도 견뎌주는구나, 생각했던 인아가 끝내 울음을 쏟아놓고 말았다. 민서로 인해서였다. 보고 싶다고, 걱정이라고, 지금껏 내내 민서에 대해 말하던 인아였다. 내 목소리 들으면 우리 민서 엄마 보고 싶다고 울 거야… 그 걱정이 너무 커서 겨우겨우 그리움을 덮어두던 인아였다. 그런 인아를 먼저 찾은 것은 민서였다.

"어제까지는 잘 견디더니 오늘은 결국 울기 시작했어. 엄마가 보고 싶다고. 전화 걸어달라고 해서 할 수 없이… 기다려. 민서 바꿔줄게."

최선주의 전화였다. 엄마야, 그 한마디에 아이는 울기 시작했다. 민서의 거센 울음소리가 수화기를 타고 흘러나와 병실을 가득 채우고 있었다. 민서가 울자, 약속이라도 한 것처럼 인아의 눈에서 눈물이 흐르기 시작했다. 소리 내지 않으려고, 가슴을 움켜쥐고 인아는 울었다.

"엄마, 거기 어디야?"

얼마나 지났을까. 참았던 그리움을 다 쏟아내어 이젠 한결 차분해진 민서가 인아를 향해 묻고 있었다. 울먹거리면서 어디에 있느냐고.

"엄마 출장 갔어? 이모가 그러는데 엄마 먼 데 갔다는데?"

"그래, 민서야. 엄마 먼 데 있어."

"비행기 타고 갔어?"

"응. 비행기 타고 왔어."

"버스 타고 가지. 그럼 이모한테 데려다달라고 할걸. 나도 버스 탈 수 있는데."

"너 못 와. 아주 먼 데라서 그래."

"나 엄마 보고 싶은데."

"그래. 엄마도 우리 민서가 너무너무 보고 싶어."

"엄마, 거짓말했어. 아무 데도 안 간다고 하고선. 접때 엄마가 그랬잖아. 안 간다고."

"그래. 엄마가 거짓말해서 미안해."

"이제는 또 거짓말하면 안 된다, 알았지? 그럼 엄마 맴매할 거야."

"그래, 약속할게."

"근데 엄마, 언제 와?"

"열 밤 자구. 아니, 열 밤도 넘고 스무 밤도, 삼십 밤도 넘게 자고 갈지 몰라."

"…."

"민서야."

"…."

"화났어? 왜 아무 말도 안 해?"

"눈물 나서 그래. 엄마 올 날 너무 머니까."

"…."

"엄마."

"…."

"엄마는 왜 말 안 해? 화났어?"

"아니. 엄마도 눈물 나서. 민서가 보고 싶어서 눈물이 나네."

"엄마, 울지 말고 빨리 일해. 그래야 빨리 하고 빨리 오지. 알았지?"

"그래 민서야. 이모 말 잘 듣고 있어야 해. 알았지? 약속이다. 이모 속상하게 하지 마."

"응. 약속. 그러면 엄마 빨리 올 거지?"

"그럼, 당연하지. 밥도 많이 먹어야 해. 그래야 엄마가 걱정 안 하고 일하지."

"응, 엄마. 밥 많이 먹을 거야."

"그래, 우리 민서 착하구나."

"엄마."

"응."

"갔다 오면 나랑 놀아주기다. 먼 데 가지 말고, 응? 엄마도 약속이다. 알았지?"

"…."

민서가 말했다. 약속하자고, 이젠 아무 데도 가지 말라고. 아무 것도 약속할 수 없는 인아는 아무 대답도 못한 채 울고 있었다. 그 마음이 아픈 먼지가 되어 날렸다.

나, 다시 그때로

항암 치료가 시작되었다. 인아는 하루가 다르게 야위어가고 있었다. 핏기 없는 두 볼은 움푹 파여 있어 마치 우물 같았다. 독약보다 무서운 항암제, 무덤 같은 방사선 치료실. 치료라고 했지만, 치료로 인해 인아는 형편없이 무너지고 있는 중이었다. 항암 치료가 거듭될수록 부작용이 심해졌다. 몸 안의 암세포보다 인아가 먼저 견디지 못한 채 쓰러져버릴 것 같았다.

아무것도 먹지 못했다. 겨우 한 숟가락쯤 무언가를 넘기는가 싶어도 이내 토해내고야 말았다. 잘 먹어야 한다고, 그래야 견딜 수 있다고, 말하지 않아도 그런 것쯤은 누구보다 스스로가 가장 잘 알고 있었지만 먹을 수 없었다. 입안에는 온통 수포였다. 방사선 치료 후 식도가 타들어가 아무것도 먹을 수 없는 날들이 이어졌다. 물 한 모금조차 호스를 통해 마셔야 하는 고통이 계속되었다. 그렇다고 해서 치료를 중단할 수는 없었다. 어떻게든 견뎌보자고, 매일매일 기도하는 준희였다. 견뎌라, 인아야. 견뎌야 해.

인아는 때로 가슴을 쥐어뜯으며 숨죽여 울었다. 참아보려고, 아픔을 이겨보려고 입술을 물고 또 물었던 까닭에 그 작은 입술이 모두 터져버렸다. 준희야, 나 죽을 것 같다. 그냥 이대로 죽으면… 그러면 어떻게 하지? 견뎌내던 인아가 끝내 물었을 때, 그 고통이 고스란히 몸으로 전해져 와서 준희는 아무 말도 할 수 없었다.

인아는 지쳐 있었다. 독한 항암제는 인아의 에너지를 단번에 빼앗아가고 말아 좀처럼 기운을 내지 못했다. 말하는 것조차 힘들어하는 아내를 준희는 단 한순간도 놓치지 않고 지켜보았다. 목소리 대신 눈을, 한없이 깊은 그 눈을 들여다보았다. 무얼 원하는지, 어떻게 해주어야 하는지, 그 눈이 말해주고 있었으므로.

항암 치료를 받으면서부터 빠지기 시작한 머리카락은 치료 횟수가 늘어가면서 한 움큼씩 무더기로 빠져나갔다. 이미 예상하고 있었던 일이지만 머리맡에 수북하게 쏟아져 내린 머리카락을 바라보는 인아의 눈에는 절망의 빛이 역력했다.

넌 모자 쓰면 예뻐…. 초콜릿색 털실로 짠 모자를 씌워주는 준희를 보며 인아는 희미하게 웃어주었다. 모자를 쓰고 있는 인아는 정말 예뻤다.

아까부터 인아는 창밖을 내다보고 있었다. 그 눈이 멀고 먼 곳을 향해 있었다. 무엇을 찾고 있는가. 다가서는 준희를 보자 인아는 말 대신 형

편없이 마른 손을 뻗었다. 손 좀 잡아줄래? 가만히 쥐어준 인아의 손이,
그 손을 잡아줄 때, 준희의 마음이 울고 있었다.

"민서, 뭐 하고 있을까?"

민서가 보고 싶어 네 두 눈이 닿지 않는 곳을 향하고 있구나.

"좀 전에 통화했어. 잘 놀고 있더라. 우리 민서 말썽도 안 부리고, 밥
도 잘 먹고, 잘 놀고 있더라구. 대견하지?"

"그래, 그럴 거야. 우리 민서는 잘 견뎌줄 거야."

"인아야, 민서 데려올까?"

"…."

"그럴까?"

"아니야. 괜찮아. 퇴원하면 그때 보자. 내 이런 모습… 우리 민서가 보
면 놀랄 거야."

"그래."

"준희야."

"응."

"엄만 뭐 할까? 많이 아프지 않았으면 좋겠는데."

생각 같아서는 지금이라도 당장 어머니를 모셔오고 싶었지만, 그 말
에 펄쩍 뛰던 인아의 뜻을 거스르고 싶지 않았다. 오신다고 해도 달라지
는 것은 아무것도 없을 테니까. 어머니가 오신다고 해서 인아의 병이 사
라지는 것은 아니니까.

"그러지 말고 인아야, 어머니한테 말씀드리자. 어머니, 강한 분이라 잘 견디실 거야. 너 지금 엄마가 보고 싶잖아."

"준희야, 너 그거 모르지? 울 엄마, 누워 있대."

"무슨 소리야?"

"다 나았다고, 괜찮다고 엄마가 그랬는데… 그게 아니었어. 엄마, 많이 아프단다. 제대로 걷지도 못한대."

"…."

"엄마가 날 속이니까, 그래서 나도 거짓말하는 거야. 안 아픈 척하는 거야. 엄마가 다 말할 때까지 그럴 거야. 끝까지… 속일 거야."

처음 듣는 말이었다. 왜 모르고 있었을까. 문득 돌아보니 어머니를 뵌 것은 벌써 수개월 전의 일이었다. 어떻게 해서라도 하루쯤이라도 다녀가셨을 분인데. 이상하다는 생각 같은 것은 품어보지도 못했다.

인아는 다시 창밖을 바라보고 있었다. 속일 수 있을까. 언제까지 들키지 않고 이렇게 몰래 갈 수 있을까. 그러나 알게 될 것임을. 엄마가 속여도 벌써 엄마의 아픔을 다 알게 된 것처럼, 아무리 엄마에게 거짓을 말해도 엄마는 모두 알고 달려올 것임을.

하지만 숨길 수 있을 때까지는 숨기고 싶다. 나 때문에 우는 엄마를 보고 싶지 않다. 인아는 천천히 눈을 감고 잠을 청했다.

⋮
⋮

인아 꿈을 꾸었다. 인아가 엄마를 부르고 있었다. 새하얀 드레스를 입은 인아가 바다를 보고 앉아 있었다. 바다 쪽으로 날아갈 것 같았다. 감기라도 걸리면 어쩌려고 한겨울에 드레스를 입고…. 인아를 야단치려고 그 바다를 향해 달려 나갔다. 달렸으나 뛸수록 인아는 점점 멀어졌다. 인아도, 바다도 덩달아 멀어졌으므로 뛰면서도 발을 굴러야 했다.

인아야, 인아야! 소리쳐 부르자 바다를 향해 앉아 있던 인아가 돌아보았다. 돌아보는 인아의 얼굴은 다섯 살짜리 여자아이의 것이었다. 어른의 몸이었지만 그 얼굴은 어린 인아였다. 어린 인아가 바다를 보며 앉아서 울고 있었다. 꿈속에서조차 그 어린 인아의 얼굴이 너무 섬뜩해 소스라치게 놀라고 말았다.

엄마를 불렀던가. 뛰고 뛰어도 잡을 수 없이 자꾸만 먼 곳으로 달아나는 어린 인아가 엄마를 부르고 있었다. 안 돼, 인아야! 안 돼! 곁에 누워서 자던 동생이 흔들어 깨우는 소리에 잠을 깼을 때 목 언저리가 눈물인지 땀인지 흥건했다.

"왜 그래? 꿈꿨수?"

"꿈이었네."

"언니두 늙는가 보네. 요즘은 꿈이 잦은 것 같아서."

"그러게."

"기억나? 엄마 말이야. 아침에 눈만 뜨면 꿈 얘기를 했었잖우. 꿈자리가 사나우니 몸조심해라, 복꿈을 꾸었으니 길한 일이 있을 게다. 학교

가는 딸들 뒤통수에다 대고 아침마다 꿈 얘기를 했잖아."

"그래, 그랬지. 기억난다."

"근데, 생각해보면 참 신기하긴 하지. 엄마 꿈이 그런대로 맞아떨어졌단 말이야. 꿈이 길한 날은 뭔가 생각지도 않은 콩고물이 떨어졌거든. 하긴 길한 꿈은 별로였다. 흉몽이 제대로였어. 나쁜 꿈은 기가 막히게 들어맞았단 말이지. 언니는 그런 기억 없수?"

"글쎄. 벌써 언제 적 얘긴데 그런 걸 기억할 수가 있나."

"하기야, 언니는 모를 거유. 엄마 꿈 얘기를 들어도 내가 더 들었지. 언니가 인아 아비인지 뭔지 하는 작자랑 눈 맞어서 남몰래 연애질할 때 엄마가 얼마나 꿈 얘기를 많이 했게. 니 언니한테 안 좋은 일이 생길 징조다. 얼마나 끌탕을 했게. 결국 그렇게 됐잖우. 언니가 그렇게 짐 싸가지고 도망가고 나서부터 나는 은근히 엄마 꿈을 믿게 되었다니까. 신통력 있다, 그랬지."

꿈속의 인아가 엄마를 부르고 있었다. 겁에 질려 엄마를 부르던 어린 인아가 아무래도 마음에 걸렸다.

"무슨 꿈이길래? 뭔데 그렇게 얼굴이 심란해? 듣자 하니 인아 꿈인가 싶더구면."

"인아가 혼자 바다에 나가 앉아 엄마를 찾는데 내가 아무리 뛰어도 닿지를 않는 거야. 자꾸 멀어지고, 뛰어가도 멀어지고."

"쯧쯧, 그러게 내가 뭐랬수? 아프면 아프다, 말하랬지. 뭐 죽을병이라고 속여, 속이길. 부모 늙으면 자식이 걱정하고, 사는 게 다 그런 거지. 하여튼 인아한테 유별스럽게 그러는 건 못 말린다니까. 좀 내려오라고 해. 두 내외 손주놈 데리고 내려오라고. 보고 싶으니까 괜한 꿈도 꾸고 그러는 거 아냐. 아이구! 쓸데없는 걱정 말고 잡시다, 자!"

　도무지 눈을 붙일 수 없어 긴 밤을 꼬박 새운 터였다. 아침이 오기를 얼마나 기다렸는지. 해가 뜨기를, 날이 밝기를. 무슨 일이 있는 게 아닐까, 인아에게 나쁜 일이 생겼나. 연말에도, 새해가 되어도 인아는 오지 않았다. 너무 바빠서… 언젠가 인아의 전화를 받기는 했지만 그 목소리가 내내 마음에 걸렸던 터였다.

　전화를 걸기에는 이른 시간이라는 것을 알면서 전화기를 들었던 것은 불길한 마음이 좀처럼 수그러들지 않았던 까닭이었다. 집 전화도, 휴대폰도 받지 않았다. 전화벨은 열 번도 넘게 울리고 있었다. 이 시간에 집에 사람이 없을 리가, 주말도 아닌데… 뒤숭숭했던 꿈자리 때문에 불안했던 마음이 거센 폭풍이 되어 몰아치고 있었다. 무슨 일이 있구나.

　⋮
　⋮

　서둘러 나선 출근길. 최선주는 인아에게 들러볼 작정이었다. 밤사이 별일은 없었는지. 깊어진 겨울바람이 마음까지 꽁꽁 동여매게 만들고 있었다. 올해는 유난히 눈이 많구나. 소문도 없이 내린 싸락눈이 자동차 위에 사각사각 얼어붙어 있었다.

인아 어머니로부터 전화를 받은 것은 막 운전대에 앉아 시동을 걸 무렵이었다. 인아 엄마예요, 목소리를 듣는 순간 가슴이 덜컹 내려앉았다. 일찍부터 미안하다고, 꿈자리가 사나워서 인아에게 전화를 했는데 받지 않더라고, 인아에게 무슨 일 생긴 게 아니냐고. 먼 곳에 있지만 마음이 닿아 있으므로 인아의 고통을 느끼는 것은 당연한 일인지도 몰랐다.

"걱정 마세요. 인아, 출장 갔어요. 좀 멀리 갔어요. 이런저런 업무 때문에 엊저녁에 일본 갔어요. 너무 갑자기 잡힌 일이라 경황이 없어서 연락도 못 드린다고, 저한테 부탁하고 떠났어요. 그렇지 않아도 전화 드리려고 했었는데. 걱정하실 줄 알았으면 밤늦게라도 연락드릴 걸 그랬네요. 민서요? 제가 데리고 있어요. 일주일쯤 걸릴 거예요. 걱정 마세요. 어쩌면 인아, 일본에서라도 전화 드릴지 모르겠네요. 네? 아프긴요. 인아도, 준희 씨도 건강해요. 그럼요. 민서도 잘 있죠. 아무 걱정 마시고 편히 계세요. 제가 또 연락드릴게요."

언제까지 거짓말을 해야 하나. 이러다 어느 날 덜컥, 인아가 예고도 없이 떠나기라도 한다면…. 불길한 생각을 지우기 위해 머리를 내저었다. 말해야 한다. 인아와 어머니를 위해서도 그렇게 해야 한다. 마음 안에서 솟구쳐 오르는 생각을 접을 수 없었다.

"간밤에 눈이 왔었나 봐. 밖이 많이 추워요? 선주 선배 얼굴이 아주 꽁꽁 얼었네요."

인아는 밝아 보였다. 웃고 있는 얼굴을 보니 오는 동안 내내 불안하던 마음이 한결 가벼워졌다. 엄마에게 전화가 왔었다. 웃는 얼굴을 바라보며 잠시 망설였지만 이내 생각을 접고 말았다.

"너, 호강하는 줄 알아. 여기가 하와이다. 추워도 추운 줄 모르고."

"부러우면 선배도 여기 와 살아볼래요? 나랑 바꿀까?"

"아서라! 난 그냥 시베리아에 살란다. 그나저나 오늘은 한결 좋아 보이는데?"

"어제는 아주 잘 잤거든. 잠들 때까지 준희가 책 읽어주고, 노래도 불러주고 그랬거든요."

"맙소사! 여기가 무슨 러브호텔이니? 아주 영화를 찍는구나."

"러브호텔이 그런 거 하는 데였나?"

지칠 줄 모르는 인아였다. 불평을 몰랐다. 몇날 며칠을 야근에 지쳐도 늘 웃어주던 인아였다. 그래서 인아와 함께 있으면 저절로 콧노래가 흥얼거려졌었다. 지금, 저 표정은 공기처럼 가벼워서 어딘가 둥실 떠갈 것만 같은 느낌이다. 그러나 밝아도, 가벼워도, 이제 더는 예전의 인아가 아니었다. 아무것도 되돌릴 수는 없었다.

"견딜 만하니? 잘하고 있는 거야?"

"하루라도 더 살려면 해야 하는 거니까."

"힘들면 힘들다고 해. 너무 참는 거, 그러면 더 지친다. 소리 지르고, 아이처럼 떼쓰고, 못 하겠다 안 하겠다… 차라리 그러는 게 준희 씨 마음도 편할 거다."

"…."

"준희 씨는? 왜 안 보여?"

"만날 사람이 있다고 잠깐 나갔어요."

"그랬구나."

"민서, 떼쓰지 않고 놀이방에 잘 갔어요?"

"민서 이뻐. 얼마나 이쁜지 몰라. 말을 얼마나 잘 듣는다구. 너 이제 큰일 났어. 우리 현지가 민서랑 같이 살고 싶단다. 그러다 현지가 연하의 남자랑 결혼하겠다 그러는 거 아닌지, 내가 요즘 조마조마하다니까."

"…."

"…."

"잘됐네. 이다음에 선배가 현지랑 같이 우리 민서 돌봐주면 되겠다."

"인아야."

"선배."

"…."

"있잖아요, 선배. 나아지는 것 같지가 않아요. 달라지는 게 없어. 열심히 애쓰고 있지만 아무래도 안 되나 봐요."

"아니야. 좋아질 거야. 이렇게 착하게 다 견디는데 좋아지지 않을 리 없어. 그럼, 낫고말고."

"힘들어요. 죽겠어. 나, 사실은 정말 못하겠어. 다시 그때로 돌아가고 싶은데, 그래서 죽도록 매달렸는데… 너무 아파서 이젠 그냥 도망가고 싶어요. 그만하고 싶어, 이젠."

⋮
⋮

일찍부터 준희의 전화를 받은 민혁이 서둘러 회사로 출근했을 때, 그는 약속 시간보다 먼저 와 있었다. 수척해진 준희의 얼굴이 폐허처럼 황량했다.

"죄송합니다. 이렇게 일찍."

"아뇨. 괜찮습니다. 그렇지 않아도 한번 만나야겠다고 생각하고 있었습니다. 인아는 잘 있나요?"

"…."

"학교는 어떻게… 곧 개학이잖아요."

"그런 건 괜찮습니다. 학교에다 말해두었습니다. 인아, 지켜야죠."

"그랬군요. 사실은 차도가 없다고… 남진이를 통해서 들었습니다. 어떻게 해야 하죠? 그냥 무작정 이렇게 끌고 가도 되는 건지."

"더 나빠지지 않고 있다는 것만으로도 치료 효과는 있는 거라고 하더군요. 지금으로선 더 이상의 전이가 발견되고 있지 않다는 것만으로도 고마워해야겠죠. 여기서 중단하면 인아한테 무슨 일이 생길지 모르니까 끝까지 치료를 계속해야지요."

"그런데 인아가 견딜 수 있을까요?"

"…."

"…"

"민혁 씨."

"네."

"돈이 필요해요. 집을 내놓긴 했는데, 인아한테는 학교에서 도움을 받았다고 했지만… 사실은 치료비가 필요해요. 얼마나 뻔뻔한 일인지 알지만 올 수 있는 곳이 여기뿐이군요. 미안합니다."

"아니요. 미안하다고 하지 마세요. 전 오히려 고맙습니다. 제가 해줄 수 있는 일이 있어서 다행이에요. 전 아무것도 할 수 없는 게 힘들었습니다. 인아, 제 친구예요. 제게도 잃을 수 없는 사람입니다."

"…"

"언젠가 준희 씨가 아직 모르고 있을 때 인아한테 말했던 적이 있어요. 한밤중에 집 앞까지 찾아가서 말했습니다. 미국 가자고 했어요. 가서 전문적인 치료를 받게 해주고 싶었습니다. 저도 알죠, 인아 성격. 그때도 희망적인 시기는 아니었습니다만, 이렇게 될 줄 알아서 어떻게든 해주고 싶었는데. 그걸 못했던 게 얼마나 후회스러웠는지 몰라요. 그런데 이젠 너무 많이 와버렸어요."

"…"

"정말 고맙습니다. 이렇게 찾아와주셔서."

고맙다고 말하는 민혁의 얼굴을 쳐다볼 자신이 없어서 준희는 계속 고개를 숙인 채였다. 고개를 숙인 채 말했다. 미안합니다. 모든 게 전부 미안합니다, 라고.

"언젠가도 말씀드렸습니다만 치료 결과가 만족스럽지 못하군요."

준희가 주치의로부터 호출을 받고 달려간 것은 민혁을 만나고 돌아온 지 얼마 지나지 않아서였다. 그는 치료를 포기하겠다는 뜻을 전하고 있었다. 더 이상의 항암 치료는 의미가 없다는 말이었다. 오히려 남은 날들을 편안히 견딜 수 있도록 해주는 것이 환자를 돕는 방법이라고 했다. 남은 날… 인아의 생, 그 남은 날.

"보호자께서도 아시겠지만 너무 늦은 시작이었습니다. 말씀드렸듯이 항암 치료에 기댈 수 있는 상황이 아니었어요. 할 수 있는 만큼 해보았지만, 제 견해는 의미 없는 치료로 환자를 더 이상 고통스럽게 하지는 말자는 것입니다."

"아뇨. 제 아내, 할 수 있습니다. 남은 치료 일정이라도 다 마칠 수 있게 해주세요."

억지를 쓰며 할 수 있다고, 치료를 중단한다는 말 같은 것은 받아들일 수 없다고, 오히려 주치의를 설득했다. 받아들일 수 없었다. 얼마나 어렵게 견디고 있는데 암세포가 오히려 커져가고 있다니. 그러나 버티던 마음을 접고 주치의의 말에 따르는 데는 그리 오랜 시간이 필요하지 않았다.

항암 치료가 계속되면서 나날이 야위고 무기력해져 가던 인아가 지독한 어지럼증을 호소하기 시작했다. 항암 치료로 인해 적혈구 수가 현격히 줄게 되면서 동반되는 자연스러운 증상이라는 것이 병원 측의 설명이었다.

"한 발짝도 못 걷겠어. 앉아 있을 수도 없어."

내내 누워 있는 채로 인아는 말했다. 온몸이 기운 없이 늘어져 있는 아내의 모습을 차마 똑바로 쳐다볼 수조차 없었다. 먹지도 못하고, 움직이지도 않고, 죽은 듯이 누워만 있던 인아가 발작을 일으키기 시작한 것은 며칠이 지난 후의 일이었다. 저녁나절부터 조금씩 열이 오르는가 싶더니 새벽 무렵에는 고열에 시달리기 시작했다. 힘겹게 부르는 목소리에 눈을 떴을 때 인아의 몸은 이미 불덩이처럼 달궈져 있었다.

"항암 치료 중에는 백혈구 숫자가 상당 부분 감소합니다. 그러다 보니 세균에 감염될 확률이 높아질 수밖에 없죠. 열이 나는 것은 감염을 알리는 신호입니다. 고열이 지속되면 위험한 상황이 될 수 있으니까 주의 깊게 살펴주세요."

얼마 전, 의사의 말이었다. 그의 말대로라면 위험한 상황이었다. 인아의 몸이 펄펄 끓고 있었다. 온몸이 땀에 젖었다. 호흡은 거칠어져 준희의 이름조차 제대로 부르지 못하고 있었다. 깜짝 놀란 그가 간호사에게 달려가고, 의사가 달려오고. 그사이 인아는 이미 경련을 일으키고 있었다. 온몸을 비틀며 울고 있었다.

항생제에 백혈구 수혈까지, 마치 죽을 것만 같은 순간을 넘겼을 때 인아도 준희도 이미 탈진 상태였다. 멈추고 싶었다. 여기에서 그만 멈추고 싶은 마음뿐이었다.

"준희야, 나 집에 가고 싶어."

"그래. 그러자. 집으로 가자."

그 말을 들은 인아의 얼굴이 해바라기처럼 환해졌다.

해줄 수 없는 일

하루만 지나면 퇴원을 하게 된다고, 인아는 마치 소풍을 앞두고 있는 아이처럼 들떠 있었다. 웃으며 나설 수 있는 길이 아니었다. 몸속 곳곳에 숨어 있는 암세포들을 송두리째 걷어내고 훨훨 날아서 가뿐히 나설 수 있게 되기를 얼마나 기도했는데… 암세포가 줄어들기는커녕 오히려 자라나고 있습니다, 라고 담당 의사는 말했었다. 인아도 알고 있었다. 버렸음을, 모두 버렸다는 것을. 체념이었다. 희망도, 기대도, 착한 꿈도 모두 버렸으므로 여기 이 두꺼운 벽을 뚫고 나설 수 있다는 것을.

어쩌면 당장 내일이 될 수도 있었다. 이곳을 나서면 내일 당장 죽게 될지도 모를 일이다. 그러나 안간힘 써보아도 달라질 게 없다는 것쯤 이미 느끼고 있는 일이었으므로 기대를 접는 편이 오히려 수월했다. 부질없는 욕심을 버리니 비로소 평화를 만나게 된다고. 그래서 하루 종일 인아의 얼굴 가득 웃음이 담겼다.

"준희야, 민서가 날 보면 뭐라고 할까?"

인아는 아까부터 머리에 쓰고 있는 모자를 만지작거리고 있었다. 하나로 질끈 묶여지곤 했던 인아의 긴 머리는 흔적도 없이 사라져버렸다. 하지만 그깟 머리카락쯤이 문제가 아니었다. 치렁한 머리카락이 그대로 남아 있었다 해도 아내는 이미 예전의 그 모습이 아니었다. 야윌 대로 야윈 인아에게서는 더 이상 예전의 모습을 찾아볼 수 없었다. 그런데도 유독, 까까머리 남학생 같아진 머리 모양이 마음에 걸리는 모양이었다.

"준희야, 너 그거 아니? 민서는 꼭 내 머리카락을 만지면서 잠이 드는 습관이 있다. 왜 그런지 모르겠는데 두 번째 손가락에다 머리카락을 친친 감고 뱅뱅 돌리면서 잠이 드는 거야. 엄마가 곁에 있다는 걸 확인하고 싶어서 그런 건지도 몰라. 그런데 엄마 머리가 이 모양이 된 걸 보면 우리 민서 실망하겠다."

집으로 가자는 한마디 말에 화색이 돌던 아내의 얼굴은 정작 집으로 돌아갈 시간이 가까워오자 다시 먹구름이었다. 나 이상해졌지? 몇 번이나 묻고 있었다. 엄마가 돌아올 날만 손꼽아 기다리던 아이에게 지금의 모습이 오히려 상처만 안겨주는 것은 아닐지, 불안한 표정이 역력했다.

한걸음에 달려 나가 가발을 사가지고 돌아왔던 것도 그 때문이었다. 매끈하던 긴 머리 가발 대신, 짧은 커트 스타일의 가발을 인아의 머리에 씌워주었다. 너 이쁘다. 짧은 머리가 이렇게 이쁜데 왜 여태 긴 머리만 하고 있었니? 준희가 밝은 표정으로 말해주자 인아의 얼굴이 한결 밝아졌다. 웃고 있는 인아의 얼굴이 마치 소년 같았다.

"엄마야? 우리 엄마?"

엄마를 기다리던 민서는 엄마가 왔으나 달라진 엄마의 모습에 선뜻 다가서지 못한 채 물었다. 아이를 향해 두 팔 벌린 인아가 무릎을 굽히고 속죄하듯 앉아 민서야, 불러주었을 때에야 겨우 그 목소리를 확인한 민서가 울음 섞인 목소리로 엄마 품에 안겼다.

"엄마, 왜 이래? 머리가 왜 이래? 엄마 얼굴이 이상하게 됐어. 달라졌어. 엄마, 불쌍하게 됐다. 엄마 아퍼?"

그리운 눈물에 젖은 민서의 눈, 그리운 눈물에 젖어 뜰 수 없는 인아의 눈. 안고 부비는 둘의 모습을 똑바로 쳐다볼 수가 없었다. 보고 싶었어, 민서야. 숨 가쁜 엄마의 목소리에 민서가 대답했다. 그러니까 이젠 어디 가지 마, 엄마. 알았지?

사무치는 것들, 사무치게 하는 사람, 사무치게 만드는 내 남은 시간들. 아이를 보자 가슴 안에 웅크리고 있던 뜨거운 무엇이 한꺼번에 복받쳐 오르기 시작했다. 널 어떻게 하느냐고, 이 어린아이를 어떻게 해야 하느냐고. 애써 잠재워두었던 마음 안이 폭풍이었다. 그렇지만 민서야, 괜찮아. 아무 걱정 마. 엄마는 잘할 수 있어… 다짐이라도 하듯 인아는 몇 번이고 그렇게 말하고 있었다.

⋮

집으로 돌아온 인아는 지나치다 싶을 만큼 민서에게 집착하기 시작했다. 내가 해줄 거야, 하루에도 수십 번씩 똑같은 말을 반복했다. 민서 곁을 놓지 않았다. 아이의 곁을 잠시도 떠나지 않으려고 했다. 잠시라도 민서가 보이지 않으면 불안한 목소리로 아이의 이름을 불렀다. 손을 잡은 채 놓지 않았고, 쏟아 부을 힘이 없다는 걸 알면서 먹이고, 입히고, 재우는 엄마 노릇을 다하고 싶어 했으며 밤이면 언제나 민서 곁에서 잠들고 싶어 했다.

처음이다, 처음. 태어나 지금까지 이렇게 온종일 아이 곁을 채워주는 것은 처음 해보는 일이었다. 엄마 품이 그리운 아이로 키워야 했다. 언제나 버릇처럼 어디론가, 누군가에게 보내야 해서 아이는 늘 갈증을 느꼈을 것이다. 내 남은 날들 동안 민서가 나만 바라보고, 느끼고, 만질 수 있게… 그렇게 해주고 싶다, 나는.

어느 날부터였나. 인아는 틈만 나면 뜨개질에 몰두하기 시작했다. 견딜 수 있는 시간이 오면 빈 벽에 등을 기대고 앉아 긴 바늘에 도톰한 실을 엮어냈다.

"뭐 해?"

"응, 선물. 너랑 민서한테 선물하려고."

"봄이 왔는데, 그 두꺼운 실로 무슨 선물을 만들겠다고 그래."

이 따뜻한 봄에 겨울을 준비하는 선물이라니. 안타까워 못내 고개 돌리던 준희였다.

"주고 싶은 게 많았거든. 나는 아직도 해주고 싶은 게 너무 많은데 해줄 수 있는 게 별로 없다."

인아의 그 말, 그 슬픈 목소리. 인아야, 너는 모른다. 우리에게 가장 절실한 선물은 인아 너 하나뿐이라는 것을.

집으로 돌아와서야 겨우 해바라기 같은 표정을 되찾게 된 인아를 보는 게 좋았다. 줄타기를 하듯 불안한 행복이었지만 잠시의 행복도 놓치고 싶지가 않았다.

"민서야, 엄마랑 요리 놀이할까?"

"요리 놀이? 그게 뭐야?"

"엄마랑 만두 빚자. 민서 만두 알아?"

"만두? 어떻게 하는 건데? 나 그거 할래."

"준희야, 우리 만두 빚어. 셋이 같이 만두 만들어 먹자."

인아의 부탁을 받고 재료를 준비해온 준희였다. 세 사람은 서로 다른 앞치마를 하나씩 두른 채 동그랗게 모여앉아 만두를 빚고 있었다. 속 터진 만두, 못난이 만두… 민서의 어눌한 솜씨에 인아는 까르르, 아이처럼 웃어주었다.

"왜 내 것만 자꾸 못생기게 되지?"

"하하하하하! 민서 속상해?"

"엄마는 왜 자꾸 웃어? 화나 죽겠는데!"

"하하하! 우리 민서 화나니까 진짜 무섭네."

얼마만의 웃음소리인지, 웃었던 기억이 하도 까마득해서 준희는 둘의 모습을 바라보는 것만으로도 가슴이 벅찼다. 인아의 만두는 밤톨처럼 작았다. 우리 민서 한 입에 쏙 들어가게 만들어야지… 겨우 밤톨 크기의 만두를 빚고 또 빚어 차곡차곡, 냉동실에 갈무리해 넣는 인아의 마음을 모를 리 없는 그였다.

"엄마, 만둣국 맛있어."

"정말? 민서한테 칭찬받으니까 엄마 완전 신 난다."

"나 많이 먹는 거 보여줄게. 이것 봐! 많이 먹지?"

두 볼이 터지도록 만두를 먹고 있는 민서를 한없이 애처로운 눈으로 바라보던 인아가 민서의 머리를 쓰다듬으면서 말했다.

"민서야, 엄마가 만두 많이 만들어 놨거든. 그러니까 만두 먹고 싶으면 언제든지 말해. 알았지? 만약에… 엄마 없을 때 만두 먹고 싶으면… 아빠한테 말하면 돼. 그러면 아빠가 엄마랑 똑같이 맛있게 만들어주실 거야. 알았지?"

"응. 알았어. 걱정 마, 엄마."

아무 걱정 말라는 민서의 말에 인아의 두 눈이 흐려졌다. 그래, 아무 걱정도 하지 말자. 우리 아가, 이렇게 의젓한데 무슨 걱정이 필요할까, 하면서.

요리 놀이, 청소 놀이, 빨래 놀이… 인아는 그렇게 매일매일 캥거루처럼 민서를 품고 살아가는 법을 가르치는 중이었다.

"양말 내가 갤 거야. 나 할 수 있어!"

"정말? 민서 최고다!"

"나 청소도 잘할 수 있어. 엄마, 내가 보여줄까?"

"그래, 보여줘. 어디 한 번 보여줘 봐"

별 것도 아닌 일로 날마다 까르르 웃어대는 두 사람의 모습을 놓치고 싶지 않아서 준희는 하루 종일 카메라를 목에 걸고 다녔다. 왜 이제야 이럴 수 있게 되었을까. 그는 때로 자신에게 물었다. 얼마든지 느낄 수 있었던 이 귀한 행복들을 왜 이제야 이토록 안타깝게 담아내고 있는 것인가, 하고. 이렇게 살고 싶었던 둘의 첫 마음이 돌이켜져서 마음 한쪽이 욱신욱신 아파왔다.

하나 둘, 늘어가는 사진들을 인화해 인아에게 넘겨주면 인아는 사진첩을 채우고 액자에 끼워 빈 벽을 메웠다. 우리 집 벽에 전부 사진을 걸 거야, 나 없어도 내 얼굴 잊지 못하게 딱 붙여둬야지… 인아의 목소리는 남의 일인 듯 덤덤했다.

"이러다가 우리 집이 완전히 사진관이 되겠잖아. 그치? 엄마랑 아빠 생각은 어때?"

아무 것도 모르는 민서가 아무렇지도 않게 그 소소한 행복에 들떠 있는 모습을 볼 때, 준희는 때로 울컥하는 심정으로 돌아섰지만 인아는 언제나 웃고 있었다. 웃고만 있는 아내가… 그는 너무 아팠다.

⋮

아팠다. 아무도 모르게 인아는 혼자서 그 아픔을 견디고 있는 중이었다. 밤이면 거짓말처럼 찾아오는 폭풍 같은 통증 때문에 인아는 아무도 모르게 혼자 울어야 했다. 가슴이 칼로 에이는 듯 저며 와서 웅크린 채 숨죽여 울었다. 진통제 몇 알로 닥쳐오는 통증을 간신히 가라앉히고 나면 인아는 웃었다. 그 웃는 얼굴이 해바라기 같았다. 슬픈 해바라기. 무엇이든 먹고 난 뒤에는 모두 토해냈으며 그 모습을 민서에게 들키지 않기 위해 안간힘 썼다. 숨이 가빠 잠을 이루지 못하는 날들이 얼마나 많았는지. 숨조차 쉴 수가 없어 하얗게 질려버린 인아의 얼굴은 이미 형편없이 말라 있었다. 견디다 견디다가 더는 참을 수 없는 순간이 오면 그때서야 인아는 준희를 흔들어 깨우며 힘없이 말했다.

"준희야, 나 살 수 있어. 그치?"

그럼, 그럼! 살 수 있다… 수많은 밤들을 둘은 그렇게 한없는 눈물로 보내야 했다. 그렇게 하루하루 아까운 날들이 지나가고 있었다.

"시장에 가고 싶어."

창밖의 봄이, 그 완연함이 병든 마음으로 스며들었던 것일까. 겨울이 가고 봄이 와도 좀처럼 열 수 없었던 창문이었다. 너 알지? 너 감기 걸리면 안 돼. 그러나 닫아두었어도 그 창문 너머 밀려오는 햇빛이 벌써 봄, 이었다. 봄이 깊어 햇빛 갈피갈피에서 꽃 냄새가 번졌다.

"시장 가고 싶어. 냉이랑 봄동 같은 거. 그런 나물 사다가 무쳐 먹고, 꽃모종 사다가 화분에 심어놓고, 민서한테 예쁜 봄옷도 한 벌 사주고 싶어. 나 시장에 데려가주지 않을래? 선주 선배 부르고, 민혁이도 오라고 해서 오늘 우리 맛있는 거 만들어 먹자."

햇빛을 쐬고 싶다고 해서, 바람을 구경하고 싶다고 해서, 잠시 창문을 열어주었던 게 잠들었던 마음을 부채질했던 모양이었다. 시장에 가고 싶다고 했다. 인아의 팔짱을 끼고, 최선주를 동반한 채 결국은 시장을 향해 가게 되었다.

시장에는 너무 많은 평범한 일상들이 웅성거렸다. 장바구니를 끼고 씩씩한 걸음으로 시장을 돌아보는 여자들의 얼굴이 너무 건강해서 준희는 화가 났다. 파 한 단에 콩나물 한 봉지, 생선 한 마리 담긴 소박한 장바구니를 보니 화가 났다. 아이 손을 잡고, 말 안 듣는 아이 손을 억지로 부여잡아 끌고 가는 여자의 뒷모습에 준희의 마음이 끓었다. 아무 일도 일어나지 않고 있는 세상의 저 평범한 행복이 미치도록 미웠다. 그러나 화를 내고 있는 준희의 얼굴 따위는 아랑곳하지 않은 채 시장으로 나선 인아의 표정이 정다웠다.

"넌 그냥 있어. 말만 해. 내가 다 해줄게. 주문만 하라구. 먹고 싶은 거, 하고 싶었던 거 얘기만 해주면 요리사처럼 뚝딱 만들어줄게."

최선주가 내내 말렸으나 인아는 전에 없는 고집을 피우고 있었다. 내가 할 거예요. 내가 할 수 있어요. 곁에 오지 못하게, 아무도 방해하지 못하게 만들어놓고 혼자서 쌀을 씻었다. 쌀을 씻어 안치고, 향긋한 냉이를 손질했다.

내가 다 해줄게요. 기가 막히게 맛있는 걸로 만들어줄 거야…. 인아의 고집스러운 두 손. 준희도, 최선주도, 초대를 받고 달려온 민혁도 그런 인아를 말리지 못했다. 말리지 않았다.

결국 버티던 인아가 쓰러진 것은 오래 지나지 않아서였다. 손질한 냉이를 커다란 양푼에 담아놓고 손으로 천천히 무치던 중이었다. 참기름 냄새가 솔솔, 그 행복한 냄새가 집 안을 가득 채울 무렵 인아는 맥을 놓은 채 쓰러지고 말았다. 참기름과 고추장에 뒤범벅이 된 냉이 나물이 인아의 다리 위로 쏟아져버렸다. 통증, 생살을 도려내는 것 같은 이 무서운 통증.

"거봐! 너 왜 고집을 부리니? 하지 말랬잖아. 밥이 뭐 중요해? 그러지 말라고 했잖아! 너 정말, 왜 그러니?"

놀란 준희가 소리를 질렀다. 놀라서 소리를 지르고, 저만치 있던 사람들이 달려오고, 장난감을 들고 이리저리 오가며 엄마가 만들어주는 밥을 먹기 위해 기다리던 민서의 얼굴에 눈물이 흘러내리고.

"밥을 해주려고 그랬어. 밥을 해주고 싶었거든. 내가 해준 밥을 먹게 하고 싶었다고."

쏟아진 나물을 쓸어 담고, 인아의 다리 위에 묻어 있는 서글픈 양념들을 닦아주다가 최선주는 결국 쓰러진 인아를 부둥켜안고 울었다.

"민서한테 밥 해주고 싶어. 민서한테… 밥을 못해줬거든. 우리 민서는 엄마가 해준 밥, 너무 못 먹고 자랐거든요. 민서가 좋아하는 카레라이스, 민서가 좋아하는 볶음밥, 민서가 좋아하는 떡볶이, 해줄 수 있었는데, 해줄 수 있을 때도 못했거든. 나쁜 엄마였어. 너무 나쁜 엄마였어요. 준희야, 너한테도 따뜻한 밥, 해주고 싶었어. 그런데… 난 이제 안 되는구나. 너에게, 민서에게… 해줄 수 없는 일이 되었구나."

인아는 울지도 않고 말했다. 말하는 인아의 두 눈이 허공을 떠다니고 있었다. 아무것도 모르는 민서는 나쁜 엄마였어, 그 한마디 말에 와락 엄마 품으로 달려가 안겼다.

"엄마, 아니야. 엄마는 좋은 엄마야. 이쁜 엄마야. 나 밥 안 먹어도 돼. 배 하나도 안 고파."

울기 시작한 민서 때문에 서성거리던 모두가 함께 울었다. 그러나 모두가 울어도, 함께 울고 있어도 이제 인아는 울지 않았다.

⋮

살릴 수만 있다면 뭐든 할 수 있었다. 준희는 모든 시간을 걸고, 삶의 전부를 온전히 인아에게 쏟아 부었다. 받을 수 있는 만큼의 대출을 받고, 그것으로도 턱없이 부족한 치료비와 생활비를 마련하기 위해 민혁을 찾아갔었다.

도와달라고, 표정 없는 준희의 말에 민혁은 선뜻, 원하는 것보다 몇 배나 큰돈이 들어 있는 통장을 건네주었다. 인아에게 주려고 준비해두 었던 거예요, 민혁이 말했었다.

인터넷을 뒤지고, 암 관련 정보를 구하고, 암을 이긴 사람들을 찾아다 니기 시작한 준희였다. 산야초, 죽염, 신선초, 상황버섯, 동충하초… 좋 다고 일컫는 재료라면 뭐든 사들이기 시작했다. 식이요법, 민간요법에 기대서라도 살릴 수만 있다면. 그러나 애를 쓸수록 인아는 예민해졌다.

"마셔봐. 뜨거우니까 천천히 마셔. 암을 이기는 데는 약차가 좋다더 라. 다른 음식은 못 먹어도 약차는 마실 수 있을 거야. 너 차 좋아하잖 아. 감잎차야. 맛은 없지만 약차니까 꾸준히 먹으면 효과를 볼 수 있대."

"병원에서도 안 된다는 걸 감잎차가 고쳐줄 수 있을까? 너 정말 그럴 수 있다고 믿는 거니?"

"할 수 있어. 이런 식이요법을 써서 암을 이긴 사람들이 있다니까. 믿 어봐. 믿음이 중요한 거야. 먹고 마시고, 열심히 해보자."

"감잎차만 된다고 하던? 세상에 차가 얼마나 많은데 홍차는 안 된대? 녹차도 있고, 커피도 있는데. 그런 건 안 되는 거래?"

인아는 포기하고 있는 중이었다. 애쓰는 그의 마음을 모르는 게 아니 었으나 그럴수록 화가 치밀었다. 안 되는 일을 붙잡고 애쓰는 그의 간절 함이 미웠다.

"너도 좀 마시지 그러니? 미리미리 마셔야 암 같은 거 안 걸리고 천년 만년 건강하게 살다 갈 거 아냐."

인아의 저 빈정거림. 무정한 세상을 향한 빈정거림.

불안하게, 위태롭게, 하루하루를 버텨가던 인아가 끝내 다시 병원으로 실려가고 말았다. 자꾸 힘이 빠진다고, 이젠 숟가락 하나 제대로 들수가 없다고, 일어서고 걷는 일이 예전 같지 않다고 한동안 불안해하던 아내였다.

그런데 그날, 인아는 유난스레 고집을 피우고 있었다. 말려도 듣지 않았으므로 준희는 화가 난 채였다. 목욕을 시키고 싶다고 했다. 민서를 닦아주고 싶다고. 기운이 빠져 이젠 걷는 일조차도 힘겨워하는 아내가 말도 안 되는 고집을 피우기 시작했을 때 준희는 벌써 알게 되었다. 무언가, 또 다른 아픔이 인아를 힘들게 하고 있다는 것을. 이젠 마지막이다, 인아의 마음 안이 온통 그 생각으로 물들어 있다는 것을.

아무것도 모르는 민서는 모처럼 목욕을 시켜주겠다는 엄마 말에 벌써부터 입고 있던 옷을 훌훌 벗어던진 채 콧노래를 부르고 있었다.

"엄마, 나 거품 목욕할래. 비눗방울 놀이하면서 목욕할 거야."

아이의 동그란 엉덩이를 톡톡 두들겨주는 인아의 얼굴이, 핏기 없는 그 얼굴이 행복으로 차오르는 것을 보면서 준희는 더 이상 그 모습을 볼수 없어 화를 내며 집 밖으로 뛰쳐나가고야 말았다.

얼마를 걸었을까. 인아를 기다리던 저 골목길을, 휴일 아침이면 인아손을 잡고 걸었던 담장 너머 야트막한 산길을. 소용돌이치고 있는 불안을 떨칠 수 없어 화를 내며 걷던 준희가 다시 집으로 돌아왔을 때 목욕탕 안에서는 인아와 민서의 노랫소리가 흘러나왔다. 통통통 민서의 노래가 비눗방울처럼 떠다니고 있었다.

씻어서 말개진 민서가 아기처럼 엄마 품에 안겨 쌔근거리며 잠들어 있을 때 아이의 머리카락을, 감은 두 눈을, 루돌프처럼 반짝거리는 콧잔등을 하나씩 하나씩… 눈 안에, 손가락에 담고 있는 인아였다. 다 기억해야지, 하나도 까먹지 말고 전부 다 기억할 거야. 우리 민서 얼굴….

"준희야, 엄마에게 나도 민서처럼 이렇게 소중했을 거야. 그치?"

"그럼, 그랬겠지."

"엄마한테 다녀와야겠어. 엄마한테… 울 엄마 봐야지, 이제."

"그래, 가자. 내일 갈까?"

"응. 내일 가. 가서 엄마 모시고 오자. 엄마 울 텐데… 할 수 없지, 뭐."

하지만 인아는 엄마에게 갈 수 없었다. 그 밤, 인아는 다시 병원으로 실려 가야 했으니까. 가물가물해지는 의식처럼 엄마의 곁으로 가는 길은 너무 멀고 아득했다.

"예상했던 대로 암이 뼛속까지 전이되었습니다. 척수압박증후군이라고 전이된 종양이 척수를 압박해서 나타나는 신경 이상 증세라고 할 수 있어요. 온몸의 힘이 빠지고, 감각 이상이 오는 거죠. 통증도 통증이거니와 무감각 상태가 된다는 게 문제입니다. 만지거나 꼬집어도 반응할 수 없게 될 뿐 아니라, 심지어 자기 조절 능력이 없어집니다. 대소변을 가리는 일조차 불가능해요. 스테로이드 제제를 투여하면서 어렵지만 치료를 시작해보겠습니다."

재입원 이후, 인아는 한마디 말도 하지 않고 있었다. 암세포가 말문까지 막아버린 듯 굳게 닫힌 입이 열리지 않았다. 눈물도 보이지 않았다. 모든 것에 덤덤했고 마치 화가 난 사람처럼 표정이 굳어 있었다. 끝내 참고 있던 말을, 끝내 보이지 않았던 눈물을 쏟아놓은 것은 뒤늦게 소식을 듣고 달려온 어머니를 만나고 난 이후였다.

"자네 이 나쁜 사람. 이렇게 될 때까지 자네는 뭘 하고… 겨우 이렇게 만들려고 인아를… 이 몹쓸 사람."

제대로 걷지도 못하는 아픈 몸으로 병원을 찾은 어머니가 하얗게 질린 얼굴로 금방이라도 숨이 넘어갈 듯 꺽꺽 울음을 삼키고 있었다. 앙상해진 인아를 부여잡고 울던 어머니는 넋을 놓은 채 서 있는 준희를 때리고 밀쳐내며 나쁜 사람, 몹쓸 사람… 똑같은 말을 되풀이하는 중이었다.

그때 터질 듯한 외침으로 엄마를 부르며 가엾은 인아가 오열하기 시작했다. 온몸을 뒤틀며 사나운 짐승처럼 울기 시작한 인아. 꽂고 있던 링거 병이 떨어져 깨어지고, 침대가 들썩거렸다. 침대에서 굴러떨어진 인아의 발작은 온몸으로 막아보아도 당할 수 없을 만큼 거센 것이었다.

간호사와 의사가 달려오고, 곁에 있던 모든 사람들이 함께 울고, 기운을 잃은 인아가 끝내 정신을 잃고 말게 될 때까지 아내의 입에서는 똑같은 말이 흘러나왔다. 엄마! 엄, 마!

꽃이 되어 지다

다시 집으로 돌아가는 길. 인아는 목발을 짚고 있었다. 뼛속까지 전이된 암은 인아의 걸음걸이를 가로막았으므로 이제 혼자의 힘으로는 걸을 수조차 없게 되었다. 거대한 암세포는 인아의 몸속을 휘저어 다니며 아무 곳에나 제멋대로 뿌리를 내리고 있었다. 절망조차 할 수 없게 만드는 그 무력함.

더디게, 더딘 걸음을 옮겨 집으로 가는 길에 인아는 이미 의식이 죽어버린 사람처럼 아무 말도 하지 않았다. 눈을 뜨고 있으나 아무도 바라보지 않았다. 목발을 짚은 엄마를 보며 놀란 민서가 엄마 아파? 몇 번이나 물어도 인아는 대답하지 않았다.

대답하지 않았고, 쳐다보지도 않았다. 아이를 비켜나간 눈은 냉장고에, 소파 위에, 민서가 읽다 만 그림책 위에 잠시 머물렀다 사라졌다. 엄마, 왜 그래? 민서가 엄마의 옷자락을 기어이 잡은 순간, 인아는 슬그머니 아이의 손을 떼어낸 뒤 천천히 등을 돌려 방으로 걸어 들어갔다. 아빠, 엄마가 이상해. 민서의 저 두려운 눈.

그토록 그리워하던 어머니가 딸의 곁을 지키고 있지만 좀처럼 눈길을 주지 않았다. 하루 종일 천장만 바라보고 누워 있는 딸의 모습을 그저 말없이 지켜보았다. 열심히 죽을 쑤어 후후 불어가며 숟가락을 입에 대주어도 인아는 입을 열지 않았다. 먹어야 한다. 먹어야 해. 고개 돌린 딸의 뒷모습을 바라보며 어머니의 두 손은 얼마나 간절했는지.

잠든 아내의 곁에 눕고 싶어 준희가 가만히 인아가 덮고 있는 이불을 들치면 차가운 손이 그를 밀쳐냈다. 인아의 그 손은 이미 검게 타들어가 낯설었다. 손등이며 목선까지 검붉은 그 모습이 두렵고 아팠다. 아무도 받아들이지 않으려고, 떨쳐내려고, 집으로 돌아온 이후 몇 날을 줄곧 인아는 밤낮없이 눈을 감은 채 잠을 청했다.

깊은 슬픔의 날들. 말을 잃은 인아로 인해 곁에 있는 사람들은 숨죽인 채 서성거렸다. 버리라고, 나를 버려달라고 말하고 있는가. 미워하라고, 당신들 마음 안에 있는 지난날의 내 모습을 모두 밀쳐낼 수 있을 만큼 미워해달라고.

"엄마, 나 엄마랑 자고 싶어."

오래 견디던 민서가 결국 베개를 안고 엄마의 곁을 찾았다. 이제 가엾은 민서는 엄마의 눈치를 보고 있었다. 무릎을 꿇고 앉아서 잘못을 빌고 있는 사람처럼, 그렇게도 좋아하던 엄마의 눈치를 살피며 말하는 민서를 인아는 가만히 돌아보았다. 너, 무엇을 잘못했길래.

"엄마랑 자고 싶어. 이제 할머니랑 자는 거 싫어. 엄마 냄새 맡으면서 자고 싶어."

인아의 두 눈이 천천히 젖어들고 있었다. 이리 와, 민서야. 엄마한테 와. 너 때문에 엄마는 미치게 사무친다. 널 어떻게 두고 가니. 네 숨소리만 들어도 심장이 멎는 것처럼 이렇게 아픈데. 너 그저 엄마를 부르기만 해도 닿지 않는 내 몸이 너에게 달려가는 것 같은데. 널 안아주고 싶어서 미칠 것 같은데. 널 안고 네 작은 볼에 내 뺨을 대고 네 동그란 이마에 입을 맞추며… 얼마나 그렇게 하고 싶은데. 민서야, 엄마는… 어린 네 가슴에 엄마의 냄새가, 엄마 숨결이 고스란히 남게 될까 봐, 너 그것을 잊지 못할까 봐, 네게 갈 수가 없구나. 하지만 민서야, 그래도 엄마한테 와주련? 내 전부인 나의 아가, 이리 와…. 그 서러운 독백.

"너 아기야? 무슨 짓이야? 가서 자."

"엄마."

"당장 가. 일어나서 네 방으로 가. 혼자 못 자겠으면 아빠한테 재워달라고 해!"

"엄마, 화내지 마. 응? 잘못했어요."

"…."

"엄마…."

"잘못한 거 알았으면 가. 너 이제 혼자 자야 해. 칭얼대지 마. 아기 아

냐. 엄마도 힘들어서 이젠 너한테 옛날처럼 해줄 수 없어. 보이지? 엄마
아픈 거! 그러니까 투정부리지 마."

"엄마, 민서 미워?"

"···."

"응?"

"미워! 너 미워서 그래! 보기 싫어! 그러니까 당장 가. 칭얼대지 말고
당장 네 방으로 가!"

잘못했다고, 다시는 그러지 않겠다고, 용서해달라고, 그러니 미워하
지 말라고, 무릎을 꿇고 앉아 빌던 민서가 이내 울음을 터뜨렸다. 아이
의 울음소리에 놀란 준희가 달려와 떼쓰듯 울며 뒹구는 민서를 억지로
끌어안고 방을 나설 때 원망 어린 목소리로 민서가 울부짖었다.

"엄마, 미워! 엄마, 미워!"

그래라, 민서야. 엄마를 미워해. 다시는 보고 싶지 않도록, 그립지도
않도록 엄마를 그렇게 미워해라. 엄마 없는 세월을 그렇게 견뎌라. 그러
나 민서야. 사랑하는 민서야. 미워서가 아니야. 미워서가 아니라 널 사
랑해서, 널 너무 사랑해서 그래. 엄마를··· 바보 같은 엄마를··· 용서해줄
래? 그렇게 해줄래?

아이 앞에서 애써 참았던 눈물을 쏟아내던 인아가 끝내 가슴을 쥐어
뜯으며 오열하기 시작했다. 이불에 얼굴을 묻고 꺽꺽 울면서 민서야, 내
새끼··· 하염없이 울고 있었다.

"아빠, 엄마가 날 미워해."

"아니야, 민서야. 그런 거 아냐."

"아냐. 엄마가 나 밉다고 했어. 가라고 했어."

민서의 성난 눈이, 슬픈 눈이 아직도 눈물에 젖어 있었다. 엄마가 날 버렸다. 철없는 마음 안을 가득 채우고 있을 아픈 말들.

"민서야."

"…."

"엄마가 아파. 알지? 엄마 아픈 거."

"알아. 엄마 아파. 나도 알아."

"…."

"아빠 없을 때도 엄마 아팠었어. 날마다 약 먹었어. 그래서 나도 알아. 엄마 아픈 거."

"그래서 그래. 민서 미워서가 아니라 아파서. 엄마, 많이 아프거든."

"…."

"민서, 속상하지?"

"…."

"정말 아냐. 민서 미워서 그러는 거 아냐. 모르겠어? 엄마를 그렇게 사랑하면서 엄마 마음을 모르겠어?"

"아빠."

"…."

"나 기도했어. 할머니랑 잘 때 기도하고 잤어. 엄마 아프지 말라고, 빨리 낫게 해달라고. 그런데 엄마가 아파. 왜 기도를 안 들어주지?"

"들어주실 거야. 우리 민서가 기도했으니까 다 들어주실 거야. 그러니까 엄마 미워하지 마. 그래야 해, 민서야."

"아빠, 나 엄마 안 미워."

"그래. 우리 민서, 착하구나."

"아빠."

"…."

"엄마… 죽어?"

"…."

엄마 죽어? 민서가 물었다. 엄마가 죽을까 봐 두려워서였구나. 묻고 있는 민서의 목소리에 서러운 울음이 묻어 있었다.

"엄마가 왜 죽어. 엄마 안 죽어. 엄마 약 먹고 다 나아서 옛날처럼 민서랑 놀아줄 거야."

우는 얼굴을 들키지 않기 위해 민서를 힘껏 당겨 안고 말해주었다. 그러나 아빠의 가슴에 안긴 채로 그 밤 내내, 민서는 때로 흐느꼈다.

⋮

의식을 잃은 사람처럼 내내 잠을 자다가 간혹, 때때로, 머리가 맑아지면 인아는 그때마다 서랍 속에 빠져들었다. 하나씩, 하나씩, 모든 서랍을 열어보고 그 안에 담긴 세월들을 꺼내보았다. 엄마와 단둘이 외롭고 고달팠던 세월, 준희를 만나 사랑했던 지난 세월, 민서를 낳아 키우며 울고 웃었던 세월이 거기 있었다.

어느 해였나. 준희가 졸업하던 그 해였나. 사진관을 찾아가 결혼사진 대신 둘이 찍었던 기념사진 위에 인아의 손이 머물렀다.

이렇게 될 줄 알았다면 결혼식도 올리지 못한 채 둘이 무작정 살림을 시작하는 바보 같은 짓은 하지 않았을 것이었다. 누구에게도 마음 주지 않고, 정 붙이게 하지 않고, 미련 두지 않고 혼자 훌훌 갈 수 있도록 준비했을 것이다. 적어도 이렇게 짧은 날을 살다 가리란 것을 진즉에 알았었다면.

결혼식도 올리지 못했다, 우리는. 그냥 살았다. 헤어질 수가 없어서, 너 없이는 아무것도 아니어서 그냥 살았다. 나중에 하자고, 결혼식 같은 거, 웨딩드레스 같은 거, 훗날 입혀주겠다고 준희가 말했다. 함께 사는 것만으로도 벅차게 행복해서 결혼식 같은 건 마음에 두지도 않았다. 훗날 하면 되니까. 이다음에 우리 편안한 자리를 찾게 되면.

결혼식을 못한 것은, 웨딩드레스를 못 입었던 것쯤은 아무렇지도 않다. 하지만… 손가락 걸고 약속했던 결혼식도 올리지 못한 채, 눈꽃 같은 웨딩드레스 한번 입혀보지 못한 채 아내를 떠나보내야 할 그 남자의 설움을 어떻게 할까.

엄마와의 약속도 지키지 못했다. 이다음에 엄마를 모시겠다던 그 약속은 바람처럼 흘러가버렸다고… 살아온 순간이 담긴 물건들을 하나씩 꺼내고 다시 정리하며 인아는 웃었다. 쓸쓸해서. 서른셋, 그 지난 삶이 너무 쓸쓸해서.

"엄마."

"아직 안 잤어?"

"엄마, 내가 말이야. 내 나이가 몇이야?"

엄마와 자고 싶어 함께 누운 밤이었다. 자는 듯 기척이 없던 인아가 느닷없이 물었다. 내 나이가 몇인가, 라고.

"서른셋이지, 엄마?"

"그런 건 뭐 하러 물어. 새삼스럽게."

"너무 짧지?"

"…."

"아냐, 아니다. 이만하면 된 거지. 이만하면 된 것 같기도 해."

"…."

"근데 엄마, 나 이뻤어? 이쁘게 잘 살았어?"

"너 왜 그러니? 응?"

"아니, 그냥… 잘못한 일이 없었나, 아프게 한 사람 없었나. 그냥 그런 생각이 들어서."

"우리 인아, 이뻤지. 지금도 우리 딸은 이뻐."

"엄마한테 미안해. 엄마한테 잘못했던 거, 엄마 마음 아프게 했던 적 너무 많았잖아. 나 때문에 엄마, 참 많이 울었지."

"아니다, 인아야. 엄마는 너 때문에 웃었지. 내 딸 덕분에 웃고 살았다. 니가 힘들었을 거야. 엄마 잘못 만나서 하고 싶은 것도 못해 보고. 엄마가 죄인이었어."

"엄마가 뭘 어쨌다고 그래. 그러지 마. 엄마는 다 했어. 나한테 다 줬어. 난 엄마 때문에 살았지. 엄마가 나 때문에 살았던 것처럼, 나도 그랬어. 정말이야, 엄마."

"…."

"준희 미워하지 마, 엄마. 좋은 사람이야."

왜 자꾸 부질없는 생각으로 상처를 내고 있는지. 견딜 수 있다고 믿어라, 아가. 엄마는 대답 대신 인아의 손을 잡아주었다.

"준희는 젓갈 많이 넣은 김치 좋아해. 바닷가에서 태어나 그런가 봐. 내가 좋아하는 삭힌 반찬, 준희도 잘 먹어. 장아찌랑 젓갈 같은 거 맛있대. 있잖아, 엄마. 그냥 찌개나 국 하나면 돼. 까다롭지도 않고 착해. 국 하나만 있으면 김치 얹어서 잘 먹어."

"…."

"민서는… 우리 민서… 카레라이스 제일 좋아하거든. 카레라이스 만들 때 당근은 빼야 해. 김밥에도 당근은 안 돼. 고쳐주려고 했는데… 결국 못했네."

"괜한 말하느라 힘 빼지 마. 힘들어."

"민서는 잠잘 때 땀을 많이 흘려. 준희도 나도 땀은 안 흘리는데 이상하지? 자다가도 몇 번씩 땀을 닦아줘야 해."

"…."

"엄마 아픈 거, 움직이지도 못했다는 거 다 알고 있었어. 알면서 모른 척했어. 그것도 잘못한 거였어. 엄마 병원에 데려가고, 좋은 약 먹게 하고, 그랬어야 했는데."

"인아야."

"이젠 그러지 마, 엄마. 앞으론 정말 그러지 마. 뭐든지 준희한테 다 말해. 알았지? 약속이다, 엄마."

"…."

"엄마한테 나 곱게 잘 사는 거 보여주고 싶었는데 못했네. 속만 썩였어. 정말 나쁜 딸이다."

엄마는 눈물에 젖은 두 눈으로 인아를 보았다. 이렇게 젊은 내 딸, 차라리 나를 데려가지 왜 저 가엾은 것을… 소리도 내지 않고 울면서 인아를 안았다. 내 새끼, 내 심장 같은 귀한 새끼.

"엄마가 다 해줄 거지? 나 대신 엄마가 우리 준희랑 민서 봐줄 거지? 나, 엄마만 믿어도 되지? 엄마 믿고 편히 가게 해줄 거지?"

"…."

"몰랐어, 엄마. 이럴 줄 알았으면, 이렇게 빨리 갈 걸 알았으면 엄마를 힘들게 하지 않았을 거야. 나중에 정말 잘하고 싶었는데. 불쌍한 우리 엄마, 이제 어떡하지?”

　“….”

　“엄마.”

　“….”

　“미안해, 엄마. 엄마한테… 너무 미안해. 그런데 너무 많이 아파하지
는 마. 너무 오래 울지도 마. 응? 약속해.”

　“인아야. 그러지 말고 어서 좀 자.”

　“그래. 이제 됐다. 이제 정말 다 됐다.”

　슬픈 밤이 지나 아침이 올 때까지, 잠들 수 없는 마음 안에 눈물이 고
였다. 이젠 그만 울자, 그만 끝내자. 인아는 생각했다. 하루하루 무서운
통증과 싸우며 견디는 일, 자꾸 가물가물해지는 의식을 붙잡고 애쓰는
일, 안타까운 내 곁의 사람들에게 모진 상처를 주는 일. 이 지독한 세월
을 이젠 그만 끝내고 싶다고.

　　·
　　·
　　·

　인아의 서른세 번째 생일이었다. 모든 사람들이 마치 약속이라도 한
듯 그날을 기억하고 준비했다. 민혁이, 최선주가, 뒤늦게 알고 하염없이
울던 준희의 동생 은희가, 엄마가, 민서가, 그리고 준희가. 인아를 사랑
해서 인아의 아픔에 함께 울고 웃는 모든 사람들이 모처럼 밝은 얼굴로
한자리에 모였다.

민서를 곁에 앉히고 어루만지며 인아의 얼굴도 꽃잎 같았다. 맛있는 음식이 가득 차려진 생일상은 애써 준비한 축복으로 풍성했다. 오늘을 견디자고, 그렇게 하루하루 견디면 지독한 세월이 쌓여 긴 인생으로 이어질 거라고. 모두들 그 마음으로 웃고 있었다. 인아가 웃어주어 모두가 행복했다.

생일을 맞은 아내를 위해 준희가 준비한 것은 두 개의 반지였다. 반지. 똑같은 두 개의 반지를 꺼내놓으며 준희는 쑥스럽게 웃고 있었다. 웃고 있는 그 얼굴이 바다 같았다. 가느다란 손가락에 반지를 끼워주며 준희가 말했다.

"우린 반지 하나 없이 살았어. 정말 사랑했나봐."

반지 하나 없이도 사랑의 약속을 잊지 않고 살았다. 반지 하나 나눠 갖지 못해도 사랑하는 처음의 그 마음을 잊지 않고 살았다. 반지가 없어도 널 지킬 수 있다고 생각하며 살았다. 준희의 슬픈 얼굴이 말해주고 있었다.

"나는 너한테 줄 수 있는 게 없어."

인아의 그 한마디에 준희는 또 하나의 반지를 쥐여주었다. 니가 주는 거야. 니가 나한테 주는 선물이야. 인아는 말없이 그 반지를 준희의 손가락에 끼워주었다. 똑같은 두 개의 반지가 끼워진 두 사람의 손. 꽃처럼 피어나는 두 개의 손. 웨딩드레스는 너 다 나아서 건강해지면 그때 입혀줄게. 준희의 말이었다.

"아빠가 반지를 사서 나는 목걸이를 샀어, 엄마. 목걸이 걸어줄 거야."

빨간 구슬이 박힌 목걸이를 엄마의 목에 걸어주며 민서는 신이 났다. 민서가 저금통을 털어 산 거야. 귀한 보물이야. 준희가 거들어주었다. 엄마가 웃어주어서 신이 났다. 엄마가 웃는 걸 보니 엄마 병이 다 나은 것 같아서 민서는 정말 날아갈 것처럼 신이 났다.

파티가 끝나고, 맛있는 음식이 차려졌던 생일상이 거둬지고, 모두가 집으로 돌아가고, 착한 민서가 할머니 손을 잡고 제 방으로 들어가 잠이 들었을 때. 오늘은 네 곁에서 잠들고 싶다고, 아내의 곁으로 온 준희가 모처럼 깊은 잠에 빠졌을 때. 그 모처럼의 평화를 깨고 인아의 통증이 시작되었다.

숨이 가빴다. 숨을 쉴 수가 없다. 준희야… 가까이 누운 그를 부르고 싶었으나 목소리가 되어 나오지 않았다. 잠시 잠깐, 지나간 시절들이 흑백 필름처럼 토막토막 눈앞으로 다가왔다 사라졌다. 온몸을 비틀며 숨을 쉬려고 애써보았으나 그럴수록 모든 것이 흐려졌다. 의식을 놓을 때쯤 준희는 미련한 잠에서 깨어나 아내를 흔들었다.

"준비를 하시는 게 좋겠습니다. 며칠이 될지, 몇 주가 될지… 이젠 의사인 저로서도 장담할 수가 없습니다. 지금 이렇게 의식이 돌아왔을 때 미리 정리할 수 있게 해주시는 게 좋을 것 같습니다."

병원으로 실려온 인아는 다행히도 의식이 깨어나기는 했지만 산소 호흡기에 의지한 채 모르핀으로 고통을 견디는 중이었다. 맥박이 빨라지고, 호흡이 불안한 증상은 수시로 인아를 괴롭혔다. 진통제를 맞고 나면 마치 아이처럼, 알아들을 수조차 없는 헛소리를 쏟아놓았다. 잠깐씩, 정신을 놓았다 되돌아오는 일들이 반복되었다. 정리를 할 수 있게⋯ 담당 의사의 말이었다.

팔다리는 퉁퉁 부어올라 수시로 마사지를 해주어야 했다. 다리의 통증을 호소하며 아이처럼 울어대는 인아였다. 갑작스러운 구토, 통증, 호흡 곤란, 끊임없이 이어지는 기침, 잠들 수 없는 시간들.

수면제를 먹고 고통을 잊은 채 편히 잠들었던 밤. 모처럼의 평온함은 하루 내내 이어졌다. 책을 읽어달라고, 음악을 들려달라고, 민서와 전화할 수 있게 해달라고 인아는 편안한 목소리로 부탁했다. 부탁해주는 아내가 고마워 그는 그 부탁을 행복하게 들어주었다.

민혁이 인아의 전화를 받은 것은 서둘러 회사를 나와 주차장으로 향하던 길이었다. 민혁이니?⋯ 인아의 밝은 목소리에 저절로 발길이 멈춰졌다. 열일곱 그 어느 날의 인아인 듯, 그때 민혁의 마음을 다 채우고 있던 때의 인아로 되돌아간 것 같아 마음이 시렸다.

"야! 최인아! 니가 전화를 다 걸어주다니. 이거 정말 영광인걸! 오늘은 무슨 바람이야?"

"아줌마가 옛 남자한테 전화하고 있으니 바람은 바람이다, 그치?"

"옛 남자라⋯. 음! 그거 괜찮다. 그러니까 옛날에는 니가 날 남자로 생각했었다는 거 아냐? 맞지?"

"남자뿐일까. 넌 내 애인이었지. 근데 어디야?"

"어! 나 출장 가는 길. 지금 막 회사에서 나왔어. 뭐 긴 출장은 아니고, 내일 아침이면 올라올 거야. 이리 뛰고 저리 뛰고 요즘 난리다, 내가. 이 건 무슨 망아지도 아니고."

"넌 그게 어울려. 행복한 줄 알아야지. 뛰고 싶어도 그럴 수 없는 날 보면서 그런 소릴 하니?"

"어… 그래. 그게 또 그렇게 되나?"

"나한테 미안하지? 그럼 나 보러 올래? 안 와줄래? 참! 너 출장 가는 길이랬지."

"그러게. 인아야, 내가 아침에 올라오는 길로 곧바로 너한테 갈게. 하 필이면 이럴 때 출장이 뭐냐? 최인아가 날 보고 싶다는데. 이런 영광이 언제 있었다구. 나, 참! 인생 진짜 맘처럼 안 가준다. 내일 갈게. 조금만 기다려라. 보고 싶어도 조금만 기다려. 알았지?"

"그래… 기다릴게."

"…"

"민혁아."

"그래, 인아야."

"히히, 그냥 불러보고 싶어서."

"너 정말 오늘 나, 감동 먹이기로 작정한 사람 같다. 기분 무지 좋은 데? 최인아가 날 불러보고 싶다니까."

"넌 내 친구잖아. 너, 내 친구 맞지?"

"원하는 건 뭐든. 친구도 좋고, 뭐 숨겨둔 애인 같은 건 더 좋고."

"민혁아, 고마워. 옛날부터 지금까지 쭉…."

"인아야… 기다려. 지금 갈게. 금방 갈게, 내가."

"아이구! 됐네요. 내가 널 너무 감동하게 했나? 괜히 한번 해봤다. 신경 쓰지 말고 빨리 갔다 와. 대신 낼 아침에 곧바로 와야 한다. 알았지? 기다릴게."

"꼭 기다려. 빨리 끝나면 밤늦게라도 올라올게."

"그래."

"인아야."

"응?"

"내일 보자."

차 안에 앉아 시동을 걸던 민혁은 잠시 망설였다. 잠깐이라도, 아주 잠깐이라도 인아를 보고 떠날까. 인아의 목소리가 너무 밝았던 게 마음에 걸렸다. 인아에게 들러볼까…. 그러나 시계를 보던 민혁은 고속도로를 향해 빠르게 차를 몰았다.

　·
　·
　·

"너랑 데이트하고 싶어."

예상치 못한 인아의 부탁에 준희는 당황했다. 낮 동안 내내 달궈져 있던 햇빛이 시간에 묻혀 어스름, 고개를 숙이던 때였다. 잠시 망설였으나 준희는 주치의를 만나 허락을 받고, 환자복 대신 와인색 셔츠를 입혀 병원 문을 나섰다. 형편없이 가벼워져서, 안으면 두 팔에 단번에 파묻히는 인아를 휠체어에 태우고 병원 뜰을 지나 대기 중인 택시를 타고.

오랜만의 일이다. 너와 둘이 이렇게 둘만의 시간을 찾아 나서는 것은. 너와 함께 걷고 싶었다. 영화를 보고 싶었고, 아이와 함께 철마다 여행을 가고 싶었다. 널 위해 옷을 사주고, 함께 운동을 하며 남들이 누리는 일상의 행복을 주고 싶었다. 그러나 아무것도 해주지 못했다. 차 안에 앉아 준희의 어깨에 머리를 기댄 채 인아는 혼자 말했다.

인아와 함께 찾아간 곳은 찻집 '비 온 뒤'였다. 말없는 주인 남자는 인아의 모습에 놀라 몇 번이나 인아 쪽을 건너다보았다. 아프세요? 같은 말은 차마 물을 수도 없어 아무렇지 않은 척 웃는 얼굴로 바라보고 있을 뿐이었다. 녹차를 앞에 놓고, 그 하얀 찻잔을 만지작거리는 인아의 손이 마디마디 추억을 더듬고 있었다.

"준희야. 너 처음 만났을 때, 그리고 만나서 살자 그랬을 때 사실은 너무 무서웠어."

"그래. 그랬을 거야. 왜 무섭지 않았겠니. 아무렇지도 않은 척하고 있지만, 네가 두려워하고 있다는 걸 나도 알고 있었어."

"왜 무서웠는지 알아?"

"왜 그랬는데?"

"살면서 서로 미워하게 될까 봐. 어릴 때부터 엄마가 그랬거든. 사는 게 힘들면 서로 미워하게 되는 거라고. 사랑 같은 거, 그때뿐이라고. 지나면 다 잊히는 거라서 마음에 두지 않아야 한다고."

"그랬구나."

"그래도 널 미워한 적 없었어."

"그래."

"너한테 좋은 여자이고 싶었어. 정말 잘하고 싶었어. 바가지 같은 거 긁지 않고, 편안하게 해주고 싶었어. 어떻게든 네가… 네 그림이 세상에 나가 활짝 피었으면 했어."

"나는 했어, 인아야. 내가 하고 싶은 거 다 했다. 네 덕분에 나는 그렇게 살았어."

"네 성공을, 너 번듯하게 당당한 걸… 못 보는 게 아프다."

"보면 되지. 볼 수 있어. 나, 잘할게. 열심히 할 거야."

"준희야."

"…."

"준희야, 난 이렇게 널 부를 때 좋았어. 같이 살면서 내가 널 부르면 니가 날 봐줘서 좋았어. 니가 봐주면 그거 하나면 되겠더라. 아무것도 부러운 게 없었어."

"불러줘. 오래오래 이름 불러주면서 그렇게 살자, 우리."

"준희 너, 그거 모르지?"

"….."

"처음 니가 날 불러줬을 때 내가 얼마나 행복했는지. 아무 말도 들리지 않았어. 그냥 내가… 니가 다정하게 불러주는 내 이름이… 미치겠더라, 좋아서."

"….."

"꿈만 같았어. 이제 너의 아내가 된다, 너의 아이를 낳게 된다, 내가 네 사람이다… 그런 게 전부 다 꿈만 같았어."

"….."

"이렇게 널 힘들게 할 줄 알았으면… 이렇게 먼저 갈 줄 알았으면…."

"….."

"너한테 잘할걸. 더 이쁘게 보일걸… 소리도 지르지 말고, 화도 내지 말고, 니가 날 이쁜 여자로 기억하게 해줄걸."

"나한테 너는 늘 넘쳤다. 나는 너를 고생만 시켰어. 그러니까 인아야. 조금만 더 기다려줘야 한다. 내가 너한테 뭘 좀 해줄 수 있게 해줘. 그때까지 기다려줘, 인아야."

"….."

"인아야, 민서를 생각해서라도 힘을 내야지."

"준희야…."

"….."

"나는 민서한테 잘못한 게 많은 엄마였어."

"넌 잘했어."

"아니, 넌 몰라. 내 마음이 어땠는지 넌 모른다. 민서 낳으면서 내 기대가 얼마나 컸는지 모를 거야. 최고로 해주고 싶었어. 최고로 좋은 것만 먹이고, 좋은 말만 들려주고, 좋은 거 보여주고 싶었어. 내가 날 다 주어서라도 민서한테는 그렇게 해주겠다 그랬어. 그런데 외롭게 했어. 우리 민서, 외로웠을 거야. 눈치 보게 했고, 외롭게 만들었어."

"…."

"내가 그랬어. 돈 버느라, 사느라, 그 욕심에 내가 그랬어."

"아냐, 인아야."

"젖을 못 먹였어. 키우는 동안 내내 마음에 걸렸어. 잔병치레 많은 민서를 보면 모유를 못 먹인 게 너무 속상했어."

"괜찮다. 그깟 일쯤."

"아파서 그런 건데… 아파서 엄마랑 있고 싶어 한 건데 그 마음을 모르고 야단쳐서 놀이방으로 보냈어. 아플 때… 아파보니… 어린 민서가 얼마나 엄마를 원망했을지 알겠어."

"…."

"때렸어. 나 힘들면 민서한테 화를 냈어."

"…."

"목욕탕 가면 그렇게 좋아하는데… 그것도 잘 못해주고…. 언젠가 둘이 목욕하러 가서는 민서를 물에 빠지게 했어. 내가 그랬어."

"다 괜찮아. 별거 아냐. 다들 그렇게 산다."

"먹고 싶은 것도 못해줬어. 뭘 먹고 싶어 하는지 묻지도 않았어. 나 힘들어서…."

"…."

"어쩌다 아주 가끔, 일찍 퇴근하고 민서 데리러 가면 우리 민서가 얼마나 좋아했는지… 얼마나 행복해했는지… 모르지? 팔짝팔짝 뛰던 그 모습이… 생각난다, 준희야."

"…."

"난 이제… 그 모습을 볼 수 없겠구나. 그 얼굴이 얼마나 이쁜데… 민서 냄새도 기억나. 우리 민서 이쁜 냄새."

"그래, 우리 민서."

"괜찮아, 괜찮다. 다 괜찮은데… 내가 민서한테 가장 잘못하는 건 이제 민서를 엄마 없는 아이로 자라게 해야 한다는 거야."

"…."

"민서 외롭지 않게… 엄마 없어도 당당하게… 이제 학교에도 가게 될 텐데… 준비물 빠뜨리지 않게 책가방 싸주고, 엄마 없어 그런다 소리 듣지 않게 돌봐주고, 다치면 약 발라주고, 배고프지 않게 해주고, 혼자 잘 수 있다 그래도 옆에서 손잡고 함께 자주고… 그렇게 해줄 거지? 너, 민서한테 그렇게 해줄 거지?"

"…."

"준희야."

"그래. 그렇게. 그럴 수 있어."

"엄마한테도… 나 대신 해주라. 불쌍한 우리 엄마, 나 없어도 웃으면서 살 수 있게 니가 해줘."

"그래."

"준희야."

"그래, 인아야."

"준희야, 나한테 사랑한다고 말해줄래? 아니, 사랑했다고 해줘. 그게 맞는 거지."

"사랑한다… 사랑한다, 사랑한다… 인아야, 널 사랑… 한다."

"… ."

"인아야. 그런데 난… 널 사랑한다면서… 널 버린 적이 있었다."

"… ."

"다른 여자를 본 적 있어. 그 여자를 안았어. 인아야… 잘못했다. 잘못했어. 그렇게 아픈 것도 모르고 난… 그럴 수 있다면 내가 가고 싶어. 너 대신, 내가…. 난 나쁜 놈이다. 같이 가자, 인아야. 같이 가자, 우리."

인아의 손을 잡고 있던 준희는 이제 꺽꺽 소리 내어 울고 있었다. 그 울음소리가 벽을 타고, 바닥으로 흘러내려 찻집 안에 흐르고 있는 음악 속으로 섞였다.

"준희야."

"…."

"괜찮아. 다 괜찮다. 네가 어떤 잘못을 했든 그런 건 다 괜찮아. 정말 잘못하는 건 니가 아니라 나지. 이렇게 널 혼자 두고 가야 하니까."

"…."

"준희야, 사랑했다. 너도, 민서도."

"…."

"그리고 고마웠어. 이렇게 내 곁에 있어 줘서, 지금껏 날 사랑해줘 서… 정말 고맙다, 준희야."

고해하듯 살아온 날을 하나씩 꺼내 말할 때, 목이 메어 대답을 하지 못하는 동안 준희는 똑같은 말로 마음 안을 가득 채우고 있었다. 사랑한 다, 사랑했다, 영원히 널 사랑하겠다. 내 사랑… 내 사람, 인아야.

⋮

사랑했다고, 고마웠다고… 그것이 인아의 마지막 말이었다. 병원으로 돌아와 누운 그 밤, 준희의 손을 꼭 잡고 잠들었던 그 밤. 아침이 오기를 기다리지도 못한 채 인아는 의식 불명의 상태로 빠져들었다.

무의식. 살아 있는 공포. 산소 호흡기가 있어야 숨을 쉴 수 있었고, 간 혹 되돌아오던 의식은 이제 잠자는 듯 고요했다. 눈을 감고 있어도, 눈 을 뜨고 있어도 그뿐이었다.

모두가 울었으나 인아는 울지 않았다. 우는 방법을 모르는 것처럼, 모두가 울어도 인아는 멀뚱하게 천장만 바라보고 있었다. 적어도 민서가 오기 전까지는.

민서를 데려왔다. 오늘 밤이 고비가 될 것 같습니다, 거스를 수 없는 말이었으므로. 야단을 맞은 아이처럼, 어깨를 한껏 웅크린 채, 두려운 엄마의 모습을 저만치서 바라보던 민서가 천천히 다가갔다. 링거 바늘이 꽂힌 검붉은 손을 잡으며 가만히 엄마, 부르던 민서의 눈에 눈물이 흐르기 시작했다.

"엄마, 나야. 왜 아무 말 안 해? 민서 왔는데… 왜 아무 말도 안 해?"

뚝뚝 민서의 눈물이 인아의 손등 위로 떨어져 내렸다. 꽃잎처럼, 꽃잎이 지듯, 그렇게.

"엄마… 왜 이렇게 됐어?"

민서의 목소리에 천장만 응시하던 인아의 초점 없는 눈에 가느다란 눈물이 맺혔다. 맺힌 눈물이 천천히 흘러내렸다. 인아의 눈물이 민서를 지나 준희에게, 돌아서서 고개 숙인 엄마의 가슴 속으로 흘러갔다.

빨라지던 맥박, 거칠어지는 호흡, 뚝뚝 떨어지는 혈압. 인아를 체크하고 있는 모니터가 분주한 움직임을 보이기 시작했다. 인아의 몸이 뒤틀리고, 놀란 민서가 엄마를 부르며 울기 시작했다. 엄마, 왜 그래. 왜 자꾸 아퍼. 엄마, 아프지 마. 엄마… 죽지 마. 죽…지…마.

이제 그만 가라, 이제 그만 힘든 세상 다 버리고 가거라. 다시 잠잠해진 인아를 부둥켜안고 어머니의 목소리가 이어졌다.

"여기 걱정은 말고 가. 여기 걱정은 하지 말고 편히 가라, 아가."

그 밤, 잠자는 듯 고요하게 인아는 세상을 버렸다. 서른세 살의 인아, 착하디착한 준희의 아내. 꽃이 되어 진 인아의 세월을, 길지 않은 세월을 조용히 접어주며 준희는 울었다. 어머니가, 민서가, 뒤늦게 달려온 민혁이, 최선주가… 인아를 사랑했던 사람들이 숨죽여 울고 있는 동안 준희도 그렇게 식어가는 인아의 가슴에 머리를 대고 울었다.

"가까운 곳에 두고 싶습니다. 곁에 두고 같이 있고 싶어요."

학교 근처 작은 묘역으로 인아를 데려간 준희였다. 살아서 함께하지 못했던 시간들을 이제라도 채워 보리라고 그가 울먹이며 말했다. 엄마를 부르며 울던 민서는 정작 엄마가 떠나고 난 뒤에는 아무것도 실감하지 못하는 것 같았다. 엄마를 묻는 날, 영정 앞에 앉아서도 민서는 울지 않았다. 아빠, 어디 가? 장지로 향해 가는 차 안에서 아이가 물었던가.

빛 고운 수의를 입은 인아가 이제 모진 세상을 떠나 깊은 곳으로 묻힐 때 엄마 주변을 맴돌며 뛰어놀던 민서가 어디선가 꺾어온 들꽃 한 다발을 엄마의 땅 속 집으로 하나씩, 한 송이씩 던져주며 말했다.

"엄마, 이거 내가 꺾어왔어. 엄마, 꽃 좋아하지? 그래서 내가 엄마한테 주는 거야."

민서의 목소리가 하늘을 덮고 있었다. 꽃이 되어, 들꽃이 되어, 꽃잎처럼 나부끼며 인아가 떠났다. 사랑하는 준희를, 민서를, 사랑하는 엄마를 두고.

epilogue

아내와의 결혼식

　민서의 손을 잡고 찾아간 '비 온 뒤'에 그들이 있었다. 사람들, 인아를 사랑했던 사람들. 인아로 인해 함께 울고 웃었던 그 사람들. 한복을 차려입은 어머니가, 최선주가, 민혁이, 그의 어머니가, 어떻게 연락을 받았는지 알고 달려온 동생 은희 내외가… 그 사람들.

　그리고 인아였다. 벽면 가득, 커다란 사진 속에서 웃고 있는 인아가 준희를 향해 손짓했다. 엄마의 사진을 만난 민서가 잡고 있던 손을 뿌리치며 달려갔지. 엄마를 부르면서.

　부르면 와주는 사람이기를, 부르면 와줄 수 있는 사람인 것처럼, 민서는 엄마를 불렀다. 아무 말도 하지 않고 엄마, 엄마, 엄, 마, 불렀다.

　민서가 울던 제 얼굴을 입고 있는 스웨터에 묻으며 주저앉을 때까지 그대로 두었다. 그냥, 두었다. 그렇게 해라. 울어라. 울어주는 편이, 그 편이 낫다. 울고 부르고 악쓰면서 버티자. 잠잠해진 민서를 일으켜 세우는데 두터운 스웨터 앞자락이 축축했다.

바보가 되어, 듣지도 바라보지도 않고, 바보가 되어 살았다. 웃지도, 울지도 않고 생각하지도, 그리워하지도 않고 바보가 되어. 앓고 있는 동안 틈틈이, 남몰래 써두었던 인아의 일기장을 책으로 묶어내기 전까지는 그렇게 살았다. 모든 것을 처음으로 헤집어놓은 듯, 책이 되어 세상으로 나온 인아의 목소리가 준희를 아프게 했다.

"한 여자를 보냈습니다. 착한 여자였어요. 최인아, 살면서 두고두고 잊지 않을 그 이름을 우리는 이제 여기 가슴에 묻었습니다. 가슴에 묻어두고 꺼내보겠죠. 좋은 곳으로 갔으리라고, 아프지 않은 세상에서 꽃처럼 살라고, 빌어주고 싶었습니다. 서른셋의 푸르디푸른 인아. 하고 싶은 말들이 얼마나 많았을까요. 주고 싶은 마음, 해주고 싶었던 일들이 얼마나 많았을까요. 인아가 못다 한 말… 다하지 못하고 떠난 말들을 여기이 책 속에 묻었습니다. 선물, 입니다. 인아가 주고 간 선물입니다."

단상에 서서 인아의 책을 들어 보이며 말하는 최선주의 눈에서 눈물이 흐르고 있었다. 인아야, 네 꿈대로 네 책이다. 네 책이 나왔어. 쓰느라… 힘들었지? 인아가 곁에 있는 듯 그녀가 물었다.

"이런 자리, 먼저 알았다면 오지 않았을지도 모르겠습니다. 올 수 없어서 도망쳤을 거예요. 아내를 다시 만날 자신이 없었기 때문입니다. 책을 받고도 펼쳐볼 수 없었습니다. 아내를 생각하게 될까 봐, 돌이키게될까 봐 무서웠습니다. 그러나 오늘에야 알 수 있게 되었습니다. 제 아내는 행복한 여자입니다. 사랑하는 사람들이 이렇게 가까이 있으니까요. 아내가 불쌍해서, 고단했던 아내의 그 짧은 삶이 미치게 억울해서, 묻어두고 잊어보려 했습니다. 그러나 이제 그 옹졸한 마음을 버리겠습니다. 아내를 생각하면서, 마음껏 그리워하면서 그렇게 살겠습니다. 오래오래 우리 인아를 사랑해주십시오. 인아의 이름을, 인아의 얼굴을… 잊지 말아주세요."

준희의 말이 끝났을 때 침묵이었다. 아무도, 아무 말도 하지 않았다. 울고 있으리라. 새삼 다시 인아가 그리워져 마음으로 부르며 울고 있을지도 모를 일이었다. 그 서러운 침묵을 깨고 최선주가 민서를 불렀다.

"민서야, 엄마한테 하고 싶은 말 없어?"

"…."

"없어?"

"엄마는 내 말 못 듣잖아요."

"아냐. 들을 수 있어. 엄마가 민서를 너무 사랑해서 들을 수 있어. 민서도 엄마를 사랑하니까 두 사람의 마음이 다 통해서 들을 수 있는 거야. 오늘 여기에 엄마가 와 있거든."

"어딨어요, 아줌마? 우리 엄마 어딨는데요?"

"…."

"엄마, 없어."

"민서야, 엄마 있어. 엄마는 다 들을 수 있어. 그러니까 엄마한테 하고 싶은 말 있으면 다 해도 돼."

자리에 앉은 채로 고개를 숙인 민서가 툭툭 신발 끝으로 바닥을 차고 있었다. 화가 났을까. 아이에게 왜 이렇게 가혹한 일을 시키고 있나. 준희의 마음도 덩달아 흐려졌다.

"엄마, 있잖아. 나는 무지 걱정되는 일이 있는데… 아빠가 우리 이제 이사를 간다 그래서… 아빠 학교 있는 데로 이사 간다 그랬거든. 할머니랑 아빠랑 같이 살 수 있으니까 좋은데, 이사 가는 거는 좋은데… 그래도 엄마. 나는 걱정이 돼. 엄마가 우리 집 못 찾아올까 봐. 아빠랑 민서가 살고 있는 집 못 찾아올까 봐 걱정되는데 아빠는 괜찮다 그래서… 엄마는 다 찾아올 수 있다 그래서…. 엄마, 올 수 있지? 말 안 해줘도 올 수 있지?"

눈물 한 방울 보이지 않고 또박또박 말하던 민서가 끝내 울었다. 울고 말았다.

"근데 있잖아. 엄마, 언제 와? 언제 올 거야?"

말끝에, 참고 눌렀던 그리움을 모두 꺼내놓으며 어린 민서가 소리 내어 흐느꼈다. 울라고, 마음껏 울고, 비워진 마음 안에 엄마를 묻으라고, 어른들이 하는 것처럼 그렇게 하라고. 최선주는 민서를 안고, 작은 등을 토닥였다.

출판 기념회라고 했지만 최선주가 준비한 것은 결혼식이었다. 웨딩드레스 한 벌, 인아의 사진 옆에 걸어주며 준희를 향해 손짓했다. 준희가 천천히, 느린 걸음으로 인아를 향해 걸을 때 박수 소리였다. 모두가 한 결같은 마음으로 박수를 보내주고 있었다. 이제 됐다고, 이제 인아는 하나도 외롭지 않다고.

                    .
                    .
                    .

늦었으나, 너무 늦었으나, 떠나고 난 뒤에야 비로소 인아는 그의 아내가 되었다. 사진을 바라보고 서서, 오래도록 그렇게 인아의 웃는 얼굴을 마주 보고 서서 준희는 나지막한 목소리로 말했다. 사랑한다, 인아야. 나 죽는 날까지, 너에게로 돌아가는 그날까지, 이 마음 변치 않는다.

눈물을 훔치며 돌아서는 준희가 들었던 것은 최선주의 목소리였다. 그러나 그것은 인아의 목소리였다. 인아가 두고 간 말, 인아가 남기고 간 말들을 그녀는 천천히 읽어 내려가고 있었다. 준희야, 부르던 인아의 목소리.

―준희야.

너 몰래 살그머니 열어둔 창문으로 복숭아꽃 냄새가 밀려들었다. 뒷산, 그 야트막한 언덕 위의 복숭아나무들이 꽃을 피우고 있는가. 봄이 오면 봄꽃 흐드러진 들판으로 셋이서 소풍을 가고 싶었다. 김밥 싸고, 민서 좋아하는 과자도 넣고, 토마토 갈아 만든 주스도 담아 소풍 가고 싶었어. 들판에 누워 하늘을 보고 싶었다. 저만치 뛰어노는 민서를 그림인 듯 바라보면서, 내 무릎을 베고 누운 너를 곁에 두고서, 그렇게 한가로운 행복을 느끼고 싶었다.

준희야,

네 아내로 사는 동안 행복했다. 살면서 처음 느껴보는 행복이었어. 널 보고 있으면 그저 보고 있는 것만으로도 가슴이 차올랐다. 널 내게 보내준 세상에 감사했다. 네가 있어 이렇게 행복하므로 널 보내준 세상이 내게는 축복이었다.

나, 네게 어떤 아내였는지… 때로 묻는다. 사랑해서 함께 사는 세월을 내가 어떻게 보내왔는지. 웬일인지 아무것도 기억나지 않는구나. 잘못한 일이 있었나. 미워한 적 있었나. 후회한 적 있었나.

그래, 언젠가 넌 내게 물었지. 후회하느냐고. 함께 살게 되었던 것을 후회하느냐고. 내가 너에게 소리를 질렀다. 후회한다고 했지. 한꺼번에 모두 다, 처음으로 되돌려줄 수 있느냐고. 그때, 넌 울었다.

그러나 준희야,

널 만나 사는 동안 단 한 번도 후회한 적 없었다. 진심이야. 네가 내게 어떤 사람인데. 널 두고 떠나야 할 길이 아득해서, 아무것도 모르는 네게 어떻게 말해야 할지 모르겠기에 난 그만 거짓을 말했다. 후회라니… 내 진심이다.

준희야,

웨딩드레스를 입혀주지 못해 미안하다고 했니. 그래. 간혹 꿈꾸었던 것도 같아. 이 남자 성준희의 아내라고, 내가 그렇게 행복한 여자라고, 하얀 드레스를 입고 곱게 서서 사람들에게 말하고 싶다고. 그러나 그뿐이다. 나는 아무것도 부럽지 않아. 너 변하지 않고 내 곁을 지켜주었으므로 결혼식쯤은 아무것도 아니다.

준희야,

두고 가는 날 용서해줄래? 엄마만 부르는 어린 민서를 너에게 안기고, 이렇게 훌쩍 나 혼자 떠나는 걸 용서할 수 있겠니? 두고 가는 내 마음의 사무침을 알아주리라고, 이 글을 적으며 혼자 생각한다. 너, 나를 사랑했으므로 내가 없는 날들까지 사랑해줄 수 있을 거라고.

준희야,

너에게 좋은 아내이고 싶었다. 나를 만나 행복했다고, 훗날 너의 말을 듣고 싶었어. 널 위해서 하고 싶었던 일들이 참 많았는데. 다 하지 못하고 가는 나를… 기억하지 마. 아무것도 기억하지 말고, 이제 너와 민서의 새로운 행복을 준비해줘. 나를 위해서 너, 그렇게 해주길… 내 간절함이다.

준희야, 사랑하는 준희야,

너에게 주고 갈 선물은 이것뿐이다. 너를 만나 행복했다. 너를 만나 살면서 행복했고, 너의 아이를 낳아 키우며 행복했다. 이제, 너의 아내로 살다 가는 지금도 나는 행복하다.

사랑해. 사랑한다, 성준희. ―

한 편의 일기를 모두 읽은 최선주가 준희를 향해 따뜻한 눈길을 보낼 때 그도 말했다.

"사랑한다, 인아야. 사랑한다."

· · ·

인아의 묘를 찾아간 것은 이사를 하루 앞둔 날이었다. 민서의 손을 잡고 찾아가는 그 길에 내내 비가 내렸다. 늦은 가을비. 아무것도 버리지 않고, 너의 추억이 담긴 살림이며 물건들을 하나도 버리지 않고 상자 속에 고스란히 담아두었다고, 아내에게 말해주었다.

너에게, 민서에게 주고 가고 싶다고··· 열심히 떴으나 인아는 결국, 준희의 스웨터를 완성하지 못한 채 떠났다.

"보이니, 인아야? 민서가 스웨터를 입었어? 딱 맞지? 예쁘지?"

우산을 받치고 서서 준희는 마음으로 말했다. 준희는 아내가 뜨다 만 스웨터를 펼쳐 인아에게 덮어주었다. 춥지 말라고, 찬바람에 추워하지 말라고, 네 곁에 내가 있으니 추워하지 말라고. 깨끗하게 빨아 말린 운동화도 인아 곁에 가만히 놓아주었다.

"아빠, 엄마한테 우산 주고 가자. 엄마 비 맞으니까. 내 우산 씌워주고 갈 거야."

민서의 말대로 작은 우산 하나, 인아의 묘지 위에 덮어주었다. 이제 됐다, 엄마 비 안 맞겠다···. 활짝 웃는 민서를 안고 돌아서 걸었다. 준희가 덮어주고 간 이불 한 자락 같은 스웨터 위로 비가 내렸다. 까만 앞코가 낡아버린, 둘의 세월처럼 빛이 바랜 그 빨간 운동화도 비에 젖었다.

"엄마, 빠이빠이! 몇 밤 자고 내가 또 올 테니까 보고 싶어도 꾹 참고 있어. 알았지?"

아빠의 품에 안긴 채 돌아서서 활짝 웃으며 민서가 소리쳤다. 엄마, 빠이빠이! 엄마… 안녕. 대답 대신 경쾌한 빗소리가 민서를 안고 걷는 준희의 우산을 적시고 있었다.

단 하나의 너

아내

초판 1쇄 발행 2013년 3월 10일
초판 2쇄 발행 2016년 4월 20일

글_김수경
펴낸이_김우연, 계명훈
기획 · 진행_f.book
마케팅_함송이, 강소연
디자인 _design group ALL (02-776-9862)

출력 · 인쇄_애드플러스

펴낸 곳_for book
　　　　서울시 마포구 공덕동 105-219 정화빌딩 3층
판매 문의_02-753-2700
출판 등록_2005년 8월 5일 제 2-4209호

값 12,000원
ISBN 978-89-93418-53-8 03810

본 저작물은 for book에서 저작권자와의 계약에 따라 발행한 것이므로
본사의 허락 없이는 어떠한 형태나 수단으로도 이 책의 내용을 사용할 수 없습니다.

※ 잘못된 책은 바꾸어 드립니다.